季风国度

余庆 —著

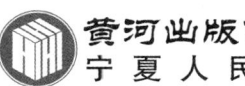
黄河出版传媒集团
宁夏人民出版社

图书在版编目（CIP）数据

季风国度 / 余庆著. —银川：宁夏人民出版社，
2017.12
ISBN 978-7-227-06810-5

Ⅰ.①季… Ⅱ.①余… Ⅲ.①散文集—中国—当代
Ⅳ.①I267

中国版本图书馆CIP数据核字（2017）第320574号

季风国度　　　　　　　　　　　　　　　　余　庆　著

责任编辑　杨敏媛
责任校对　陈　晶
封面设计　李　永
责任印制　肖　艳

黄河出版传媒集团
宁夏人民出版社　出版发行

出 版 人　王杨宝
地　　址　宁夏银川市北京东路139号出版大厦（750001）
网　　址　http://www.nxpph.com　　　　http://www.yrpubm.com
网上书店　http://shop126547358.taobao.com　　http://www.hh-book.com
电子信箱　nxrmcbs@126.com　　　　renminshe@yrpubm.com
邮购电话　0951-5019391　5052104
经　　销　全国新华书店
印刷装订　西安市建明工贸有限责任公司
印刷委托书号　（宁）0008147

开本　787mm×1092mm　　1/16
印张　15.5　　　字数　270千字
版次　2018年2月第1版
印次　2018年2月第1次印刷
书号　ISBN 978-7-227-06810-5
定价　78.00元

目　录

缅甸记忆

我最早关于缅甸的记忆，和两种事物有关。

读小学的时候，父亲去云南旅游，旅行社，一大帮子人。归家时，他包里装着几块从云南买回的翡翠，总共花了几百块钱。告诉我里面红色的絮状物是"翡"，绿色的叫做"翠"，有升值潜力，产自缅甸。我心里当时产生了两个概念：一个是缅甸产的东西有升值潜力；另一个是尽管我不知道翡翠是什么，但那真像是加了颜色的玻璃。后来证明，我父亲买的翡翠真是玻璃，估计产自某家工厂。他被导游给黑了。接着这些"翡翠"在我父亲眼中变成了真正的玻璃，丧失了某种人们所期望获得的价值，它们也就自然而然在我和我父亲的时间里相继丢失。他买回的那些"翡翠"其中一块是给我的。其实如果我父亲愿意，他本可以继续把那东西当成翡翠，时间能够改变所有事物最初的模样。博尔赫斯说："时间是根本之谜。"

再后来不知在哪个地方读到了"金三角"一词，是世界最大的毒品生产地，位于缅甸、泰国、老挝交界处。我那时已经知道毒品大概是什么了。从读书第一天起，我始终有一种深刻的记忆，就是学校老师灌输"黄赌毒"、"三室一厅"之类的概念多于真正的教育。我还知道在我生活的小县城，有一家小卖部的名字是"金三角"，向孩子们出售各种劣质的冰棍、辣条。从某种意义上来说，那家小卖部的确提供毒品。另外有一家我经常光顾的电子游戏厅也成了我印象中的金三角，我吸烟是在那儿学的。许多小孩坐在里面的炕上拿着五毛钱赌博，故作老练、吞云吐雾，学着电影里黑社会老大的做派。不过因为赌资面额过小，本质上每个人又都是"小弟"。那时班里的班长是一个学习很好的学生，他的爱好之一是去游戏厅抓我们这帮成天玩电子游戏的同学，然后向老师汇报。据说他目前在这个国家的某个地方事业有成。可惜我活了二十多年，一直未能明白别人口中的事业有成到底他妈的意味着什么！这是我关于缅甸最初的两个记忆。

我想起了另一个关于缅甸的记忆。一位我家乡的朋友大学毕业后到瑞丽一家翡翠行工作，那里和缅甸接壤，他自己也对玉石有兴趣，想先在那边发展，赚到钱后把女朋友接过去一起生活。他和女朋友是大学读书时认识的，记得他说过，女孩儿家在黑龙江，东北太冷了。我知道他去瑞丽不光为了赚钱，还因为那边很暖和。可是朋友父母觉得瑞丽离家乡太远，反对他待在那里。大半年过后，禁不住家人软磨硬泡，他也就顺了二老心意，重回故土。回来后他给我说起翡翠的利润怎样暴利，毒品在那里泛滥到何种程度，一块儿红木大板要十多个壮汉合力才搬得动，有的人赌石如何一夜暴富、又是如何倾家荡产，说起果敢、彭家声、缅甸北部战况进展……他说的时候，我像是在听神话故事，甚至想起《百年孤独》里梅尔基亚德斯旅行全世界的神奇事迹……只是不用加那句著名的"多年以后"。那是两年前的一个夜晚，他说得神采奕奕，我听得津津有味。临别，我祝他好运。我知道他是一个好人，那时他还和女朋友在一起。

一次夜里我回到家乡，他发消息问我在哪里，我回复才到家。他说："出来坐坐！"在一家烧烤店，我们一起喝酒。他坐在一盏灯的旁边，身体一半被灯光照得发亮，另一半陷入黑暗中。他的眼睛、脸、鼻子和嘴也一半被灯光照亮，另一半陷入黑暗。说话时，我觉得声音是从他黑暗中的那半边嘴发出的，他的呼吸却在有光的另一半。他告诉我自己和女朋友彻底完了，以后也没有希望，现在他位于光亮的那一半眼睛是绝望的。鲍勃·迪伦写过："如果你抛弃爱情，你一定会伤心不已。"追鲍勃的女孩一大把，爱情不抛弃他。他不知道被爱情抛弃，也一定伤心不已。朋友又说从瑞丽回来后，他感到自己丢了青春，这次回来，青春和爱情一下子都没了。然后他开始哭，眼泪落入酒杯子里。他的酒那一刻比我的满了一些。他是我的朋友，我知道之前他为那个姑娘付出多少。女生发来的微信语音他全留着，没事拿出来当歌听。我们那次见面是一个冬天，他刚从东北回来。大冬天，哈尔滨的街道，女孩儿连见一面的机会都没给他。而那已经是他第四次去黑龙江了，之前每次起码能见到女孩的面。女孩家长从来没说他不好，他也没什么不好可说的。对方父母的意思一直很明确，他得有正式工作，本质上其实是他得有钱。在我们这个国家的大多情况下，有正式工作的意思一般是你需要在某个政府部门谋份差事，他们觉得有"正式工作"之后就可以当官，管它是个大官小官，九品芝麻鸟不拉屎都是官，当官后自然就有钱了。只不过显然的一个问题却是：他们眼里的正式工作和有钱不应该是互相矛盾的吗？当官了还想有钱，怕是要坐牢的。在朋友手机里的一张照片中，我看见长白山冬天的风吹过他的头发，下面是天池，仿佛一滴结了冰的眼泪。那是一张自拍照。

瑞丽是中缅两国目前唯一的正式国家级口岸，至今仍未对持个人旅游签证的观光客开放。实在想从这儿深入到缅甸内陆，也不是一定不行。首先你需要在申请签证时告知大使馆，接着联系瑞丽的某家旅行社，再由缅甸方面另一家与瑞丽那边有"亲密"关系的旅行社将你小心呵护到这个国家的北部大城曼德勒。十多个小时的行程，中途不允许任何逗留。道路位于克钦邦与掸邦领土之间，有太多不同势力、不同规模的武装力量在这片土地上存在、缠绕、瓜葛不清。听说曼德勒有几家专门做这方面生意的旅行社上天入地无所不能，只要你有足够多的钱。如果选择以此种方式进入缅甸，旅行开销将会多出几千人民币。相比如此，对我这种穷小子来说，从泰国进入缅甸就实惠多了。廉价航空公司机票，曼谷到仰光一个小时过点儿，只需二百三十多人民币。飞机晚上八点准时抵达仰光机场，停机坪零零星星停着几架飞机，这个机场没有世界许多机场普遍具有的那种繁忙景象，飞机准点到达再正常不过。想起没几小时前还在曼谷的廊曼机场无意中听到几位国人抱怨乘坐的航班都延误到明天了。单从发展速度来讲，北方那位庞大的邻居活在另外的世界。此刻，缅甸入境官在我的那个叫做护照且暗含高科技的小本子上戳了一下，我们俩互相笑笑，问了句好。随身携带的行李没有经过任何安全检测仪，我便进入了这个数年来令我魂牵梦绕的国家。我渴望到达这个国家的愿望从我大学时期的第一次长途旅行就开始了。那时缅甸还处于军政府时期，我总幻想着从这里去往印度或者其他某个地方的旅行，我喜欢观察世界地图，常常很好奇为什么印度会在内陆之中延伸出来那么狭窄的一块国土和缅甸接壤。那块土地像一颗奇怪的牙。

取托运行李时，隔着玻璃看见机场出口处许多男子穿着裙子迎接亲人、朋友到来，仿佛进入了童话世界。那种裙子是缅甸最传统的服装——笼裙。缅甸曾被英国殖民多年，1824年至1885年间英国先后发动了3次侵缅战争并逐步占领缅甸，1886年英国将缅甸划为英属印度的一个省。二战期间缅甸又被日本占领。1948年1月4日缅甸脱离英联邦宣布独立。1962年，军事将领奈温将军发动政变并成立军人政府，宣布要使缅甸成为具有"缅甸特色"的社会主义国家,国家开始持续几十年的自我封锁。但不管这个国家经历了什么,它的传统仍在继续,身体还活着,笼裙、佛教、寺庙里的钟声……因为传统一直存在,这个身体所穿的衣服也便保留了下来。

仰光机场没有那和另外一个世界用灯火辉煌来装模作样的做作。灯光再怎么亮,人心若是暗的也终将无用。走出机场,大地直接回归黑暗。四处打听前往市区的巴士在哪个位置,才知这里的机场还没发展到有这么个东西。一位中年男子嘴唇血红,牙齿闪着红黑相间的光,这是长期嚼食槟榔产生的效果。我第一次见这种东西是在海南的鹿回头村,2007 年我第一次到那个村子时,那里还是一个安静的海边小渔村。深夜到达,透过路灯的微光看见马路上有一摊摊血迹般的东西,以为刚刚发生了大型斗殴。后来知道那是咀嚼槟榔后吐出的口水。2014 年我再到三亚时,那个村庄已被拆没了,新盖了家五星级酒店,房间一晚一千多,吓得我连酒店大门都没敢进去。听说因为拆迁,村民闹了很久,后来政府给的补偿费不错,事情也就结束了。村民对补偿满意当然是好,政府只管补偿,并不负责拆迁户之后怎么挥霍。但我的记忆一下子给拆没了,这个没人负责。我在那里的一艘破船上和一位姑娘谈过恋爱,写那里的日记,和叫做阿畅的厨子一起嚼槟榔,坐在海边抽水烟,那小子现在还欠我三千块钱。后来还在那里的一条路上发生过交通事故,村里的某块石头留下过我摔碎的肉以及骨头的白色。现在,这些一起在那家五星级酒店中了。

昏暗中,那名男子问我要不要出租车,与那张血盆大口讨价还价一番,7 美金成交,也许还是贵了。通往市区的道路像是新修的,柏油崭新,四车道双向行驶,依然堵车。仰光居然这么堵,这点我没想到。以前看别人写介绍仰光的文字,更多说到的是这个地方有许多殖民时代留下的老爷车还在路上跑着，没听说堵车这回事。老爷车怎么可能会多到堵在路上。真实情况是，2017年的今天，从机场到市区，我没看见一辆英式老爷车，几乎清一色日系车。没有摩托车，这座城市长期禁摩。出租车司机英文很好，路上堵得太久，他开始抱怨仰光严重的交通拥塞。能看出来，他在机场已经接待了许多外国来宾。拥堵是仰光前几年才开始的一个重要变化，2011年之前，由于汽车价格高昂且牌照难以获得，私家车数量稀少。一年后，汽车价格玩了把跳水游戏，降了一半，之前那些没钱买车的，或是没有合法资格买车的，一下子都可以成为尊贵的车主。

路过某个湖，司机告诉我是"Inya Lake"（茵雅湖），途经一座金塔，他松开手里的方向盘，双手合十念了句经文。这是仰光最著名的建筑。缅甸的汽车和中国一样靠右行驰，大多数车辆却右舵驾驶，不知道他们超车时怎么观察迎面疾驰而来的汽车？这辆出租车便是右舵驾驶，我坐司机左边，看着对面车道一辆又一辆汽车的轮子从我面前压过。也有一些左舵驾驶的汽车：老式吉普、一少部分非日系的私家车、永远填满乘客大声吆喝的售票员还挂在门口可能1911年便投入使用的公交车。总之，有的左边驾驶，有的右边驾驶，上车时，若是不注意司机的位置，你永远不知道自己该从哪个方向进入副驾驶舱。公路上有很多其他国家淘汰的车辆仍在此地苟延残喘。至于使用，他们仍然跑着。毕竟，这东西造出来的目的首先就是用来跑的，兜风、炫耀是人类后来自己给自己造出来的一种错觉。风一直在那儿，没人能兜得动。许多日本过来的二手、三手汽车车身用日语标出这辆汽车过去所从事的职业，卖鱼的、贩菜的、外卖的、北海道送牛奶的，如今文字还在，只是汽车已经改行。

从仰光的早晨醒来，躺在床上，听见外面雨水滴滴答答响着。街上的行人有的打着伞匆匆行走，有的只是戴顶帽子，还有的则穿条笼裙坐在一处湿漉漉的台阶上，陷入深思。鸽子和乌鸦间隔着打一扇古老的窗户飞过，窗台上生长着一棵树，树旁边有几株草。古老的建筑遍布各处，墙壁上是同样古老的青苔，大概长了五百年。整座城市被青苔覆盖着。几个人躲在一顶屋檐下，阅读报纸，光在身前连着雨水一起流过，那光是时间的脚。在中国，这样子读报的人已经不多见了，更别说真正读好书的人。也有一些年轻人坐在街道的影子中，开始习惯使用智能手机观察这个世界，他们中的许多染了红的、黄的、绿的头发，即使有的根本还是小孩儿。住宿的旅馆靠近一座清真寺，日日听见阿訇诵经的声音。一天，我在清真寺门口朝着里面张望，不知自己能否走入，寺里有一人冲我招招手，我便进去了。和他言语，他不做应答，只是笑或者点头。那人似乎正守着戒，他在寺里不能说话。苏雷佛塔金光闪闪，与另一座清真寺隔着一条斑马线，这座拥有 2000 年历史的金色佛教寺庙现在坐落于仰光最重要的城市主环岛内，四周是车水马龙的大街，也许这是世界上唯一的坐落于公路转盘内的寺庙。从苏雷佛塔的另一边门出去，穿过马路，是缅甸最大的天主教堂。不远处的另外某条街道，则是一座印度教寺庙，供奉着毗湿奴大神。缅甸的人种构成极为复杂，本地的缅族、印度来的深色皮肤、华人、锡克族、哪个峡谷中的山地民族、长得像西藏人的硬汉、老家巴基斯坦的高鼻子男人……在这里，每个人各去各的庙，各拜各的神。我的是正确，你的也许也不错，那大家就一起存在、生活着。当然也不是一直这样和谐。不过只是极少部分，不影响这个国家给人整体自然而然的感觉。宗教构成复杂，总有一些家伙找不到诸神赐予的真谛，冲突在所难免。不管是哪个宗教，这样子做事的肯定不是真正的信徒，他理解错自己信仰的那位神仙了。

人来人往，到处是穿着笼裙来来去去的人，整座城市都被这种服饰占据。很难看出来谁的那条笼裙更贵更好一些，也没人注意这个，天下大同，万物平等，衣服无非都只是一块遮羞布罢了。在缅甸，男女老少都有穿着笼裙的习惯，这是缅甸最传统的服装。自从有这种服装的那天起，它的样式就没变过。学校的校服常常也是绿色的笼裙。估计这是世界上做工最简单的裙子，一块布，缝成桶状，就算完工了。笼裙做工简单，变化却极多，大巧若拙。夜晚暴雨忽至，巷道积满雨水，我一手撑伞，一手提拎裤子小心行走。身前一穿笼裙的缅甸男子在屋檐下停顿片刻，将笼裙绕过胯下，竟成了条短裤。他脱下鞋子，在大雨中向家里飞奔而去。我却依然笨拙地提拎着我的那条破裤子朝旅馆方向缓慢移动。后来我发现，他们穿的笼裙不光挽起后可以涉水，还以变成"运动短裤"。在缅甸多次看见身着这样的短裤踢藤球、足球的男子，他们好像一点儿也不用担心"短裤"会掉下来。笼裙还能在户外坐下后直接垂至地面，防止蚊虫叮咬，这裙子是天然的蚊帐。缅甸男子穿的笼裙叫做"笼基"，穿在女子身上则是"特敏"。差不多的样式，穿在男女身上出来的效果完全不同。男子通常上身搭配一件衬衣，整个人英武干练、阳刚有力，女性则是一件漂亮的短袖衫或传统上装。笼裙总是让女子们增添了几分温柔美丽。一个个漂亮的被笼裙裹紧的身体仙女般从熙熙攘攘的街上飘过，男人们的眼睛掉下来跟着走了几个街口。男女穿笼裙时打结的方式也不相同，男性常常将结缠在腰前，有时还在里面裹入个钱包手机什么，衣服和腰包就连成一体了。女子的结则系在两侧，显得腹部光滑平坦，臀部浑圆饱满。有一次我尾随某位漂亮的姑娘走过数条街道，她忽然停在路边，打开自己的裙子，兜两下，重新系个结，羞得我定在原地不知是该掉转头去还是继续观察。待回过神，那女子已经系好衣服，消失在到处是身穿笼裙的人群中了。

与一位缅甸青年聊天，我说起笼裙的美。他看起来也很英俊，19

岁，光滑而健康的古铜色皮肤，与印度人混血后遗传的一双明亮而忧郁的双眼，眼睫毛像画上去的。我告诉他缅甸的姑娘是我见过最美的，男子也很帅，尤其穿笼裙的时候。他不信，他觉得韩国人好看。我告诉他那是电视里的，而且电视里的好看也不是真的好看。他没有听懂。我看了眼他的腿，天气很热，他穿了条牛仔裤，他的腿很修长。

许多地方的房顶、铁栅栏上挂着一束稻穗，人把它放在那里，鸽子、麻雀都可以飞来共同享用。这不是表演、作秀，是由内心存在的信仰而驱使的行为。不这样做会难受。寺庙里、大街旁、某户人家的门口，总会放置一只漆黑的水瓮，里面盛满清水，旁边挂个塑料或不锈钢杯子，任何人只要渴了，都可以随时喝到水。佛教社会的诸多善业于每个细微的角落随处可见。有些地方的水瓮已经被更干净的桶装水代替了。我去饮用这两种水，两种都一样，都可以解渴。很少看见正在修建的楼房，有，但不具备规模。房子旧了，刷层新涂料便成了新的。一栋楼房常常刷了好几种颜色，因为住着好几户人家，个人喜好的不同。不光城市是五颜六色的，人们的生活亦为色彩缤纷。雨季，涂料的颜色在时间和雨水里褪去一些，一种叫做"旧"的东西在建筑表面闪烁。时间的积淀，日复一日、日夜兼程的生活在其中主宰出来的。夜晚，某只布谷鸟昂首挺胸出现在房顶，像一位高高在上的主人。阳台上永远晾着色彩各异的美丽衣衫，很容易让人遐想那衣服的主人究竟是怎样一位美人，缅甸的姑娘太漂亮了。壁虎从阳台上爬过，花朵使劲生长、盛开。有人立在那里发呆，手扶栏杆，望着楼下的街道。"争知我倚阑干处，正恁凝愁。"衔道的每个拐角、正中、偏左的一侧、靠右的那边，总会有家正在营业的槟榔摊，槟榔摊的主人手上沾满白色石灰，将佐料一味一味放入一片又一片绿色的叶子中，像小时候动画片中常会出现的那种搅拌一口热气腾腾大锅的巫师，也像是中国古代的中药师。槟榔摊一般会同时出售香烟，不需要政府许可。那东西有害健康，但也不至于毒死人。有人会觉得秩序混乱，有人则感受到无为而治，个体差异总归是件没办法的事。香烟整包整包出售，也拆开来一支一支散卖，一支一百本地货币，合人民币三五毛钱。去一家藏在老建筑里的咖啡店，老建筑在这里到处都有，不用专门找。咖啡店内部装修考究，侍者彬彬有礼，一只木桶放在门厅一侧专门寄存雨伞。许多本地人在里面坐着，发会儿呆、聊天，或者只是为一杯咖啡而来。普通咖啡半美金一杯。突然想起了中国的星巴克！

　　仰光大金塔是缅甸最重要、神圣的地方。这里最重要的建筑不是某个政府机构、伟人纪念堂之类的。此地便是，这座塔便是！2005年缅甸将首都从仰光迁至内比都，后来在内比都修了一座外形差不多的金塔。在缅甸人看来，没有这塔的城市不可能成为真正的首都。这座巨塔又被称为"瑞大光塔"，"瑞"在缅语中是"金"的意思，"大光"是仰光古时的名称。此座金塔绝对是世界上最昂贵的建筑之一，单是塔顶的罩檐就挂有金铃1065个，银铃420个，5448颗钻石，2317颗各种罕见的红宝石、蓝宝石，另有一块金刚钻石重达76克拉。塔身经过多次贴金，上面的黄金总量已有7000多公斤，重量还会增加，一代一代的信徒仍在前赴后继地到来。如今，爱财如命却不取之有道的家伙来到这里肯定会发疯。因为想要，却得不到。1612年，从葡萄牙叛逃的菲利佩·德布里托·尼可帖偷袭了这座金塔，运走一口30吨重的大钟，打算将其融化后制成大炮。与此同时，英国人也打算用另一口大钟制造大炮。德布里托抢走的大钟后来意外沉入河中，至今仍被某处的流水拍打着。1824年和1852年两次英缅战争时，英军两次占领这里，两次纵兵劫掠。士兵们太热爱黄金以及黄金般的幻觉了！我在一个下着雨的中午前往大金塔朝觑。要进入此地，任何人都得脱去鞋袜，需光着那双自古代遗传的赤脚踏踏实实行走过来。国家元首也不例外，政治特权在这里讲不通。如果没有褪掉鞋袜进入某处圣地，后果难以估量。1919 年，在北方曼德勒的塞达瓦佛塔，僧人们将拒绝脱鞋的欧洲人赶了出去。英国人觉得这是缅甸民族主义运动的开端，将僧人领袖 U Kettaya 处以终身监禁。

仰光大金塔极其宏伟，整体建筑占地面积 46 公顷，塔身高达 112 米，底座周长 427 米。若想看清楚这座金塔，必须仰视；若要看完整，必须行走。塔边的某个角落放着一台大型老式望远镜，架在几根陈旧的木头棍子上，可以用这机器观察大金塔顶部的细节。当我使用这台望远镜时，先要把镜头抬高，再抬高……

沿着塔周铺设的人行道上积有雨水，转经的信徒灰尘般绕着金塔浮动、聚散开来。影子亦在水中穿梭不停，如同一条晃动的河，信仰的水滴在大地上来回流淌。我常常在深夜觉得人生不过是那种水里的晃动、虚无、摇摆、飘忽不定，一旦少了某个必需的依托，我将瞬间灰飞烟灭。似乎一切都是虚空，我想不出自己究竟想得到什么，想要怎么样？但那些信徒不会，他们身旁有大金塔在那里依靠着，这塔是永恒的，它代表着佛。绕着塔沿行走了一圈又一圈，总感到有一只巨手在背后推我前行。我走得小心翼翼，大气不敢出一口，不然那只手会把我扯住。有人微笑着走来告知我小心滑倒，并指出哪种颜色的地板最滑，哪种可以稍微放心。说完，又笑着离开了。他戴着一副古老的眼镜，镜片上沾着雨水。这不是那种热门景点为了骗取钱财的伎俩，或是将你引入某个旅游陷阱的搭讪，完全出于佛教徒由衷的善意。我们在错误的环境、思维中经历、生活了太长的时间，善者给予我们无条件的善，我们总要思虑他是为了什么目的，我们已经丧失了灵魂赋予我们的本能，变成了目的的奴隶，几乎连错误是什么都无从辨认。

我们走着、吼着、嚎叫着要上路，眼睛却早就因为习惯黑暗，而被真正的光亮刺得无法睁开。在中国的酒场、饭桌子上，常会流行一句玩笑话，"穷的什么都没有，就剩下钱了"，这场饭局通常会花销不菲，宴散后，剩下一堆山珍海味以及杯盘狼藉。在一张旧时修缮大金塔的照片里，许多缅甸人把自己珍藏多年的首饰珠宝通通布施出来，串在连接塔伞的一根根线上，塔伞固定在塔顶的时候，大金塔就正式建好了。他们攒了一辈子，就是为了把这个闪闪发光的小东西置于塔中。这样，他们自己这一生才算做真正完成了。

我沿着大金塔走了很久，后来累了，我坐下，将身体靠在一根柱子上。接着我睡着了。醒来时天已放晴，太阳快要从它一直掉落的那个方向再次掉落，一缕夕阳照亮金塔。我睁开眼，世界澄清明亮。一座小塔中坐有一位极瘦的老僧，相貌精奇，已经瘦得只剩下灵魂了，感觉连骨头都变轻了。我中午来这里时，他已坐在了里面。现在过去好几个小时，他还在那里心平气和地坐着。半天对这种人来说也许是一年，也许不过须臾而已。

不知他已苦修多久，完全是从古代走出来的高人样貌。在大金塔的一边，有株菩提古树，相传是从印度释迦牟尼金刚宝座的圣树圃中移植而来的。风吹过，铃铛和树叶说起了话，我蹲下身，拾起三片落下的叶子。暮色四合，信徒们在塔下点起蜡烛，双手合十，另一座燃烧着的金塔在黑暗中出现了。烛光中，我看见那极瘦的老僧睁开双眼，双目炯炯有神。他起身，从金塔的一侧离去，如同消失在塔中。

仰光中央火车站距今已有100多年历史，修建于英国殖民时期，是缅甸最重要的铁路枢纽车站，也是缅甸国内最大的车站。英国人走后，缅甸人用自己的方式对这座火车站的外形进行了改造，如今车站顶部覆盖有金色装饰，像是一座恢弘的寺庙。我拿着手机导航来到这里，以为地图标错了地方，看不见示意这里是火车站的任何文字标识。站在火车站门口向一位路人打听火车站在哪里，他指指我的脚下。我发现自己右手没多远的地方站着一个穿制服的人，那里是火车站的门口。没有经过安检。另一个穿制服的家伙在我进入火车站后帮我扛起行李，带我去向候车区，告诉我火车马上会开。上车前，他又过来帮我把行李带到车上。整个过程中，我以为这是缅甸政府对待外国友人的某项规定。将行李放上行李架后，我对他感谢，他生硬地吐出一个单词："Tip（小费）……"仰光下着雨，青草在铁轨两边生长，站台上能避雨的椅子上基本都躺着一个人。和我要钱的这位男子除了身穿制服以外，更像是某个小孩父亲的模样，他额头上落着汗珠一样的雨滴以及雨滴一样的汗珠。这里的火车站只是一个地方，火车来了，然后走了。人们在此处努力活着，偶尔耍点生活里的小聪明，邪恶却又诚实。车门没有关，一位年轻人把身体挂在外面，和爱人告别，像一部旧电影里的画面。

乘坐的火车极其颠簸，坐于座位，感觉屁股不是坐着，而是正在跳动。众多小摊小贩头顶货物在过道来回行走。这些人头上盘子里的食物垒得如同一座小山，竟还能在车厢中稳稳走路。我去了一趟厕所，撒尿时险些摔倒。每一站都有一批新的摊贩上车，又会下去一批。他们要回家，不能坐火车走出太远。缅甸的火车没有卧铺车厢，估计是害怕乘客睡梦中摔下床铺。经停一个小站，午饭时间，上来许多头顶一团团大米饭的妇女。米饭用香蕉叶包好，叶子里还裹着一小包辣椒和肉块。塑料袋也在用，套在香蕉叶外面。在如今许多城市，文明似乎就是给所有的东西都戴上塑料、橡胶制品，他们把那当做干净、安全、便利，超市三毛钱一个的塑料袋、某部百万豪车的轮胎、扔在城中村角落沾有干瘪精子的避孕套、一辆从孩子眼中开过的坦克履带……古老而高尚的生活方式一夜之间变成了落后、贫穷、老不死的。信仰退回到原始的洞穴，彻夜狂欢的人高喊着解放，却没想过克制。在缅甸，这种所谓的"干净"还没有完全来到，人们只是在模模糊糊地接近，模模糊糊地开放。这个过程的结果只有一个，就是某天必将到达。小站没有围墙，轨道旁便是民居，一间高脚茅草屋里有人在唱卡拉 OK。准确说，他不是在唱，而是吼着，那是一首缅甸的摇滚乐。一头耕牛站在水稻田里，不知道正在思考什么。火车向前驰去，时速三十公里。另一个村庄里有一所小学，学校在寺庙旁。窗户后站着一群小孩把手伸出窗外冲着经过的火车招手，和每一列火车告别也许就是他们平日的乐趣。火车车窗有两种类型的遮挡物，一种是像玻璃一般的透明物，常常被使用到伤痕累累、模糊不清，用来在下暴雨时防止雨水进入。另一种是用来在旱季遮阳的金属隔板，上面开了许多孔，可以通风。大多时候，两种都被放弃使用，车窗大开，车门也开着，风在车厢里跟随火车一起颠簸。一名僧人坐在我对面座位，闭着双眼，安然睡着了。

毛淡棉（Mawlamyine）是缅甸第四大城市，孟邦首府。1826—1852年间为英属缅甸首都，重要港口城市，当时名为孟眉（Moulmein）。英国人曾将大批柚木从这里运往自己遥远的北方老家。乔治·奥威尔在此地当过几年警察，杀了一头大象，后来他写了《猎象记》。缅甸独立后，政府对全国地名实施去殖民化运动，城市名称改为现在的毛淡棉，这一名字源于孟语和孟族传说。我在一个下雨的早晨抵达这里，山脉在城市一侧起伏，山中草木茂盛，金塔在雨中的山顶露出模糊的尖。另一边是萨尔温江，再往前 40 公里，这条大江注入印度洋的安达曼海。城市规模很小，从火车站走路便可来到江边我住宿的旅馆。途中看见一群羊在市中心的环岛内吃草，顺便霸占了半条街道。一株巨大的树上两只猴子互相挠着痒痒，偶尔四目相对，含情脉脉。树木的叶片之间藏着一只青色的鸟，沉默地注视着树下落起小雨的人间，也许那只鸟只是把自己当成了一片与众不同的树叶。鸟在树上一动不动，街上的人步伐缓慢。一身穿笼裙的男子在我前面缓缓行走，忽疾走到一堵墙边，蹲下。似乎是瞬间发现了什么，正聚精会神地低头观察。我心生好奇，便跟着上前窥视究竟。探身去看，他猛地抬头狠狠瞥我一眼。原来他是撒尿去了，他的裙子令他无法站着完成那个动作。我回过头，看见身后小孩、妇女、老人们全在放声大笑，他们站在一个湿漉漉的菜市场入口目睹我刚刚做过的蠢事。我跟着他们笑。那男子现在站起身来，用手轻轻拍拍我的肩膀。接着他走进了旁边的市场，那里有一片菜叶子藏着潮湿的绿，他去那里寻找。不远处，和尚们排成一列从街边走来，最前头的小和尚是个七八岁的小孩，手里提着个类似锣鼓的东西，雨中的整条街道被敲的叮叮当当响着。有人听到响声，走出自家门外，奉上一团食物，毕恭毕敬站在这些孩子的面前。这是我来这个城市的第一个早晨看见的景象。写这段文字时，猛然想起当时拍我肩膀的那位男子还没有洗手。也许这是他对于我过度好奇的"报复"。

去城中一处位于山顶的寺庙，这里有著名的斋丹兰佛塔。这是毛淡棉最重要的景点，进入这里不用购买门票。斋丹兰佛塔又被称为"吉普林佛塔"，得过诺贝尔文学奖的罗德亚德·吉普林在此写过："By the old Moulmein Pagoda, lookin' lazy at the sea（孟眉佛塔边，懒懒看着海）。"有中国翻译家将这句译作"到毛淡棉白塔，自在地眺望大海"。此乃"金塔"一座！真是不幸。吉普林这首《曼德勒之路》的诗中，他还写道："An' the dawn comes up like thunder outer China' crost the Bay（等黎明到来像是海湾那边中国的惊雷）！"这首诗写于1865年，不知道这位曾经的大英帝国诗人在这句诗中想表达什么意思？那一年，清政府还在和太平军打着内战，曾国藩、李鸿章在上海设立了江南机器制造总局，美国总统亚伯拉罕·林肯观看歌剧

《我们美国的表兄弟》时遇刺。那一年再往前二十三年的 1842 年，清政府同英国签订《南京条约》。伟大的甘地在其自传中谈及对于誓言的恪守时教导我们："利己主义蒙蔽了他们的双眼，通过运用含糊不清的中庸之道，他们既欺骗自己，也试图欺骗世人与上帝。有一条黄金法则就是真诚地接受监誓者对誓言作出的解释，另一条黄金法则则是，如果存在两种不同的解释，那就接受弱势群体的解释。"在吕克·贝松拍的一部电影中，某位女士手里拿着甘地的这本书，谈起"非暴力不合作"，鼓舞或是煽动了一大群缅甸的大学生。之所以用许多大家会不喜欢的"煽动"这个词，是因为她在这部电影中总会时不时出入于英国驻缅甸大使馆，这一点细想起来是极度矛盾的。我只是知道，相比较人民，以及一具具血肉之躯日日夜夜的生活，任何政治无疑都是强势的那一方。它杀不掉，死不了，且日夜散发出无尽的恶臭。

从山顶朝下望去，毛淡棉到处生长着植物。这里是比仰光更南的南方，"苏万纳普米"，黄金半岛的一端。树木在大地上每一个角落撑起绿色的巨伞。巨伞之下，才是人们的房屋。没有高楼，住房大多低于树木的高度。最高的建筑是佛塔、清真寺以及教堂。这是一座五颜六色的城市，不仅仅是植物带来的颜色，各式各样的建筑亦是缤纷多彩。曾经的著名港口，海洋、船只、风，行于世间人的脚步带来的各种文化，交织、碰撞、包容后产生的地方。蓝色、红色、绿色的民居外墙，表达着人们彼此各异的生活方式、个人爱好与信仰的不同。佛教寺庙的金塔、清真寺的尖顶、漂洋过海或是从一头大象背上驮来的印度教寺庙、西方传教士修建的几座教堂，整个城市宛若一座诸神的巨大花园。几位样貌不同的大神在花园中散步，各说各的语言，各讲各的观点，互相还能听得懂。古老的木头同雨季潮湿的青苔结合后形成某种难以言说的色彩，伟大画师的笔触，类似一种斑驳，仿佛阳光从茂盛的叶片缝隙间溢出。从山顶能看到下面的城中有一片巨大的空地，那里是监狱的操场。这所监狱似乎是毛淡棉占地最多的地方，这地方甚至不算是建筑，它由高高的围墙和人心之间厚重的阻隔构成。光秃秃一片，没什么植物在生长，像是一坨巨大的牛粪。操场上有人正在踢足球，他们抬起头，想必也能看见山上的这座寺庙，看见正在太阳下闪闪发光的金色佛塔。监狱修建于1908年英国殖民时期，不知道那些殖民地的大人们是想要关押多少个人类以及夜晚，才值得修出这么大一个怪物？城市的边沿是萨尔温江，江面在雨季时而明媚时而黯淡的天空下切换着光亮与阴郁之间的色调，像是我、每位自己、万千人类必将出生、活着、死亡的各个凡夫俗子注定要行走过来的那条忽明忽暗的道路。比江更远的地方，是另一处大地，大地上有另一座金色的佛塔，它在一座山的旁边矗立着。萨尔温江的上游是中国的怒江，我第一次骑自行车去西藏时，沿318国道曾经过这条大河。持续多年的旅行让我总是遇见一条又一条大河，一个又一个人，人间的生活在河流两岸常常闪现，又被流水及人们的言语带走。记得过怒江时我将一块巨大的石头推入江中，在江边立下一个誓言，可惜我无法说出那是怎样的誓言，因我已违背了它。这是我的失败和虚伪。过怒江之后又禁语一个月，当时的沉默教会我很多东西，那些通过沉默得到的感觉至今仍在持续。我无法判断这些事情对我的帮助或说破坏，我只知道这是我自己想要的样子。也许这世上除去自我的错觉，再无一物。错觉如果是自己听凭内心而造就的，那便永无对错！晚上返回住宿旅馆，街道两旁没有超市，样式古老的路灯象征性的亮着几盏，大概只为证明此地乃是一条公路。路灯亮起后的形状给人感觉像黑夜里的止疼药片，月亮是一位富有的制药商。

　　勃固是一座看不出有什么发展迹象的城市，距仰光仅仅80公里，已经完全不同了。我从缅甸的南方来到这里，折去这个国家的北部。黄色的火车站是英国殖民时期修的，估计用了上百年。车站售票员不会讲英文，我被请进了站长办公室，有人给我倒来一杯清水，让我坐下。办公室里放着已成了古董的柚木桌椅，木头仍是结实如初。我在一张椅子上坐下。椅子很冰凉，木头的体温。接着进来一位懂英文的年轻人，站长现在明白了我的意思，他说我应该到汽车站坐汽车去，他们这里没有直达那个地方的火车。站长又说自己国家的火车很慢，对我抱歉地笑笑。他之前帮我查火车车次时用的不是电脑，而是几张打印的表格。火车站旁边就是一个菜市场，全是地摊，卖着各种蔬菜、热带的水果。荒草在铁轨两边生长，一群小孩在站台上玩耍。有一座巨型佛塔，是城里最高的建筑。这座大金塔比仰光的那座还高出 14 米。传言该塔最早修建是为了供奉释迦牟尼的两根头发，后来又在不同时期收藏了两颗佛牙。城里有很多粗制滥造的广告牌，街心转盘、公路两边、某栋楼房顶部，最大的一个是中国某家智能手机品牌的广告。到处是卖智能手机的店铺。很难看出除了繁荣的手机买卖事业外，这座小城曾拥有过的辉煌。14—16 世纪，这里是缅甸全国的佛教中心，缅甸历史中著名的国王莽应龙曾在此建立王朝。如今，为了复兴勃固，缅甸与韩国某财团签订合同，委托其新建汉达瓦底国际机场。"汉达瓦底"是古时这里一座皇城的名字，《琉璃宫史》里有这么一句"最早的江是伊洛瓦底，最早的国家是汉达瓦底"。据史书记载，那时的皇城仅城门便有 20 座。

　　位于北部掸邦高原的茵莱湖是缅甸第二大湖，著名避暑胜地，湖面海拔 970 多米。这里三面环山，来自山间的溪流自东、北、西三个方向注入湖中，湖水在南边汇入萨尔温江。北部的小镇瑞良是进入茵莱湖的最后一片陆地，许多游客以这里为基地，乘船进入湖区。我在凌晨 3 点到达距此处 13 公路的瑞良，已经有一些出租车司机守在车门外。他们穿着厚厚的外套，这个地方夜晚很冷。出租车在漆黑中驶向茵莱湖边。天空阴沉，云朵的缝隙露出一丝星光。旅馆早已习惯应对后半夜抵达的客人，除有专人值夜外，还有专门的房间为早到的客人提供休息。早晨醒来去镇里一个寺庙，遇到当地某位重要人物的丧事，也许是一位高僧，也有可能是某个军官。人群把寺庙围到水泄不通，寺庙里僧人做着法事，成堆的鲜花堆在僧人行走的路上。警察来了，士兵来了，手里拿着锈迹斑斑的 AK47 维持秩序。起先我问一位当地人是什么人去世了，他给我做了个某人要去睡觉的肢体动作。看见那些枪支后，我没敢再问。远处一座简陋的游乐场里，小孩子们照玩不误。对他们来说，这只是在玩耍中度过的普通的一天。相对于我，这是我来此地的第一天，一切新鲜。而对于警察以及士兵，他们今天需要执行一项重要任务。才下过雨，坑坑洼洼的道路上积着雨水，俯下身，一座佛塔的倒影出现在一洼水坑中。浮世的人影在水洼里晃来晃去，几位赤脚行走的僧侣脚后跟沾着泥巴从水洼旁走过。去一家古玩店闲逛，店铺的另一半卖各种拖鞋，塑料制品。我脱了鞋赤脚走入，出来时发现自己的拖鞋少了一只。店家找了半条街，原来是被他家的狗叼到了排水沟里。等我重新穿上那只拖鞋的时候，鞋子上多了几个窟窿和潮湿的口水。站在旅馆房顶，透过树桠的树权看见一群尼姑沿着巷子化缘，她们穿粉色僧服，手里拿着红色的伞，脚步从每一户人家门口薄薄的雾里穿过。

前一天预订的船夫身着一条蓝色笼裙，头戴开了个眼的草帽来旅馆接我。他脸庞黝黑，笑的时候露出一排洁白的牙齿。船夫盯着我破破烂烂的上衣、裤子、拖鞋，又摘下自己的帽子给我看，似乎不敢相信是我花钱租了他的船。我们从一个漂浮垃圾、水草的狭窄河道出发，先要拨开一艘艘堵在前面的其他船只和船舷上挂着的露珠。船与船在水中轻微碰撞着，水面上有一层层涟漪扩散开来，接着在水的边沿消失。炊烟从河道两侧的院子中飘出，母鸡领着一群小鸡在门口晃悠，一位年轻的母亲在河边教儿子说话，小孩子咿咿呀呀学着。进入较宽的水道后，船夫打开马达，轰隆声响起，船速越来越快。他的笼裙现在被风吹得胖鼓鼓的，他把裙子的一部分夹在腿间，为了防止走光。看着一位男子穿着裙子防止走光，是一件极为魔幻的事情，似乎也有些"风情万种"。期间去一些卖工艺品的、做银饰的、卷烟的、织布的作坊。有一种衣料，是用莲花花茎里的丝织成的，卖得很贵。每次下船去一家店铺，船夫总会把伞撑在我坐的座位上，防止太阳暴晒。当我上船，那里是凉爽的。一些珍贵的细节在缅甸不是用钱来衡量的。他们贫穷，却仍用细节来编织世界、各自的内心；这个世界的另外一些人富了，但在金钱中常常丢了真实的生活。

　　这是一个水的世界，水的故乡与梦境。总感觉回到了童年的梦，我幼时生活在北方一个少雨的村庄，常在窗台前幻想去遥远的南方某条河边，了却一生。而这里所有的生活都离不开水，水的息息相关，水的密不可分。房屋基本建在水上，店铺大多时候仅为一叶小舟，连寺庙也都修在水中，需要划船方能到达。看见一所学校，操场上的小学生穿着白色上衣，绿色裙子，像水边绿色叶子上开出了白色的花。妇女们蹲在河边洗衣服，她们洗着，笑着，一会儿又唱起了歌。旁边是佛塔。风带来流水的声音，佛塔上铃铛的声音跟在流水后面，美妙的音乐一并发生着，风是那位叫做"伟大"的指挥家。土地极度珍贵，一丁点土地不光种有番茄、南瓜、鲜花，甚至生长着木瓜树、芭蕉树。这些土地是漂在水上的人工浮岛，鱼虾可以在田地的下面继续活着、生儿育女，获得一个儿孙满堂的名声。此处之外的某地多少年来一直在填海造地，围湖造田，近些年幡然醒悟，可惜稍显迟钝。孟浩然若是现在去了洞庭湖，绝对写不出"气蒸云梦泽，波撼岳阳城"。茵莱湖本地的一些人一辈子活在水中，因为太少在陆地行走，为了保持脚力，他们在腿上绑着船桨划船。生活在这里的茵达人认为，用脚划船速度快且有益身体健康，同时可以行船捕鱼两不误。某座寺庙的木头地板尽是岁月留下的痕迹，已经快被数百年来无数信徒的赤脚打磨成一面镜子了。寺庙正殿收藏有许多价值不菲的宝物。佛像前的鲜花永远新鲜，各种花朵芳香扑鼻。有一朵枯萎，立马有信徒奉上另一朵新鲜的。另一座寺庙的佛塔中供奉着 5 尊古代的佛像，信徒们奉上的大量金箔将其包裹成一块块金色的石头。佛陀的眉眼在这些金色中藏着、幽暗着，也闪着光。

　　从茵莱湖去往蒲甘，是一个由山地到平原，从阴雨绵绵到炎炎烈日的过程。太阳暴君一样在世界中燃烧，水稻田越来越少，土壤的颜色也在改变。但这里依然是一片物产丰饶的土地，这得益于当地出色的水利灌溉。早在千年以前，孟族就在这一干燥地区建造了有"人类奇迹"之称的皎克西水利灌溉系统。这使得该地区对于此后相继成为缅甸都城的蒲甘和阿瓦都是重大的战略要地。哪个王朝得到了这里，就得到了一座取之不尽的粮仓，百万生长在地里的士兵和庄稼。道路与田野走到尽头之时，蒲甘出现了。那是一座又一座赭红色的建筑，像是夕阳下的云朵停在了地上，也似乎是大地穿上了一件又一件僧袍。阳光下，伊洛瓦底江宛若金色的大鱼自北方流过，蒲甘位于大鱼的东边。在缅甸，佛塔遍布各处，山顶上、小岛中、某个街角、一汪水中的影子、谁家屋后的窗户、一朵花的前景……一座佛塔刚从视线里消失，另一座又出现了。蒲甘则是缅甸众塔的心脏、众塔的数量与密度、众塔的王、众塔的极致。塔在这里成了军队、兽群、花丛。资料中说，在最巅峰的时期，这片土地上曾耸峙着 13000 多座佛塔。即便如今，经过战争、地震、时间的黑夜，仍有 2000 多处佛塔、400 多座寺庙在伊洛瓦底旁的大地上活着。

早晨九点刚过，太阳已把我晒得发昏。我骑着一辆破破烂烂的自行车前去参拜蒲甘的各处佛塔。风卷起的一阵阵沙尘在我脸上与汗水黏在一起，我只好眯起眼睛，想着自己脸上也许有一个工地现场正在施工。自行车无休无止、声嘶力竭地"嘎吱"叫唤，仿佛也在喊热。前方蒲甘的旷野一直延伸到远山的脚下。这是一条沙土路，旅馆工作人员告诉我，骑车的时候要小心，有蛇出没。我现在不担心蛇，只觉得热，我感到炽热的沙粒几乎要把自行车轮胎烧化了。到处是佛塔，热的实在受不了了，我进入其中一座。世界瞬间凉快。巨大的拱门四面对开，塔内刮着大风。一只松鼠坐在佛的一只手掌上睡觉，佛陀眼皮朝下耷拉着，似乎正看着这只松鼠，它在日头下的寺庙中得到庇护。我进去，它慌慌忙忙跑掉了。不光是松鼠热，任何时候都会有人在神像前、树荫下、水缸边呼呼睡着大觉。在这里，躺下来是最凉快的姿势，自行车是给我、我们这种患有多动症的游客准备的。某些佛塔的大门用铁栅栏锁着，要进去，你先得叫醒睡觉的看门人。

蒲甘令人总会产生一个想法，不是众多佛塔坐落于蒲甘平原上，而是蒲甘平原存在于各个佛塔的间隙中。佛塔多，著名的佛塔也多，达玛央吉、苏拉玛尼、阿难陀、它冰瑜……这些个没有十天半个月你都不可能看仔细，要想看完这里的塔，也许一年，也许两年，也许一辈子都不够。这取决于你用哪种方式来看。墙面上到处是残缺不清的大象、牛、马、佛陀之类的壁画。鸽子、蝙蝠住在塔内，走廊里充斥着不知哪种动物的粪便气味，所有人在塔内必须赤脚行走，脚底板偶尔会感受到那东西的湿滑。壁画有的被保护起来了，更多的仍在游客的手和快门下暴露。有一位西方游客热衷于在壁画上写下"到此一游"之类的话，我在好几处寺庙中发现了他的"大名"。他是在 2012 年写上去的，那一年，缅甸刚刚开放。所有知名寺庙的外围已被小摊小贩占领，即便旅游淡季，追着你卖明信片的小孩儿仍会络绎不绝。许多小孩已经学会不使用向游客直接讨要这种低劣的手段得到钱财，而是一种更为聪明的空手套白狼的本领。其实不能算做"空手"，他们只是拿一些低面额的老挝、越南、柬埔寨、泰国、尼泊尔、印度的钱来换取美金，人民币也凑合着行，英镑更好。要不要和他们玩这个换钱"游戏"取决于你的意愿、善心和那小孩儿的高明程度。某位游客抱怨小摊小贩小孩子打扰到自己的旅行了。可是话说回来，谁又愿意每天那样屁颠屁颠跟在别人屁股后头去打扰别人那么点儿狗屁清静？大家无非都是为了生活，你过你的，他过他的。之所以会被打扰到，是因为首先你选择来到了这里，人家才是这里真正的主人。其实根本没人打扰到你，是你自己的心打扰到自己了。世界来自平衡，平衡来自心内。大大小小几乎每座塔内都有一个被封闭起来的密室，不知道是不是藏有通往另外世界的秘密通道，或是几部价值连城的经书。这是一个魔幻现实主义的国家，密室里出现什么都有可能。《琉璃宫史》是缅甸国王钦定的"正史"，一部得到极大认可的著名史籍。即便史书，也是充满了魔幻色彩，书里甚至常常出现宝石下的雨。说是一位叫做列乃索延尼的国王在位时，下过两次宝石之雨，第一次宝石没至腿肚子，第二次没至膝盖；又说骠国时某个国王的王弟每微笑一次，天空就下一场宝石雨。在这位国王在位时，他的弟弟总共笑了七次……

　　1975 年，蒲甘发生里氏 6.5 级地震，许多壁画、佛塔被毁，修复工作如今还在继续。只是使用的方法有点儿触目惊心，一些破损的地方直接用水泥填补起来，看着有点儿担心。那不是修复，是另一场地震。

阿难陀、它冰瑜是蒲甘最著名的两座寺庙。如今更像是新修不久、粉刷如同迪士尼乐园里的某个水晶宫殿。地上铺了马赛克瓷砖，壁画荡然无存，被新近生产的涂料、油漆遮盖。只有在某个偏僻的角落，粗心的维修者遗漏掉的一个缝隙，古代依然在那里闪着光，可惜更像是这个崭新整体世界中的一道伤口。这两座建筑本是蒲甘最美的塔庙。它冰瑜高达 63 米，是蒲甘最高的一座。阿难陀的建造据说是用以和当时印度著名的乌达雅吉里洞窟一较高下。在另一座供有三尊大佛的塔内，门口的地板竟然用瓷砖拼出"welcome（欢迎）"字样，真是"用心良苦"。那里面的大佛无比美丽，风从门洞走进塔中，供桌上的花朵飘出阵阵芬芳。我双膝一软，跪于佛前。仰头，看见佛正低垂着眼眸。他的头顶落着两只鸽子。有一点不得不承认，地板砖、水泥、油漆、涂料，各种错误的修复方法，这一切并不影响蒲甘的伟大。蒲甘的伟大是信徒赋予的。他们建一座塔是修给自己、来生、世间，修给"业"的，不是为了在大地上建造一个景观。景观是大地被信仰填充后，无意间出来的。在瑞姑塔上，修这座塔的国王刻下了一首伟大的诵诗，其中一段写道："但是我将建造一道大堤，穿过那生死轮回的长河，让众生迅速渡过，以达到幸福之都。我自己将渡到彼岸，并将沉溺者也带过此河……啊，我已克制了自己，将使任性的人也能克己；我自己得到安乐，将使胆怯的人得到慰藉；我自己已被唤醒，将唤醒别的沉睡的人；我自己已做到冷静，将使内心焦虑的人也变得冷静；我已得到解放，要解除被束缚者的桎梏。我自身安静，并将在美善的教旨指引下，使人间憎恨归于平息。"

毫无疑问，蒲甘是一个奇迹。但如果单从壁画的美学水准、某一建筑的宏伟程度来说，蒲甘的美是有限的。跟风的人喜欢把这里的壁画描述得无比精美，世上第一。建筑神奇至极，足以媲美吴哥。我觉得不是他们说的那样，敦煌的壁画比这里好看，吴哥的建筑比这里厉害。吴哥现在已经不是"建筑"了！这些人不仅没有了解蒲甘的美，更未曾明白吴哥的伟大。蒲甘变成奇迹不是一天两天的事，一代一代狂热的信徒在大地上修了两百多年，数万座佛塔，才让它变成了奇迹。蒲甘的雄伟是利用数量来达到的，质量乃其次。在缅甸民间有句说法："多得像蒲甘的塔一样数不清。"准确来说，关心修复的不过是游客、热心遗址保护的、研究历史的学究、联合国教科文组织那些和蒲甘精神世界不沾边的唯物者。我们探讨一座遗迹外貌的"新"与"旧"之时，我们已经唯物了。大多信徒或许更愿意献给佛陀一个崭新熠熠的世界。无知且嚣张的家伙们往往把这种意愿称为"盲目"。信徒们在旧的屋子里睡觉、做饭、生儿育女，他们修一个新的，才能把诸神的庭院和人间的烟火区分开来。毕竟，吴哥最早也是新的，金碧辉煌。吴哥现在伟大，难道它"新"的时候就不伟大了？蒲甘的修复工作毁掉的是历史，岁月的痕迹，游客眼睛里的"美"。信仰对于信徒而言是永恒的，是时间的整体。人类历史、寺庙中古老的痕迹在作为整体的时间面前小到连九牛一毛、沧海一粟都不是。在东南亚，献给诸神的殿堂使用的材料永远是石头、砖块，越南的美山、柬埔寨的吴哥、老挝的瓦普、泰国的阿瑜陀耶、印尼的婆罗浮屠……因为这些材料最结实。而一般家庭住的屋子，几千年来都是普通的木头、茅草，家庭住房的建造水平开始便是结束，一开始的高脚屋已经足够适合这片土地的生活这里的气候了。这种屋子自从诞生，几乎从未有过改进或是城里人口口声声那种所谓的"发展""日新月异"，因为不需要。也许信徒从来就没关注"新"或者"旧"这样形而下的问题，他们想的只是修一座神庙，期望神来到其中，然后人们在神的面前跪下。

蒲甘如今更像一个宗教与生活完美结合而达成的场，古老生活的现场。即便几座塔已被修复的没什么遗址的氛围了，这片土地依旧如古代般荒茫。坐一艘船去伊洛瓦底江的对岸，对岸什么都没有，只是对岸。对岸的草啊、山啊、风啊、云朵的影子啊、人们的生活啊……对岸只是对岸。渡口搭了个两平方米左右的茅草棚，人们在此岸等船的时候，坐在里面矮矮的木头板凳上乘凉。几个人合伙把一辆摩托车抬入从古代漂来的船上，两位身着红袍的僧人坐于船中。过了河，男子从船上下来，骑着摩托车自旷野消失，身后卷起一阵尘土。大地太空旷了，摩托车在这个地方已经没有了在城里作为机器的那种生硬，好似一匹马。"空"赋予了它生命。另一处岸边生长着许多高大的芒果树，低处的果实已经落下，也可能是鸟或者人把它取走了。高处的我无法够着，想用一块石头把它砸下来，可惜每次扔出去的是石头，掉下来的依然只有石头。一位嚼着槟榔的男子出现在我身边，他笑着，掏出一支已经磨出包浆的弹弓，帮我射下来三颗芒果，然后像劫富济贫的梁山好汉那般一言不语，扬长而去。一条湿答答的笼裙穿在他身上，想必这位好汉是刚从河里出来的吧。在这儿，再怎么英雄的好汉也怕热，大地既是魔王，也属佛陀。河边永远都有人泡在水中，男男女女、老老少少、白天晚上、日日夜夜、生生不息、带着小儿子的父亲、挺着大肚子的妻子。几条狗因为热，也一路小跑急匆匆跃入水中。鸽子在这一切场景的边沿安心地低头饮水。伊洛瓦底江是缅甸的母亲河。一下子明白了"母亲河"的真正意味。所谓母亲河，便是如果你渴了，就去水边，母亲在那里等着。中国的那位"母亲"在工业时代现已无法解渴，有一位旅行者曾在嘉陵江畔取水饮用，结果去了医院，重金属中毒。伊洛瓦底是此地万物、大地的母亲，不仅仅是人的。作为母亲的伊洛瓦底已经老了，江面是她的脸。风吹过，她的脸上全是皱纹。皱纹之下，藏着她伟大的身体。那里面有一个巨型的怀抱，一切进入的，皆被抱住。我赤着脚，跟随人们、木船、小狗、鸽子的嘴、岸边摇晃的草木，和他们一起走入水中。我感到自己在怀抱里下陷，水中波浪在动，仿佛童年的摇篮。我无法站稳。一直待到日落西山，牧牛的妇女赶着一群白色的牛打夕阳下归来。她看我的矿泉水瓶子空了，就给我在牛身上挤下一些乳汁。她端过来，我便喝了。这牛奶带着某种身体内部的温度，原始的乳汁。后来，我在岸边躺下，听见河水流动的声音。风是凉的，傍晚的大地散出的热气传到我的后背。低处的云朵从天空飘过的速度飞快，高处的则很缓慢。在我的头顶，树叶依然是绿的，但已经被阳光染成了另外一种泛着金色的绿，宛若有谁在叶子上刚刚修了一座座小金塔。叶片的正上方，有一片蓝色，那里是天空。

观看落日的金光照亮伊洛瓦底江畔的万千佛塔绝对是这个星球最壮阔的景色之一。许多游客来到蒲甘，是冲着国家地理杂志那种明信片式的日出日落而来的。于是几座角度极佳的观景点迅速被旅行团的大军和他们手里扛的、脖子上挂的、肩膀上背的，各种各样型号不同、焦距不同、产自德国日本、价格不菲的照相机占领。他们太热衷于给这个世界拍照，常常忘了世界也在给他们拍照。在这个时代，许多人花巨款给自己的脑子修了一座监狱，在广袤无垠的世界中把自己的目光用一个或者照相机上的、或者心里的取景框给锁起来。他们很容易高潮，只需听到快门咔嚓、咔嚓、咔嚓的声音便已经足够，而不管得到的是什么。因为是快门，他们忘记了慢。他们还不懂拍照的真正意义，如果一定要拍，那应该去拍你自己的心。这需要勇气。时间会在任何一张照片中产生或多或少的力量，你把照片拍好，你得等着。也许十年八载，也许一辈子都不够。远离快门声的唯一办法，是找一座尚未在旅行攻略中出名的佛塔，然后顺着墙壁独自爬上去。不要轻易听信他人说此乃对神的不敬，这是为了更靠近。

此刻，疾风从旷野的那边掠过高处的塔顶。一只鸟站在塔尖，风吹乱它的羽毛。塔上的铃铛响着，和鸟的叫声混合后一起传来。风在走路的声音。能看见伊洛瓦底江，江面只闪现出那么一点儿，那是这条大鱼身上的一片鳞或一颗牙齿。它的更多身体藏在山间，蒲甘万千佛塔的远处，一座座赭红色的建筑，此刻像是燃烧了起来，大地上开满了火焰的花。大火之中，每座塔都好似一枚方方正正的汉字，一首唐诗就这样在大地上出现了，李白或是杜甫也许刚刚钻进某座塔中。无数佛塔、树木的影子在大地上纵横交错，影子在夕阳的余晖中不停变幻，如同大地张开了一个又一个正在咀嚼的嘴。一辆牛车在影子与影子间的灰尘里穿行。人类在时间里被吃掉。不知哪个地方的喇叭里传出僧侣诵经的声音，驰过平原的摩托车上响着一首歌。我独自坐于塔顶，闭住眼睛，眼前并没有变为漆黑一团。光穿过我的眼皮，我看见自己的眼皮是红色的，如同心脏。夕阳在世界中闪烁，我感到它宛若跳动。我想起了七岁时的那场日落，回忆起母亲带我去县城寻我父亲的那个遥远的下午。那时父亲刚刚调到县城文化馆工作，母亲是民办教师，一个月几十块工资。教书同时，还耕种着金鸡沙的十多亩农田。金鸡沙是我和她居住的那个村庄的名字。母亲走在田野里，风带着从沙漠过来的沙子，一个小孩在她身后跟着。那个小孩是她的儿子，过去的我，现在的我，以及未来的我。那次去县城，我第一次看见三层以上的高楼，第一次看见神奇的电话机，看见马路上原来可以同时有那么多辆小轿车，我还看见我许久未见的父亲。我看见了很多，用一个七岁的从农村来到城里的孩子的眼睛。那是二十年前，父亲当时仍然很瘦，如我现今这般。记得母亲和我从开往县城的破巴士下来时，她斜背着一根从农村老家带来的擀面杖，我问她为什么带这东西。我觉得她应该把老家那台电视机搬到城里的。电视机是去年才买的，我还没有看够。母亲回答说父亲挑食，吃不习惯城里的机器面，要做手工面给他吃。母亲说这话的时候，西边的太阳快要落下去了，我看见东方那条我和母亲走来的路上，我们的影子出现在夕阳下金色的土地上。影子里，当我和母亲走路时，那根擀面杖也在大地上晃动着。如同此后多年我独自一人在这世间走过的路……路途之中，每个黄昏总会赐给我一场盛大的幻觉：世界再也没有贫穷了，大地上到处都是金子。

去蒲甘博物馆。在缅甸，所有的寺庙都要脱鞋才能进去，博物馆却不用。尽管这个地方珍藏着几百尊各个时期的珍贵佛像。缺少了信徒的供奉，这些塑像现在已经不是神了。在世界各地的博物馆中，它们作为文物来出现、存在。鸽子在博物馆的天花板下面飞，不是为了制造某种景观，是鸽子自己从窗户飞进来的，可能是因为馆里开着空调，凉快。不知道这里是不是地球上唯一一座"收藏"着活体鸽子的博物馆？许多大幅文字介绍是手写的，这文字因沾染了书写者的体温、掌心的汗，不再有打印体的呆滞、死板，看起来更亲切、生动了。小幅的介绍则是打印机印刷出来的，估计这个地方还没有大型打印机。蒲甘只是一个地方，不是城市，在这里没看到路边出现过广告公司。广告这东西是给信广告的那些人看的，它不是科技，也不代表未来，各种谎言是其具体组成要素。大厅放置着几尊新铸的老国王铜像，国王常常赤着脚，信徒一样坐着、站着、指着什么地方。可惜艺术价值不怎么高，太写实了，而且国王姿态不同，表情却个个雷同。写实，却没有了人真正活着的丰富。一间房子挂满了表现蒲甘各座寺庙造型的油画，像是西方人画的，其实是一些缅甸画师所作。另有一间屋内放置着姿态各异的佛陀塑像。都是古代的能工巧匠雕出来的。他们是工匠，也是信徒。馆内收藏的年代最早的雕像大概是 11 世纪时期的，那时候的"佛"是一位高鼻子尖下巴的印度人。往后，12 世纪的造像鼻子变低了一点儿。到 13 世纪，已经是缅甸本土人的外貌特征了。许多美丽的文物在大厅内随意摆放着，走在里面，时刻得克制自己内心幽暗的欲望。这是一个没有安装摄像头的博物馆。打扫卫生的清洁工拿着巨大的拖把四处转悠，没有在拖地，似乎就是拿着拖把闲逛。整个博物馆只有我一个参观者，我们遇见的时候互相笑笑，问个好。忽然，她在空旷的博物馆里唱起了歌。

曼德勒是一座烈日与灰尘中的城市，缅甸第二大城市，数个王朝在这一地区建都。我在雨季来到这里，住了五天，没落一滴雨。据说以前雨季会在6月到来，那已经是很久以前的事了，近些年常常推迟到7月、8月。无休无止的砍伐，森林已被锯秃了头。6月的雨水在这一过程中也给砍没了。穿着拖鞋在曼德勒街道走一圈，回来先得洗脚。灰尘太大了，脚是黑的。早在1995年，缅甸政府就制定了新的林业政策。新政策包括可持续生产、满足基本需要、增强国力、高效率的工作监督、森林生物多样性保护和乡村林业等内容。政策虽然有了，可惜雨水并不会跟着政策一起到来。天地无德，大地的事可不是政策能管得到的地方。城市因山得名，"曼德勒"的名字来自这座城内最高的山丘——曼德勒山。传说释迦牟尼宣扬佛法时登上此山，指着山下伊洛瓦底两岸肥沃的平原，预言2400年后，这里将出现一座繁华的大城。

汽车抵达旅馆，立刻有服务生出门迎接，帮你背包、拎行李、奉上一杯清凉的果汁，即使我住的旅馆只需10美金一晚。不管这座城市的灰尘多么遮天蔽日，哪怕和另外某个地方的雾霾数量等同。在这儿，钱仍不是绝对的衡量标准。当然，如果没有这10美金，这些也不会发生。另外一个世界许多代表更文明的东西已经开始出现。大街上有各种各样的广告牌，内容大概有：泰国销量第一的化妆品，欧洲排行老大的家电品牌，韩国知名的手机品牌或是产自中国的几个牌子……晚上顺着皇城旁的街道行走，旁边是护城河。十点钟，所有店铺已经打烊，没有二十四小时便利店。城市最初的出现是为了便利，但便利并不是一座城市的终极目的。街边开了许多家手机店铺，现在只有这一家一家卖手机的铺子还亮着灯。这灯光表达的意思也许是广告里宣传的那种被文明之光所照亮的黑暗。缅甸是全球电视、互联网、手机最晚进入的国家之一，这也意味着这个行业在缅甸存在着巨大的市场。沿着各家手机店铺发出的光亮，在这条十点钟后的街道我什么都无法买到。看见一座桥，可以穿过护城河，打算沿着城墙根走走。黑暗中出来一位士兵，告诉我那里是军事禁区，禁止通行。我只好再次回到之前过来的那条大街。手机铺子的灯还亮着。

　　住的旅馆开在一栋八层高的楼房中，早饭免费，有缅式、西式两种，还有一些应季的水果。即便是免费早饭，服务生仍是彬彬有礼。他们深知每个行当有每个行当的职业操守。操守没了，还谈什么职业？一天正在吃早饭，忽然停电，餐厅没有窗户，屋内昏暗一团。店员一路小跑，出去按了个什么按钮。过了会儿，餐厅又亮堂起来。回来，他给所有正在吃饭的客人鞠了一个躬，说了句抱歉。其实当时吃饭的客人包括我在内总共只有三个人。但是三个人也是所有，是大家，是客人，不能因为数量就免了仪式。他的一个动作、一句话，我记住了。曼德勒经常停电。另一次乘坐电梯，在里面被关了十分钟，再没敢用那机器。旅馆楼顶可以上去。从这里几乎已经足够俯瞰整个曼德勒了。一大群学生在不远处足球场不知忙活什么，欢呼声隔着街道传到楼顶。火红的凤凰花伴着霞光在足球场四周盛开。风从伊洛瓦底江那边吹来，太阳从伊洛瓦底江那边落下。夕阳之中，这座城市的房屋与房屋之间几十座金色的佛塔闪着光，一座天主教堂被粉刷成粉色，清真寺绿色的塔顶出现在无数蘑菇般生长出来的民居中。城市的边沿，是一些正在修建的更高大的钢筋水泥建筑。在中国的城市，这样子的建筑叫做"楼盘"。而这里最高大的是远方的山脉，诸神的房屋。两列山脉像一只平底盘的边沿出现在曼德勒东西两边，平原在大地的另外两侧延伸，看不到边际。不知道大地上的这个盘子到底有多大。曼德勒只是这个盘子的部分而已，人们在里面生活着，如同盘子里的一粒葡萄干。

在曼德勒，伊洛瓦底江要比在蒲甘时喧嚣了许多，也更加宽阔。这条大河发源于中国境内察隅县伯舒拉山南麓，西源迈立开江发源于缅甸北部喜马拉雅山区。发源于察隅的河流在德步里西北约 6000 米处流入云南省，从这时起这些流水有了另外一个名字——独龙江。2014 年我曾骑着自行车翻越高黎贡山去往独龙乡，那里是中国境内独龙族的主要聚居地。不知遇到了什么活动，整个小镇的住宿全被预定出去，一床难求。后来去镇子旁村庄里一户人家借宿，他家住在一栋木头的屋子当中，火塘里生着火。我坐在火塘前和那家人一起吃饭时，看见门外流过绿色的水，水流湍急，却极干净，像一块流动的玉石。那些水便是独龙江了。我那时根本不知道这条河流后来竟有了另一个叫做"伊洛瓦底"的名字。这个名字养活了一个国家。

一群工人在伊洛瓦底江边一艘船上卸货，手里拿着头上顶着一只又一只陶土做的水瓮。那些水瓮是用来装另一条伊洛瓦底江的。另一艘船运来一船的大米，一群鸽子把口袋啄开一个窟窿，飞着、吃着、闹腾着，也没人管。日复一日的搬运，日复一日机械的动作，日复一日同样的河流与船，这些工人的生活无疑是艰辛的。他们的屋子就在岸边，破破烂烂，老人和小孩还一起住在里面，一阵大风似乎就可以把那屋子吹垮。但不知为何，那伙工人看起来开心而又健康。反而是我们这些每天吹着空调，不怎么动弹的人悒悒寡欢，身体日渐孱弱。有一名年轻人在江中溺了水，所有人都停止了工作，人们合力把他救上来，让他趴在岸边沙滩上，一只水瓮撑在他的胸口，人们拍打着他的背，拉扯着他的胳膊和腿。接着他吐出来许多东西。现在人们又开起了玩笑，我问他们为什么一下子笑得那么开心。一位懂点儿英语的男子告诉我，他们在说着河里的神仙不想要那小子的性命，因为他吐出的东西太脏了。他给我翻译这些话的时候，把神仙翻译成了"God（上帝）"。生活中的一切仍在发生，又在结束，穿着笼裙的妇人继续在水边洗澡。半夜，一对男女走入江中，在水里悄悄解开了衣服。

　　江畔有一市场，卖着各种新鲜的鱼。问鱼从哪里来，是不是旁边的河流？他们听不懂。我指指鱼，又指指不远处被太阳照得发亮的江水。她们开始说伊洛瓦底、伊洛瓦底，这个我听得懂。一位卖鱼的姑娘不停重复着一句话，指着我的身体和脸，我根本不明白是什么意思。有一个懂英文的青年路过，长着印度人的面孔，告诉我她在说喜欢我。我认真地和那姑娘对视一眼，她现在反而是不好意思了。姑娘脸上抹着"特纳卡"，是缅甸特有的一种美白材料，可以防晒驱蚊。就是把一种树木的枝干和着水在石头上磨成粉末涂在脸上就成了。很天然的美白材料，等同于城里人画了个烟熏火燎的浓妆。一个小孩在河边练习藤球，邀我一起玩儿。我穿着拖鞋踢了几脚，双脚巨疼，比足球硬太多了，他们却都可以赤着脚奔跑、倒勾、鱼跃。觉得这些人未来组一支队，说不准踢得赢中国那支球队。许多青年男女在河边小公园谈着恋爱，学着电影里那样接吻。永远有人在树荫下、水瓮边、三轮车上睡着觉。一部智能手机在耳旁放着、裤裆中夹着，手机响着歌。不用担心睡着了会有人把手机顺走。几家理发店开在街头，风把不同的头发带往城市的各个角落。也有很多家专门的"美发店"在路边的店面中营业，那些店铺的名字往往叫做"XXX 沙龙"。理发店旁边有一家洗车行，正清洗着一辆日本进口的越野车。再旁边，一栋矮屋的墙头闪过一位正在洗澡的妇女幽暗的肩。破旧的货车运送着几根粗大的柚木去往河边的码头，也许那里停着开往另外某个国家的货船。

巨大的农贸市场霸占了几条街道。所有的东西都是成堆的，土豆、大蒜、芒果、菠萝蜜，这一堆还在腐烂，那一边已经垒起另一堆新鲜的。土地里似乎有永远摘不完的果实，伟大的生育能力。缅甸是著名的农业大国，有"稻米国"的美誉。第二次世界大战之前，是世界上稻米出口最多的国家，占世界稻米贸易额的40%。那时，缅甸还未获独立。"1861至1865年间的美国内战中断了卡罗莱纳州的大米向欧洲的输出，英国便指望缅甸来弥补不足。到1870年，种植面积就达到一百七十三万五千英亩。1869年苏伊士运河开始通航，又有足足一百万英亩的土地种上了水稻。""在1852年英国侵占勃固省之前，缅甸没有输出过大米。"（《东南亚史》）市场周围常常看见男子骑着摩托车呼啸而去，胸前夹着一颗枕头大小的菠萝蜜，后头还坐着妻儿老小。许多店铺里摆着张无比陈旧的黑乎乎的桌子，仿佛一团旧日时光遗落的暗影，灯光再也无法照亮。桌子表皮全是主人多年使用留下的痕迹，已经看不出是哪种木头。也许是祖传的一张宝贝桌子，也许只是一块儿用了几代人的木头。人们把纸倾斜着置于桌上，在上面写画着各自的生活与命运。这种斜着写字的方法是缅甸特有的书写习惯。有一片区域是穆斯林聚居区，坐落着十多座清真寺。某天傍晚我在里面的小巷穿梭，阿訇的诵经声忽然从高处落下，巨大的声音的翅膀瞬间遮盖住整片街区。这座清真寺的还没诵完，另一座的已经开始。伟大的声音在天空与大地间飘荡，空气似乎是用这声音制造的。我从小巷里出来，街道的尽头，一朵灿烂的晚霞正在大路上盛开。

曼德勒的街道最早是英国人规划的，同仰光一样，用数字编号，方格子组成的街区。但街区之内本地人发展出了无穷无尽的小巷，竖的、横的、斜的、S形的。这家的窗户口朝外泼出一盆洗菜水，那家门口的小孩儿坐在地上哭。某个阴凉地坐着一位老人，手里总拿着什么东西在织着。许多屋子仍是木头建筑，人们在里面生活、居住，门口还做点儿小生意。人与人之间的距离很近，活着有一种古老的安全感。行在这样的巷道中，陌生人绝对迷路。不得已，只好掏出口袋中的智能手机，翻看里面的地图。人们看着，友好地冲着我笑。懂英文的会主动走过来问陌生的朋友是不是遇到了什么困难。夜晚走在路上，听见某栋房子里传出男欢女爱的声音，像那栋屋子本身在唱着一首从远古飘来的歌。路过一家叫做"拉斯维加斯"的饭馆，里面摆放着几十个塑料椅子。人们在深夜饮酒，啤酒瓶子倒了一桌。一位男子对着空瓶子说起了醉话，说着说着开始哭。猛地发现，现代化在这座城市发生的先兆是：先从修改一家本地商铺的店名做起。而所谓的现代化，对于全球大多地方来说，便是想办法离西方再近一点儿。

乌本桥位于曼德勒南部古城阿玛拉普拉附近，是世界上最长的柚木大桥，全长1188.7米，呈"之"字形横跨东塔曼湖，修建于贡榜王朝敏东王时期。登上这个珍贵的古迹不需要购买旅游景点的那种门票。乌本桥桥墩、桥梁、铺桥的木板都使用名贵的柚木。据说这些木头是当年从皇帝的某座宫殿上拆下来的。如今该座"宫殿"在东塔曼湖里已经泡了一百多年，仍未枯朽。这座栈桥现在不光是曼德勒的著名旅游景点，还发挥着一座桥梁本身的作用。保护是保护着，为了便于维修，桥上的柚木都列有粗糙的编号。但是这桥也得用着，毕竟归根结底它还是一座人们去某个地方的通道。僧侣、对面村庄的农民、头顶货物的小摊贩、刚刚放学推着自行车的中学生，也肯定少不了拿着照相机的各国游客。所有人行在同一座桥上，仿佛将要抵达那个注定一样的归宿。湖水倒映着天空与云朵，桥上行人的影子亦映于水中。水波荡漾，人好似是在天上走着，景色确实很美。我坐在桥边看着水里的世界，湖水晃来晃去，我看得入迷，逐渐产生幻觉。觉得在水里走动的那些人影宛若是行在天上的神仙。从水里能清楚看到天空的颜色以及云朵飘动的节奏。"水天一色"就是一朵云正在此处照着镜子，或是和水亲个嘴。一声狂妄地叫喊将我从幻觉拉回真实的世界，那是一句中国某个地方的方言。喊叫者拿着一台硕大的照相机，身背数个昂贵的长焦、人像之类的镜头，喊着自己大概在 20 米开外的朋友赶紧来某个角度拍摄。写这篇文章时，我在网上寻找关于缅甸资料时看见一个旅行摄影团的广告，那个摄影团广告的标题是："感知信仰国度，寻梦佛塔烟云间。"对于缅甸，他们已经发团了。好几年前，四川西北部的色达佛学院，一个下雪的早晨，我在山顶看见某个十多号人马的摄影团出现在我面前。那时我很好奇，川西北青藏高原大山深处的色达他们都找到了。而对于摄影，他们相信真正的照片可以通过组团来达到。这些人很喜欢把几十个镜头同时对准一个孩子的脸。他们中的一部分人喜欢把自己称为好"摄"之徒，并认为这是一个有趣的玩笑。让人难过的事情是，他们永远丧失了明白一个重要道理的能力，所有所谓的玩笑，总会包含有认真的成分。

现在是雨季，不过东塔曼湖还处于枯水期，某些地方的湖床在大地之上、乌本桥桥下裸露着。雨水没有和雨季一同到来。一大群鸭子在湖边一块空地上懒洋洋卧着，鸭群旁搭了几顶简易的木棚，向游客们出售雀巢"三合一"速溶咖啡。几个老外像身旁鸭子一般懒洋洋坐着喝咖啡，似乎正在看着日落。马哈钢大勇僧院位于乌本桥西头。每天十一点左右会有大批西方游客到来，观看里面几百个和尚集中用餐的画面。我没有去，大家都是人，吃饭都是为了喂养身体，别人吃饭，你使劲盯着，没什么好看的。我在午后来到这里，栏杆上到处晾着红色袈裟，微风吹过来，袈裟轻轻摇摆。透过一扇窗户口，一位僧人正在念诵经文，他身旁地上，躺着另一位僧人，睡着了。拐角处，有十几个僧人在一个水池边刷牙、洗脸，他们刚吃完饭不久。

喜迎宾僧院的大殿由纯柚木打造，木头上刻有精美的浮雕，一看便是来自古代大师的手笔。十几道柚木门窗四面对开，穿堂风打佛前走过，这尊佛每天吹着"空调"，很凉快。寺庙大殿中散发出一种迷人的味道，那是巨大的实木建筑经过岁月的打磨后才会生成的体香。庙里有几口古老的水井。水桶湿漉漉的挂在井口，井里的水还在使用。有的地方也安装了自来水龙头。遇到一位僧人，他看我在庙里读书，很好奇地过来向我打招呼。这和尚背着一台照相机。他问我从哪里来，我答道："中国。"又问我："北京、上海，香港还是台湾？"我说："一个中国北方的小村庄，你应该没听说过。"看他背着照相机，我想他应该不是本地的僧人。问他是从哪里来的，他回道："就是这个寺庙。"我指指他脖子上挂的照相机，他说正在拍照片，给寺庙做做宣传。然后他给我讲起中国的事情，他自己有一台电视机，电视里播报中国最近下了很大的雨。我问他："中国哪里？"他并不知道具体是哪个地方，只知那地方位于中国。另一个黄昏去爬曼德勒山。山下的固都陶佛塔和山达牟尼佛塔周围有一本"世界最大的书"，其实是2503块石碑，分别刻着15册《大藏经》及经文批注。在曼德勒有个故事，说是第五届佛教大会之时，敏东王动用2400名僧人不间断地接力去念完这些经文，共念了半年时间。上到曼德勒山顶，太阳如一团渐渐衰弱的火球慢慢落下。远处平原上，伊洛瓦底的江水正被夕阳染红，古老的像生出了锈。肉眼看来，这团火球下降与衰弱的速度很慢。但只是我刚刚回头张望另外某个方向的一刹那，它便消失在了江边一座山的后面。仿佛之前整个日落发生的过程都是假的。一下子什么都没有了。接着，黑暗从荒凉的大地内部升起，收割藏于双眸中的幽暗。有一种奇异的感受，觉得人生的不测在一步步的黑暗中逐渐开始清晰。我想起自己近些年的经历，那些逝去与离去的人。想起恰好是十年前的今天，我第一次乘坐飞机。坐飞机前的那个晚上，我整晚想着机场到底要怎么进去，飞机该怎么入座之类的问题。等我进入飞机之后，我意识到我只需学着别人，用屁股坐在那椅子上就可以了，它自己会飞。那时我已经快要十八岁了。霞光退去，灯光在山下曼德勒城中亮起，最亮的几盏灯来自一个高尔夫球场，这座球场离曼德勒山很近很近。我在山上俯视高尔夫球场的万丈光芒，特别晃眼。

乘飞机离开曼德勒。这趟航班去往广州，在昆明中转。旁边坐着两个内地玉石商人，对我说起各自最近在曼德勒收获颇丰。其中一位语重心长地告诫我："小伙子，小心呐，玉石行业水深得很。"他们俩目睹了我刚刚出关时的遭遇。之前过安检，我的行李被海关工作人员一件一件翻出，内裤、外衣、户外锅灶、书，其中一本书里夹着在仰光大金塔旁一株菩提树下捡来的三片叶子……背包里有很多石头，所有石头一律没收。那些石头有的是我在老挝的湄公河边捡的，有的是在柬埔寨境内或是蒲甘的伊洛瓦底江边拾的，也有一块是在曼德勒的玉石市场花 10 美金买的，纯粹为留个纪念，现在全部无法出境。另一位问我那些石头后来带上了飞机没有，我摇摇脑袋。同他们谈话中得知，除了从公家拍卖会上拍来的玉料，缅甸政府严禁任何玉料原石流至国外。不过上了拍卖会的石头通常价格不菲，成色自然也好。我说："我的那些石头除了一块是在玉石市场便宜买来的，剩下的都是在不同的地方捡来的。上个月从泰国来缅甸，泰国海关是不管这些石头的。"他们笑着回答："这里是缅甸！"他们说自己从来不买原石，根本带不回去。想起前一日去曼德勒的玉石市场，那是一个由无数棚子、木桌、地摊、茶馆组成的巨大市场。市场周围停着几千辆摩托车，以至于我租来的一辆破自行车无处安放。地摊上摆着颜色不同、材质不同的各种手镯、戒面、吊坠……玉料原石如白菜一般在路边的铺子里随意堆放，搞不清楚哪一颗只是石头，哪一颗又够某人"吃"一辈子。所有玉石卖家几乎都会说同样一句中文："老板，看看！老板，看看……"。玉石市场有内场和外场之分。内场被围做一个巨型铁笼，估计是为了安全。里面卖的那东西贵。熙熙攘攘、利来利往！买家、卖家都在里面像动物园里的动物似的给关起来。我行在其中，觉得那些人盯着陌生人的眼神仿佛一只食肉动物盯着一坨即将到手的肥肉。那种眼神是我之前在缅甸从未见过的。到处都是玉，到处也都是行走的"肉"。大家不只是被笼子关着，也被各自一夜暴富的幻想、追名逐利的渴望，被自己的那颗"人心"折磨着。买家要买玉，先得租一个柜子，坐下后，立刻有形形色色的人拿着各式各样的玉石出现在你面前。人的好坏无法分辨，玉的真假也难以辨认。每个人总会手里拿着或口袋里装着个小手电筒，试图参透藏在漆黑中的秘密。双目放光，如同安装了电池。一名男子用报纸包着十多只翡翠镯子，装进一只破旧的帆布包里，然后骑着摩托车走了。很难判断那些骑着摩托车的玉石商人身价几何、阴谋多少。我陷入玉石的诱惑，玉石的苦海，玉石的冰凉，玉石的谎言与猜测，走着走着，看见地上扔着一块米糕。脑中第一反应是：这是谁落下的玉石。

等我下了飞机去取我的托运行李，发现没有了之前的那些石头，它现在很轻，我很容易就把它背在了肩上。

湄公河畔的老挝

老挝位于湄公河旁，琅勃拉邦在湄公河旁，万象在湄公河旁，没有运气来到湄公河身旁的，也在它的支流旁边。大大小小数百条湄公河支流位于老挝境内，从老挝众多山峰的顶上奔流而下。一条大河总是有很多条支流，终究，所有的水都要汇入这条叫做"湄公"的大河，在这条大河的河心如同一朵朵莲花般荡漾开来。佛陀坐在莲花上微闭双眼，凡夫俗子亦在这水的花朵中寻觅一朵花的生活与香味。接纳与融合，是支流们的命运，同样也是湄公河的命运。湄公河不光接纳着无尽的流水，也接纳雨水、沙土、船只、生殖的鱼、欢笑、绝望、游客的快门、临河法式餐厅、渔夫的汗、工业时代废弃物、鸟的影子和竹子的一只脚……在老挝，生活沿着湄公河展开。湄公河宛若母亲的臂弯，也像是佛陀的微笑，在老挝的山峦、土地、树木间划出一道道美丽的弧线。

从昆明到琅勃拉邦的巴士票价398元，我用智能手机在淘宝买的，收取3元服务费。3元是我那一刻使用互联网需支付的开销，也似乎是我作为地球村当中一员理应具备的"素质"与"义务"。便利让我像个傻子、吝啬鬼、守财奴一样计算着花销。我算了一下，如果我去客运站买巴士票，来回公交车费需4块钱，去汽车站还要排队，弄不会好还得面对售票员一张冷脸。谁让我穿得破破烂烂，长得瘦骨嶙峋，放眼这座城市，一眼望过去，我压根不像个有钱人，装都装不出那种富人的"气质"。毕竟当今世道，你装个富人都是要钱的。去往琅勃拉邦的卧铺大巴全程需 27 个小时，这是我有史以来坐过最久的长途巴士。我提着两瓶 1.5 升的矿泉水，带着两颗苹果，苹果洗好后装在从超市顺手多带出的一个塑料袋里，另外还拽着几个一次性医用口罩，临上车前和小贩讨价还价以每个一块钱的价格买下。他怎么想出来的到汽车站卖一次性口罩？两三毛的东西在这儿卖一块钱，暴利啊！我就这样在下午六点半的昆明出发了。并且执着地认为，这 27 个小时，是从一座中国边陲大城到湄公河畔的一所寺庙所需要的时间，下午六点半的太阳在天上亮着，在昆明的楼房上头，在昆明楼房上头的天上亮着，此刻，也同样在湄公河旁边的老挝亮着，在老挝万千寺庙上头的天上亮着。

汽车这东西不管寺庙，也不理会太阳，它有空调，有透明的车窗玻璃，其本质像一具移动中的棺材，无数已经死去或正在腐朽的灵魂藏于其中，我是其中一位。卧铺巴士还像我儿时同母亲坐的去往省会西安的巴士一个样，脚味、汗液、某人的狐臭、各种气味的小吃，来自山南海北……混在一起，持久不散。我的口罩没有丝毫用处，根本挡不住这些味道。毕竟，它是一次性的、短暂的，而味道是集体源源不断地"努力"达到的成果。人群过密的聚集往往如同一场貌似伟大实则渺小且荒诞的生产，比如巨型城市的出现。后来，这只口罩比那些味道还要浓重，一次性的东西很容易吸取别处"精华"。再后来，我在这些味道中昏昏睡去，做了一个梦，有一只怪物在我身后不停地追我，它摇摆我，撕裂、张开满口獠牙的巨口打算吃掉我，我醒了……睡得精疲力竭、腰酸背痛，内裤被汗水浸湿。空调似乎不太管用，太闷了。路过服务区撒尿之时，我提拎着打了三块补丁的裤子，做了贼似的，生怕被旁边的人误会。身旁躺着一位老挝男子，看起来已经习惯这趟巴士，神色自若。他在昆明打工，做翻译工作，回家过节，泼水节要来了。他的铺位旁放着一个巨大的盒子，盒子上用中文写着某某品牌电烤架，建议零售价998元，那是他带给家乡父老的礼物。

清晨到达磨憨。磨憨是从中国陆路进入老挝的唯一边境口岸，两国在这里贸易往来频繁，整个口岸给人忙碌凌乱的感觉。许多货车排队等待过境，队伍是斜的，车子有的在倒车，有的在转向，罢占了两条车道，交警估计还没有上班。也有自驾爱好者从中国各地开着私家车过来，都是些名牌车，老挝境内允许中国车辆自由进出，多交点儿入境小费就可以了。一长列摩托车队也加入到这场喧嚣，足足几百辆摩托车，由来自中国各地的青年们驾驶着。那种摩托车数十万元一辆，能听得出来他们的口音来自多个省份。骑着几百辆摩托车一起出来旅行，不嫌吵吗？现在，那伙人正聚在一起合影，庆祝旅行完成，大伙儿有的握着拳、有的比划剪刀手、有的蹬着一条腿……无一不是一副洋洋自得的表情。他们已经从东南亚回来了。不知道他们这趟旅行过得怎么样？"行到水穷处，坐看云起时"，几百辆摩托车的马达声混在一块儿，怕云和水都给吵沸了。

我的入境签证是旅游签，原想应该很快就过境了，无非就是盖个章，把行李放入安检仪过一遍。但去老挝不行，边境某部门公告上写了："老挝境内疟疾、登革热肆虐，所有从中国口岸入境人员必须办理健康证。"给一位中国方面边检人员好说歹说，意思是我健康得很，我发誓，我保证，希望他能放我过去，但没有健康证就是不给过。为什么不给过？你没有健康证啊！可我除了饿得瘦点儿，明显是健康的啊！可是你没有健康证啊？！好吧，我的健康不是我能证明的，是有关部门的健康证能证明的，往回走二百米，那儿有个地方可以办健康证。排了一个小时队，终于轮到我了，我以为要抽血，化验，X光、CT扫描一番。准备捋起袖子大干一番，认认真真地证明自己健康无疑。真实情况却是，交三十块钱，其他你什么都不用管，健康证便到手了。同时，为了证明这个地方开设的极为合理，在收到我三十块钱给我健康证的同时，这里的工作人员还递给我一瓶驱蚊水。恍然大悟，原来不是办什么健康证，在这儿花上三十块钱买瓶驱蚊水，别人就给我证了。我放下驱蚊水，告诉那人，这东西我已经有两瓶了。接着带着自己花费三十块钱买来的健康证，买来的健康，顺利通过了磨憨边境口岸。长舒一口气，庆幸自己现在终于是一个健康的人了。我回头望向刚刚购买来健康的那间屋子，觉得那不像是一个部门，除了里面那些工作人员的制服能显示出他们归属于某个机构，以及那种人面部一贯的冷漠表情。很容易就能想得到，他们过的一点儿也不自在，因为脱下制服他们什么也不是；同样容易想得到，他们比我有钱多了，因为他们有制服，可以把一瓶驱蚊水卖到三十块钱，你不买还不行。

到达老挝这边的时候，已经中午！从磨憨口岸到这里，只有几百米距离，国界的存在让这里看起来成了另一个世界。

这个国家的边境口岸只是一间屋子而已，仅仅一间，完全没有那一边国门威严的感觉。那边一看就是泱泱天朝大国，财力物力雄厚，巨型水泥钢筋建筑高耸于大地之上。这里是木头的屋顶，电风扇在里面似乎已经吹了五十年，五十年一直吹着同一股风。屋子右侧的一部分隔出一个角落用来申请落地签。一切都是乱哄哄的，像我儿时赶过的集市，秩序是有，但就是乱。你分不清秩序在哪儿，乱又从何而起，但也不影响，总之一切仍正在进行、完成着。四川话、湖南话、东北话、老挝语、英语、喊热的、喝水的、骂娘的、打听入境小费价格的，一切在正午的亚热带被熬成了一锅稠粥。三名入境官正襟危坐于屋子左侧，油光满面，汗水淋漓，看起来平日里伙食不错。小费在这里被公然索取，什么表格也不用填，在护照里夹个五万当地货币就够了，折合人民币四十多元。花了这笔钱，你便能进入眼前这个国家。我可没这么多钱，我也不想给这个钱。填好表格，排队，签证官翻开护照，明显愣了几秒钟，大概意思是为什么这个护照里除了签证空空如也？接着检查我的表格，明显在故意耽误我时间，看我接下来表现。邪恶、直接的小聪明。好吧，你耗着，我陪你耗。表格一切正确，他也没办法了，只好放我进去。在那间屋子里，几乎所有中国的入境者都在护照里夹入五万基普，那些签证官每天索取的小费大概在万元人民币以上。那间屋子的电风扇不仅仅吹着每个人的脸，每个人的语言，也吹着人们手心捏着的五万基普。

巴士进入老挝境内没多久，到了申报车辆入关手续的地方。工作窗口的"申报车辆入关手续"几个字用繁体书写，价格不菲的红木大板放在窗口外面用来当作填写各种表格的桌子，横的、竖的、扭的、歪的，木头表面密布着圆珠笔留下的各种痕迹。不知这张桌子在老挝能卖到多少钱？似乎在老挝人眼里，所有木头都和名贵搭不上边，木头就是木头，可以当柴火，也可以做家具，无非就是使用。在老挝旅行时，我看到许多普通老挝人家的屋子里，摆放着花梨木的家具。那些家具上面垒放着破锅破碗，他们还想不出来家具可以被用来收藏、增值，不就是一块木头吗？山里多的是。破锅破碗之上，坑坑洼洼的墙壁挂着一座神龛，这才是家里最重要的东西，是值得收藏的，里面安放灵魂与期望。在我的家乡，曾经有一位认识的人神秘兮兮问我谁谁家里全是红木的家具，你知不知道？他的意思其实是，他们家用的全是红木家具，是不是很有钱？我说：是的，他家很有钱。他家开采了几口油井。

公路两边有许多中国人开的饭馆，成都饭馆、重庆饭店、湖南小炒……卖着各种内地口味的菜品，食客主要是往返于中国与老挝的客货车司机和巴士乘客。坐巴士到这儿的游客很少，老挝最近几年成了国内游客旅行的热门场所之一，但还不是最热。一些人会专程来老挝旅行，大多数直接坐飞机去琅勃拉邦或万象，国内好几个大城市开了飞往这两座城市的直航。巴士乘客大多是前往老挝打工的中国人，看起来每人都有个一技之长，各自带着由工业生产的各种奇奇怪怪的工具。工具是他们工作时要使用的，我估计在老挝买不到这些东西，这个国家目前还没有像模像样的所谓工业。有一位乘客带着个两三米长得像钻头一样的东西，看起来极为沉重。带着它到老挝的土地上钻什么啊？想到几句话：各种工具的命运与价值由一家工厂产出，之后于另一家工厂结束，像人的：其实不止是人带着工具，工具同时也带着人；人生来自由，生活却是无所不在的不自由，无所不在的工具。

另一位乘客去老挝某水泥厂工作，中资企业，职务是水泥厂技术员。他和司机聊着自己之前在西伯利亚工作，一年到头往死了冷，常想念老婆孩子，在西伯利亚时一年多没见家人一面，现在四十岁了，仍是一无所成。我在旁听着，在热带听到寒带的故事，生活把人的命运逼得有点儿不真实。人们像候鸟一样迁徙，却没有飞翔的翅膀。后来他在一座山坡顶上的岔路口下车，开车来接他的人开着一辆川 A 牌照的别克汽车。巴士停在一家叫做景洪饭店的餐馆旁，卖自助餐，国内的口味，二十元每人。餐馆背后是一条小河，餐厅生产的垃圾被扔到河边，一条狗在垃圾堆上啃着剩饭。热气中，垃圾堆散出一股股浓重的酸臭味。太阳暴晒着门口的公路，来来往往的车辆卷起一阵阵尘土，一阵尘土还没落下，下一阵尘土又扬了起来。尘土压着尘土，像是坐在这辆卧铺巴士里的人，人压着人。现在仍是旱季，太阳暴君一样鞭笞着万物，大地的水分已被榨干，泥土破碎为粉末，我躲在背阴的角落，带着满身臭气和一脸眼屎看着这一切。幸好，雨季快来了！

　　晚上十点多抵达琅勃拉邦，这里用的是东七区时间，比北京时间晚一个小时。黑暗中，走出来一位咧着嘴笑的黑脸大叔，牙齿极白，问要不要出租车，然后指指自己的摩托车。我说不需要，他也没过来继续拉客、讨价还价。街上没有路灯，空气中飘着花朵的味道，看不清楚细节，只感觉得出这个地方模糊的轮廓。没有高楼，不像经验中一个国家的第二大城市，根本不是个城市，似乎是一座巨型的村庄，想着自己是不是下错了车站？某个十字街口摆着烧烤摊，一些人懒洋洋坐在昏暗的灯下，咀嚼着什么，桌上摆着老挝啤酒。这种啤酒在世界上名气极大，被日本一家协会评为亚洲最佳啤酒。另一些人在旁边的吊床上睡着，不知已经在那里睡了多久。街道年久失修，也有可能是新修的豆腐渣工程，走上去深一脚浅一脚。最亮的灯来自一座寺庙。从车站到住宿的旅馆走了二十多分钟，前台小二裸着上身接待住客，胸前和背脊刺着华丽的文身。住的房间窗户未挂窗帘，看看前台裸着的上半身，才想起这里已是热带，这么热的地方把身体和房间包裹起来是多么不舒服的一件事，而文身本就是一种衣服，只不过我们这些成天穿着衣服的人常常把它忘了。浴巾被折成天鹅的形状摆在床上，好似是一家大酒店的做派。房间里没有空调，前台抱歉地笑笑，说天气很热，再就没了后话。接着他领我来到旅馆的阳台。阳台上放着几把椅子，那里很凉快，夜晚有风吹过。他笑着，用手指指前面一片芭蕉林，又指了下椅子，意思是白天可以待在这里发呆，景色漂亮。我望向那个方位，微弱的光线照亮一片芭蕉树的叶子，像一只悬挂在虚空中的眼睛。刹那间有种错觉，不是我来到了琅勃拉邦，而是琅勃拉邦看着我来了。三十多座寺庙镇守在这里，这个地方早有了神性。我在热里打了个寒战，起身走向湄公河畔。看见前台还裸着上身在那里微笑，他的文身在身上跳动着，似乎是风拂过了水面。

琅勃拉邦位于湄公河与南康江交汇处，历史悠久，人口目前不到十万，早在 2000 多年以前便是老挝人建立的一个部落的都城，当时称作孟沙瓦，意为"王城"。据说，老挝人源出中国，与掸人和暹罗人是从同一种族集团传下来的，公元前 6 世纪开始在历史上出现。1353 年，高棉国王阇耶跋摩·波罗密首罗帮助流亡的老挝王子费法及其儿子法昂建立南掌王国，又音译为澜沧王国，南掌（澜沧）在老挝语中是"百万大象"的意思，老挝语中"象"的发音是"chang"，与汉语中"象"的读法极为相似。"百万大象"的森林，"百万大象"的军队，"百万大象"的土地……无疑，这个名字暗含着"百万个"对国家富裕、强大的期望。南掌建国后，与高棉王国联姻，法昂和高棉国的公主结婚，通过这位皇后的努力，老挝人改信上座部佛教。南掌王国以芒斯瓦为都城，这座城便是后来琅勃拉邦的雏形。很明显，现在的琅勃拉邦是围绕 1353 年之后修造的众多庙宇来建筑的，最早是人们聚集起来朝拜、供奉之所。这座城的发展和那位公主，后来的皇后的努力有密切关系，她让我想起另一位把信仰带出去的公主——文成公主，她在唐朝把佛教从长安带往遥远的西藏。我们国人在游记里习惯把东南亚现在流行的佛教称为小乘佛教，其实在东南亚本地，这个名称是不被认可的，这是内地的大乘佛教对其的称呼，准确说，是因两者的不合导致的一个带有轻视的称呼。联姻后，高棉国王给自己的女婿赠了一尊高 1.3 米的勃拉邦金佛（意为"薄金佛"），并把这尊佛像视为"王国的保护者"。1560 年，澜沧王国迁都万象，勃拉邦佛留在旧都作为镇城之宝，旧都更名为琅勃拉邦，意思是"勃拉邦佛之都"。1995 年，琅勃拉邦被列入世界文化遗产名录。

当然，任何历史远没这么一帆风顺，文字许多时候无法表述其中的生离死别、腥风血雨。战争一直在发生，也依然会继续发生，勃拉邦金佛这个镇城之宝在历史上几经易手。1707 年，南掌王国分裂为两部分，佛像由琅勃拉邦运至万象；1778 年暹罗将军朱拉洛从万象把它夺走，四年后又归还；可是当披耶博丁于 1828 年攻破万象时，又把它带往曼谷；再后来，暹罗王蒙固将勃拉邦佛像送回故乡，这令当时的琅勃拉邦国王坦塔·库曼晚年感到凄凉的欣慰。即便是在一尊佛的面前，这个世界的国家们似乎也从来没有过真正的和平时期，有的只是临时的、精疲力竭后的休战。如黑格尔所言："人类从历史中学到的唯一教训，就是人类无法从历史中学到任何教训。"或者，历史根本就不存在，存在的只是杜撰及精挑细选后的装饰，只是利益和利益带来的热情。胡适说："历史是一位任人打扮的小姑娘。"时间之中，勃拉邦佛的易手如同老挝这个国家在世界上各国的夹缝中被折腾来折腾去的历史。

不止在世界历史上老挝从未趾高气扬过一分钟，即使在东南亚，它也一直是一个在越南、暹罗、高棉、缅甸诸国的阴影中求着生存的国家。中南半岛海岸线漫长，老挝却没能分得哪怕一厘米的海岸线，它是中南半岛唯一的内陆国。"老挝"一词见于明史，《明史·云南土司列传三·老挝列传》载："老挝，俗呼为挝家，古不通中国。成祖即位，老挝土官刀线歹贡方物，始置老挝军民宣慰使司。永乐二年以刀线歹为宣慰使，给之印。五年遣人来贡。"老挝 7 世纪至 9 世纪属真腊国，文化隶属孟高棉文化；至 14 世纪中期属高棉王朝，直至南掌王国建立；王国衰落后，1779 年至 19 世纪成为暹罗附庸国；1893 年法暹签订《曼谷条约》，老挝成为法国保护国，归于法属印度支那一部分；二战期间被日本占领，战后宣布独立，接着法国人又回来了；经过艰苦的抗法战争，1954 年法军撤离后又迎来了美国军队；然后老挝内战爆发，打打停停持续了 22 年，期间发生的大事是美军在胡志明小道上空无休无止的轰炸，以至于在 20 世纪下半叶，老挝成为地球上被轰炸最多的国家。美军在这个国家上空进行了长达 8 年的地毯式轰炸，执行了 580344 次飞行任务，投放 223 万吨炸弹，而当时老挝全国人口不过 200 万，换言之，平均每个老挝人头顶都能分到一吨炸弹。没有比这些数据统计更让人发疯、更让人崩溃的事情了。不只是疯，简直丧心病狂！直到今天，30% 的炸弹依然没有爆炸，深埋在时间与泥土当中，与岩石、树木、一只鹿的角纠缠在一起，还等着再次被某个脚印唤醒。这对于世界上任何一个国家来说，绝对都是一份难以消受的"遗产"，完全消灭这些未爆炸的炸弹，大概需要 100 年时间，这还得保证，这 100 年里不会再发生战争。而那些已经轰响过的炸弹，今天仍旧可以在老挝美丽的土地上随时看到它们的身影。部分炸弹的金属碎片被制成勺子、叉子、啤酒启子、耳环、钥匙扣上的一尊迷你佛陀像，各种各样，供来自世界各国的游客购买，其中当然也有美国人，它们本来就来自美国，现在又被美国人买回去了。一些完整点儿的残壳则被竖成一排，成了农村地区老挝某户人家的围墙，和几株落日中的热带植物生在一起。这些围墙的价钱如果换算为其在军工厂中生产时所用的成本，可真是世界上造价最高的围墙了。在不久的几十年前，它们用于摧毁与屠杀，现在却为了保护及生长，这或许是这个世上最大的欺骗。

历史归历史，历史中遭遇的一切并不影响老挝人民对于生活的热情。国家打仗归国家打仗，现在仗打完了，人民照旧各自过各自的小日子，兢兢业业礼着寺庙中的诸神，他们总是笑着。神在旁边，他们笑着。许多同样信奉上座部佛教的泰国人跑来老挝旅行，在他们看来，这里有着更正统的佛教传统。他们佛教的部分教义已经被资本主义的资本给"化"掉了！村上春树在写老挝时说道："那里有特别的光，吹着特别的风。耳边回响着不知是谁说的什么。想起了那时内心的震动。

那里和单纯的照片不同。那里的风景只在那里有，至今仍在我心中保留着立体的印象，今后也会鲜艳地保留下去。"如今国际上一些人在宣传"不丹模式"，不丹的国土面积比老挝更小，同为内陆国，经济、工业也和老挝一样极不发达，但"人文指数"却奇高，号称"世界上最幸福的国家"。我没有去过不丹，但在老挝漫游时，我觉得这样一种状态是可能的。老挝与中国一样同属社会主义。但老挝的革命党人，既信仰着马列主义，同时对于佛教也持有开放态度，很多党员本身就是佛教徒。老挝历史上从未有过什么残酷内斗或像苏联那样血腥的大清洗，这无疑都与佛教徒的谦卑、平和、低调不无关系。1978年，老挝推行集体化曾导致一些恶果，但在尚未发展成饥荒前当局就发觉不妙，于是知难而退，也很快放弃了其他强行改造社会的尝试，这个"当局"让我觉得像是一个被佛陀教导过的慈悲的"当局"。在古代，据说阇耶跋摩·波罗密首罗曾于他的女婿法昂登位后不久劝他在对待其臣民中遵从佛陀的教导。

除了寺庙与稀少的人口，琅勃拉邦在很多方面让我想到邻近的越南，以前我曾在那里旅行。印度教、上座部佛教过去也在越南流行，现在只是古老记忆里的碎片般存在。遗址还在那里，最主要的"神"已被胡志明所取代，许多人家的神龛中供着其雕像。但这两国都有一个明显的共同点，即表面上看起来的法国化，二者过去都是法属印度支那的一部分。溃败与臣服，让不同的地方变的似乎相似了。两地都喜欢把城里每条河流的临河餐厅给西方游客弄出来身处塞纳河畔的错觉。侍者彬彬有礼，其实是为了收取小费；建筑风格亦在向法国靠拢，百叶窗、黄房子，很美，但不是这里最早的样子。无非是殖民者留下的东西，现在和热带植物长在一起，成为当地的一部分，甚至都算做本国重要旅游资源。越南的大叻外表上是一个不折不扣的法国小镇，琅勃拉邦也经营着一条沿着湄公河的法国街，这些的存在，让我这种穷小子不用花费巨额机票前往法国便可以体会一把塞纳河风情，但我不喜欢。我更喜欢真正属于琅勃拉邦当地的东西，那些寺庙、湄公河上的季风、人们脸上的笑容、火红的凤凰花上一只白鸟的鸣叫……我来琅勃拉邦可不是为了一条山寨的塞纳河。幸运的是，琅勃拉邦最重要的建筑仍是归于佛陀与信徒的寺庙，没有变成巴黎圣母院。1642年，意大利皮埃蒙特城的耶稣会神父乔凡尼·马里亚·累里亚来到老挝，他试图取得在万象开创基督教传教事业的许可，坚持五年后，他离开了，写了一本回忆录。他的回忆录成为另一位耶稣会士梅利尼神父所著《东京与老挝两王国间的新奇关系》的基础，该书1666年在巴黎出版。在根本上，伟大的巴黎与巴黎的出版商、诗人在西方的巴黎一直辉煌着，而琅勃拉邦如今依旧是那个过去的伟大的琅勃拉邦，湄公河仍然是那条属于东方世界的伟大湄公河……一段话这样写道："因为他们（法国人）即将尽力表明下列事实：暹罗对老挝人琅勃拉邦拥有宗主权，就等于擅自否定了越南对该邦早些年提出的要它忠顺的更合理的要求。这种论点的根本谬误就在于它把欧洲的外交观点硬塞进印度支那半岛各国的关系中。但法国人是蓄意这样强词夺理，并且专心致志地利用一切有利于自己的形势。"最终，不管曾经经历与发生过什么，湄公河边的老挝与巴黎隔着几乎整个亚欧大陆都是一个不争的事实，过去是，现在还是。

琅勃拉邦的夜晚，行于湄公河畔。河流在月光下闪动，像光线生出的牙齿，这条大河正在轻声咀嚼、呼吸着，需要仔细去听，才听得清楚。这一段的湄公河河床仍在峡谷之中，虽然已经是很浅的峡谷了，不过下到河边仍需从码头的台阶上一级一级缓慢走下，石级砌得不够平整，陡峭，河边湿滑。面对如此伟大的一条河流，任何人必须小心翼翼地走向它的身边，不然会摔跤。湄公河干流全长接近 5000 公里，流域面积超过 80 万平方公里，是亚洲最重要的跨国水系。湄公河的正式名称"Mekong"源于泰语"Mae Nam Khong"的缩写，"Mae Nam"直译为母亲河，引申为大河。"Khong"则由"Krom"或"Khom"一词演变而来，是古代泰人对居住于该河流域的高棉人（更准确地说是孟高棉语族诸族）的称呼。他们曾创造过一个伟大的帝国。湄公河，母亲，世间的巨物。现在这个叫做湄公的巨物，它身体中的水如同一锅汤，像是熬煮过的咖喱。这锅咖喱、巨物在大地上流浪了几千里，它的身体里现在藏了太多的风景和被其称为草、木、泥、沙的儿女。我摸了一下它的皮肤，月亮下的黑夜里，是清凉的。

在上游的澜沧江流域，我在西藏旅行时曾多次路过这条河流。它在上游穿行于崇山峻岭之间，峡谷深不可测，纵深最多处达三千米以上，隔着如此的高度，澜沧江看起来有时就是一条细线，但无论如何我都能清醒地知道：它存在着，一直存在，那峡谷里就是它。它可以把自己跌下去，我不行，我得小心。我那时常骑着一辆自行车，随时要防止我和我的自行车摔得粉身碎骨。许多时候，它就在我的身边，只是我看不见它，在大山与大山之间，我微不足道，渺小到几块石头就把我遮得目光短浅、不值一提。它不同，在巨石与巨石的缝隙中它扭曲着、咆哮着，泥沙俱下，掀起巨浪，根本不敢也不能触摸，它变成一头吞噬一切的猛兽，船只与人畜皆不得从那里通过，"黄鹤之飞尚不得过，猿猱欲度愁攀援"。在这儿，它温和了许多，就像长江给中国南部冲积出的各自梦中鱼香米熟的故乡，和故乡木头屋子里的那位姑娘。同泰语里的意思一样，湄公河的"湄"在老挝语中也是"母亲"的意思，现在它是这个国家的母亲河。在湄公这条大河的上游，澜沧江如同一位狂放、热烈、桀骜不驯的康巴汉子。现在到了琅勃拉邦，则像是河畔某座寺庙里的高僧，坐在佛像前，口中诵着经文，有声音从他身旁传出，声音只是显得他本身更加静默。在一盏昏暗的灯下，他的僧袍像是用湄公河流出的水织就的，也许本来就是。

　　琅勃拉邦老城区建在湄公河与南康河交汇形成的半岛地区，三面环水，主要街道沿着两条河建造，两条河中间区域的街道是中心街，白天走零零星星的车，晚上成了人来人往的夜市，卖些吃喝玩乐的东西。地上随便铺开一块布，就成了一家店铺。布的大小决定着店铺面积。连接那些主要街道的工作基本靠众多与两条河流垂直的小巷，这些小巷中间又有几条与主街平行的巷子。众多横横竖竖的巷子与街道好似迷宫一般排列组合。巷道两侧生长各种热带植物，寺庙与民居种植于其间，各种建筑又被植物们包围着，不仔细找，很难发现门在哪里。深夜，男女的欢笑声从一扇打开的窗户中传出。布谷鸟在树上叫，看不见它，我寻它在哪里，它便不叫了。月亮在布谷鸟叫声的上面，月亮看起来是红色的，像是刚刚被谁画了出来，又似乎是佛陀或上帝按下的一个手指印。好不容易从巷子的迷宫里走出，才发现又回到了那会儿进来的地方，依然是湄公河边。河边的山在夜晚看起来比夜色更黑一些，这是黑夜的影子，能想得来深藏于这巨大影子中的万物，肯定仍有一只布谷鸟在这片影子下鸣叫，它的声音在湄公河边的黑夜里比那影子又清晰一些，人们在布谷鸟的叫声中沉沉睡去了。忽觉得在梦中有过这样的夜晚，没有什么是更古老的，也没有什么变得更加新鲜。这里给人一种地老天荒、亘古以来一直如此的错觉，连法国人、日本人、美国人和他们留下的枪声与炮弹甚至都从未发生过。困意袭来，得赶紧找到回旅馆的路，我先需打开谷歌地图。

　　琅勃拉邦的集市一整个白天营业，清晨最为繁忙。当地人称这里为市场，西方游客叫它"Market"，像是叫城里的沃尔玛、家乐福似的。

我喜欢把这里叫做集市，咬文嚼字的毛病，总认为集市和市场不同。市场重在贸易、交易，是一个做买卖的场合，股市、超市、城市都倾向于这么一个"市"，本质上是钱来钱往的地方。《管子》中说："市者，货之准也。"集市则不同，其实一个"集"字就够了，集市侧重于聚集、集合，侧重人来人往，不买东西也能来凑个热闹，看看新鲜。我儿时在农村生活，家里大人一说去赶集，自己开心的好像要过节。

　　太阳刚刚从湄公河边升起，集市上便聚满了各路人马，当地人、游客、买的、卖的、看的、笑的、拍照的、聊天的，整整两条街道被平铺开的各种颜色地席占据，刚从那村里割来的蔬菜、刚从河边的树上摘的水果、刚从山里那条小溪摸到的虾、那个黑脸的汉子刚从湄公河捕的鱼、染了红头发大妈刚从家中捉来的鸡、刚砍下来的森林里粘着露水的竹笋、苔藓、芭蕉花，甚至一种巨型的黑色爬行昆虫也被拿来兜售、食用，全摆在地上，全部活灵活现，新鲜生动。醒得太早，水果摊旁的水果西施正用一块小镜子画着眉毛，另一个地摊上，小孩缠着母亲不肯去上学，嘴里叼着另一家摊位刚烙好的煎饼。一所寺庙就在早市旁边，僧侣才化缘归来，正在扫昨晚的风吹到地上的落叶，太阳斜照着一颗结实的、裸露出来的肩膀。烤肉的味道传到一尊佛的面前，湄公河的风中飘来一阵鱼腥味，蝴蝶在寺庙与集市间的矮墙上头飞，一条狗懒洋洋卧在寺院的墙边，猫蹲在一旁眯眼望着。集市上出售的许多东西也不讲究包装什么，包装纸就是香蕉叶子，就地取材，那叶子铺平了是盘子，折起后又化作袋子。集市的某个尽头有一扇门，门旁边是一木板搭起的岗哨厅，不见有警卫在里面。径直顺着门走进，那是一条落着树叶的石子路，鸟在树上叫。猛地院子的另一边游客多了起来，貌似正殿的地方有人在收取门票，游客一律把鞋脱在殿外台阶下，才知道自己来到的地方是琅勃拉邦皇宫，刚才我进来的地方是这座皇宫的侧门。没错，我就这么大摇大摆地走入了一座皇宫，琅勃拉邦的皇宫也许是世界上唯一一座可以大摇大摆走进去的皇宫。皇宫的围墙下，白天有人在阴凉下摆摊，晚上有人铺开一张地席，侧着身进入梦乡。

在之后整个琅勃拉邦的旅行中，我从来没有看见过门卫，有的地方有售票员，就是没有门卫。记得在皇宫里看到一尊用五吨不知什么材料，也许黑铁或是铜铸成的雕像，那是 1905—1957 年间统治老挝的国王西萨旺冯。老国王赤着脚，腰间别着一把老挝传统样式砍刀，身宽体胖，头肥耳大，雕的真是随性，没有丝毫做作的美化。国王长的也自然而然，好汉一条，一条好汉，让我很容易想到《水浒传》中李逵的形象。如今，老国王早已退位让贤，远离人间，老挝目前是一个社会主义共和国。雕像底座上用老挝语和英文两种语言注明这尊雕像 1975 年在苏联铸成，1976 年运送至老挝。老挝到苏联可真是远，一尊雕像运送了整整一年，但这尊国王的雕像确确实实是在苏联造的。这座皇宫目前成了一所博物馆，如同故宫现在被叫做故宫博物院。另一个黄昏，顺着湄公河行走，看到一极美的建筑，从湄公河这边看起来，它似乎空置多年。才下过雨，一切都湿漉漉的，不见人烟，蜗牛和青苔在台阶与墙壁上生长，已经成了这建筑本身的一部分，一只巨大的壁虎爬在门楣上。因为它爬在墙壁上，我称它壁虎，事实上已经有一只大型变色龙那么大了，足有半米长。还想着这么好的房子竟然都闲置着，这座城市的居民到底是有多么富裕？绕了半圈，从湄公河这边走到前头，才明白自己刚刚位于这所大宅的背后，大宅似乎是某个重要政府机构办公的场所，门口插着庄严的党旗和国旗，不过这个机构的背面并没有任何高墙哨岗，将其与芸芸众生生活的尘世隔离开来。我进来的地方只是一片生了野草的土地，土地边是滨河的街道，街道边是流淌的湄公河。从这个机构的正门出去时，仍没看见穿着制服的人。一下子想起来，世界每个地方本就应是向着万物、众生敞开的，某些人类把自己当成了所谓的主人，手里有了钥匙，便把它锁了起来。琅勃拉邦是一个敞开之地，这里没有那些大锁、铁链，进入它，自然也就不需要费力去寻找一把钥匙。

琅勃拉邦城区面积不过数十平方公里，弹丸之地，却有寺庙36座，香通寺、维苏那拉特寺、香曼寺……许多寺庙在世界范围享有盛名。每座寺庙通常都有好几个门，建在路与路、巷子与巷子之间，庙里的院子既有庭院的作用，也是两条路的捷径，许多人在庙的这个门外面住，又在那边的门口工作，上班或回家的路上，便看见了佛。这个庙门口还是熙熙攘攘的菜场，讨价还价，打情骂俏，鱼和鸡躺在一起，另一边出去已是湄公河畔的小树林，凤凰花、鸡蛋花在河边盛开着。寺庙是路与路之间的捷径，也是街道与街道、工作与生活之间缓冲的地方，有这么一个缓冲，人走在路上，也就没那么急了，毕竟佛心平气和地端坐在世间的两头。这条捷径不仅是拉近世俗生活的，亦是直面灵魂的。每个寺庙都置放着各种各样材质不同、大小不一的佛，木头刻的、铂金的、纯金的、玉石雕的、镶嵌宝石的、石头的、泥塑的……经常分不清哪个是最主要的佛：最大的那一尊？也许是，也许不是；最中间那一尊？也许是；也许不是。最值钱的那一尊？也许是，也许不是。心里呵斥自己："你这混小子，怎么能问这样的问题，佛像怎么能用价格衡量！根本就没什么重要、中间之说，所有问题只是我们这些无聊的、弄不明白情况的好事之徒想出来的东西，问题来自于有问题的人。在信徒眼中，难道不是每一尊都是重要的、不可或缺的吗？"想着想着，也就不问了。《奥义书》里写道："伽尔吉啊，你不要问过头！不要让你的头落地！对不该追问的神灵，你确实问过了头。伽尔吉啊，你不要问过头！"我不是伽尔吉，但我怕掉头。

老挝的寺庙不止进行宗教活动，是信仰的中心，同时也是一所学校，实施文化教育，僧侣们在里面学习各种语言、文学、绘画、雕刻……学习之后，再去对信徒产生影响。在老挝许多偏远山村，现代教育根本无法开展，寺庙的教育作用显得尤为重要，这使得许多老挝山里的山民看起来也是极为温和、谦卑的。一位高僧不仅是一位当世高人，也是一位艺术家。一次，深夜行于一古庙，一僧人坐在庙门栏杆上，就着一盏灯和头顶月亮的光，专心致志读书，口齿微启，听不见他发出的声音，亚热带的风吹过菩提树叶，叶子们互相撞击、接触，感受彼此，沙沙作响。我看得出神，那僧人像是一尊入定的神仙，让人以为月光是他造的。清晨，世界上许多地方仍在沉睡之时，琅勃拉邦伴随着一阵麻雀的叫声先醒了过来。这是各个寺庙的僧侣们出来化缘的时间。长者走在前面，晚辈的和尚依次跟于身后，最小的行在末端。化得东西后，被施者给施者念一段经文祈福，信众无一不是虔诚地跪在僧侣身下。有的僧人完全还是小孩子，脚掌却已经非常宽厚，必须长期赤脚苦行才能得到这样一双脚。僧侣们走得极快，一件件橙色的僧服恍若从湄公河上飘过的朝霞。待缓过神来，他们已经不见了，像是神仙刚刚经过了这里。信徒仍在那里跪着，诸神的味道还没有散去。在我看来，琅勃拉邦的世界遗产不光没有成为古老的过去，而且尚未完成，它一直在进行、持续、流动、弥散、氤漫开来、生生不息……如同旁边不舍昼夜流淌着的湄公河。寺庙是琅勃拉邦的世界遗产，信徒与僧侣们共同构成的那个供养、侍奉、跪拜、行走的诸神世界更是这里的世界遗产，琅勃拉邦的世界遗产还活着，并将继续活着，它的遗产是永生的。那些信徒与僧侣即便随着无尽的时间一个接一个死去，化为尘埃，但一定会接着于尘埃中一个个复活，像灰尘里长出的花。毕竟他们把去世本就称作往生。身体走了，灵魂还能再过一次人世。

每年公历 4 月中旬是琅勃拉邦泼水节，通常在 4 月 13—15 日或

14—16 日，这一节日也是所有上座部佛教地区最重要的节日，至今，琅勃拉邦的泼水节仍被许多旅行者认为是东南亚最为传统的泼水节。泼水节起源于印度，由梵文的"Sangknanta"转化为老挝语"Songkan"，汉语的谐音是"宋干"。在老挝语里，"宋干"有"辞旧迎新"的意思。上次我来东南亚正好遇到泰国水灯节，水灯节也叫送水节，庆祝雨季结束。当时我在清迈，整个清迈城里一床难求，我险些露宿街头，后来回想，那找床位的一天也成了美好的经历。如今在琅勃拉邦又赶上泼水节，迎接雨季开始。节日，好事！虽然再次为住宿而苦恼（我再次在节日里忘记预定旅馆）。据说，有五十万各国游客在这一时间涌入琅勃拉邦，而这个小城的本地人口也不过十万。待在琅勃拉邦那段时间，我共计换了五家旅馆，基本隔一天便在琅勃拉邦的大街小巷里搬一次住宿地方。其中一家旅馆由来自重庆的一对夫妻经营。夫妇俩养了一条大狗，常常下午拉着去湄公河边遛一圈，有时盯会儿日落，有时看看雨，白天没事就在阴凉下发呆、读书、泡一壶茶，活得像神仙。说他们来琅勃拉邦一年了，日子每天好自在，自在到"无聊"。话锋一转，又聊起之前在国内工作压力、生活无奈、人际关系、钩心斗角……

节日开始了，整个琅勃拉邦变成了水的狂欢、水的舞蹈、水的歌唱、水的街道、水的寺庙，人们伴着水狂欢、舞蹈、歌唱，每个人手里好像都拿着一条湄公河，大地成了水的海洋、水的天堂。到处是水，全是水，"黄河之水天上来"，铺天盖地的水，如果有其他的东西，那也是水里的。不管是认识的还是不认识的，人们在水的世界里相互祝福、庆贺，祈求着来年五谷丰登，雨水充沛，雨神在天上侧耳倾听，一阵雨突然从天而降，雨季来了。泼水节有点儿像中国的"春节"，在老挝日历中，这一天也是新的一年的开始，阖家团圆。门口、路边、巷子里那棵芭蕉树下，找个阴凉地支起烧烤炉，开几瓶啤酒，再摆个露天卡拉 OK，一家人吃着、喝着、唱着，"年夜饭"也就开始了。这个国家还不流行春节联欢晚会什么的，电视虽然强悍，家家户户都有，唱卡拉 OK 也要用电视机，但这东西还没有强悍到取代节日的地步，就是一工具。烤炉冒着烟，一根当地烤肠在炉子上翻滚、嗞嗞响着，人们跟随歌声笑啊、跳啊，每个人身体里都长出了一个动词的节日。夜晚，看见一人袒着肚皮躺在河堤上，季风掠过他，掠过水面，他在乘凉，在节日和笑声里，他喝醉了。

　　泼水节期间，当地活动众多，选宋干小姐、花车巡游、泼水、拜佛、浴佛、拴线、布施、堆沙、放生等等……泼水的狂欢之后，节日还没有完，所有人身着盛装——一种做工精致的传统老挝服饰，参加浴佛仪式。不禁感慨，现在在中国的大街上谁要是穿着传统衣服行走绝对会被某些人当成奇装异服、危险分子！这些人跑去日本旅游，却又穿了和服拍个照片发到网上，供"朋友圈"的"朋友"们观摩欣赏，真是奇怪的思维！泼水节到来时，当地高僧要从老皇宫请出勃拉邦佛，平日在皇宫，给勃拉邦佛拍照都是不被允许的。信徒们面向佛像双手合十，默默祷告、焚香，估计没人念"保佑我升官发财"之类的话，大多是"身体健康""努力能获得回报"什么的就够了。"升官发财"这四个字大概是问题最大的四个字，"升官"和"发财"是怎么联系在一起的？又怎么敢联系？祷告完毕，人们亲手奉上银质或金质器皿里浸泡着鲜花的净水，连同花瓣倒入浴佛的龙形水槽，有的小孩手够不到水槽，大人抱起也要让其亲手把水倒进里面。继承与传统就是在这样一个个细小的动作中完成的。汇集在一起的水和祝福从龙嘴处流出，在勃拉邦佛前倾泻而下，这是一个鲜花的瀑布、祝福的瀑布、信仰的瀑布，是另一条伟大的湄公河。

　　浴佛仪式旁边，空地上铺开一张巨毯，算是临时舞台。没错，是铺开的舞台，不是搭的、砌的、造的。绿色的毯子，像一片热带的大地，大地之上，草木繁茂。舞者们头戴面具，把自己扮成猴子、佛陀、老鹰……各路神仙。他们跳的是《罗摩衍那》里的故事，那个穿白衣的猴子是阿努曼，那只老鹰是毗湿奴的坐骑迦楼罗（Garuda），扮作悉多的那位女子在夜色中美的宛若天仙，手指、脚尖跳着飞天的舞。多年前，我在莫高窟的壁画上看见这样的舞，后来又在吴哥的石头上见过，在老挝各处寺庙的壁画上也看到过，现在是我第一次，在真实的生活中欣赏到由真正的人来跳这样的舞，我看得如痴如醉，那舞太美了。不仔细瞧，那舞蹈似乎就是些简单的肢体动作，但如果认真观察舞者的手指、脚尖、缓慢的一招一式，能感受到这些人为此付出了多少努力，有怎样的功夫。再说这里太热了，激烈的动作太热了，动弹一下就大汗淋漓，在古代，这缓慢的舞蹈一定也是因地制宜的。忽然响起歌声，佛陀在歌唱，只有宗教能唱出来这样的音乐，记得从前在喀什的艾提尕尔清真寺也听过这种感觉的音乐，那是阿訇诵经的声音，宗教之间总是相通的，无论是在声音，或是教人向善的宗旨上。这些献给诸神的声音，都是我一生中听过的极美声音。这世上估计很少有一个舞台能够聚集这么多个国家的观众，东方面孔、美国人、法国人、德国人、诗人、排照片的、正在为某部长篇小说头疼的大胡子老汉、喷着香水的妇人、像某个电影明星的、那个住五星级酒店的家伙、昨天看见开着一辆奔驰的当地官员……现在大家都一样了，都挤在一起，都是这些舞者的观众，都是诸神的孩子。本地一群孩童坐在最里面围成一圈，看着，玩着，但没有闹的，每个人心里好像都清楚这舞的重要性，忽想起童年时家乡镇子里的那个老戏台，我儿时就是这样坐在台子下看戏的，看红脸的关羽，白脸的曹操，看诸葛亮耍的计谋，现在那个戏台已经拆了，新建的地方叫做人民广场。不远处，一间僧舍的窗户里站着几位僧人，远远望着，一切都很安静。舞者跳舞的时候很少有人大声说话，这是一个依然习惯沉默的地方，人们用笑来交流，愤怒也写在脸上，本地人是这样的，游客来了也学会了这样。对一位凡人来说，把情绪写在脸上，这是一种诚恳。

孟威村被世界许多背包客奉为圣地之一。以前从琅勃拉邦逆着南康江坐八个小时的船就能到达，现在不行了，旅行社已经不开设这条线路。近年来南康江在琅勃拉邦一段水位下降，大船已经没法儿航行，只能行渔民捕鱼的小舟，可惜鱼也不多了。渔网的网孔一天比一天小，捕到的鱼一天比一天少。问旅行社工作人员水位怎么跌了这么多，他们也弄不清楚，有可能是全球气候变化，有可能上游在修水电站，河被切断了，也有可能是两个原因加在一起造成的，总之多少年一直好好的河，最近几年一下子就不行了。不仅这些支流，湄公河水位也在持续下降。后来我想从琅勃拉邦坐船去万象，再从万象到巴色顺着湄公河旅行，才知道连湄公河的长途航运也停了，现在许多河段根本无法行船，以前不是有这么条线路吗，我在旅行攻略上看到过。"大概十年前有"，旅行社老板回答道，一脸无奈地摊开手。原因依然有可能是全球气候变化，有可能是水电站，或者两方面都有。现在去孟威村要先从琅勃拉邦坐五个小时汽车去 Nong Khiaw，山路，一路坐得人心惊胆战，公路上扬着灰尘。然后逆着南康江行一个多小时的船，那一段江面依然宽阔，因为远离城市、水电站，位于深山之中。电那个东西是城里人的玩意儿，冰箱、空调、电视、通宵麻将、"红烛呼卢宵不寐"……孟威村不用这样。开往孟威村的渡船瘦瘦长长，像是把老挝山里的一棵大树直接掏空做好的一般。船身宽不足一米，两侧各放一排条凳，游客、本地人、僧侣、袋子里装一只鸡的、手机屏幕摔碎了的、翻看旅行攻略的、脖子上挂一架照相机的……大家膝盖并膝盖坐在一起，越过对方的头顶、目光，看着船外的江，江旁边的群山。在这样的船里坐着本是极不舒服的事，腿脚都没法儿摆直，伸个懒腰也困难。但这里可是南康江，湄公河流域的一条大河，船一开，江风从窗子里吹入，窗户上没有玻璃那种东西，头上、脸上一瞬间全是风，伸出手，能感受到船在江面驰过时掠起的水气，湿的、凉的，世界在这条江上一点儿也不热，温度低了五度。江河湖海本身就是世界上最大、最自然而且美的"空调"，住在城里的人忘了这些，把美的东西全挥霍完，换回来一个带电的玩意儿，带电的城市，呵呵，电费又是一笔开支，你最好省着。

泼水节过后，南康江流域便进入雨季。早晨刚下过一场大雨，也许之前的那个早晨也下雨了，江水现在看起来是浑浊的颜色。不是因为脏，雨水带来了泥沙，河流接纳的结果，"有容乃大"，大多时候就是一种浑浊。"浑"与"浊"代表着厚度、一眼望不清楚。雨季里，许多树被淹了半截，另外半截树冠在水面上留下斑驳的影子，跟着远山一起绿着，想起莫奈的某幅油画，也想起了唐诗里的三峡。两岸卧着成群的水牛，水牛一家在水里悠然躲着太阳，一只鸟落在露出的牛角上。没有牧童，不知道这些牛是不是野牛？船在途中偶尔停一下，出现某条小路，下去一两名当地人，涉水爬上了岸，却不见岸上有村庄。如果有，也被树丛遮挡住了。岸边小沙滩上，娃娃们光着屁股在水里玩耍。江面接连出现暗灰色的礁石，像另一群卧着的水牛。那些礁石是河流的背与骨骼。想到一个景象，把这星球上的河流、湖泊、大海全旋个底朝天过来，可以想到，大地还是大地，植物还是植物，只是变成了在土地"下"生长，这些仍是美的事物，一如它平时那样美着。人呢？把人倒过来，让这世上的人全部头贴着地面行走，将会是什么模样？也许大家看人不是先看脸，是看脚了，谁的脚最好看谁便是最美的，科学家们将宣布一项重大发现：证明人类是用脚来思考问题的。

　　孟威村位于一四面环山的谷地，每座山都像是一根手指，山谷手掌一样摊开，握住这个村庄与村里的生活。南康江自村子旁日复一日地流过。在这里，没什么新闻，所有的事情都是旧事重提，如果非得找点新鲜的，无非是又有一位村里的姑娘和某位留下来的老外结婚了，哪家又多了一个混血的小孩，邻居家母猪比往年生了更多猪崽，希望我家明年也一样，还有那条狗为什么总喜欢和猫一起玩……这个村庄似乎是直接从大地上生长出来的，而不是通过建造来实现。鸡在山谷里叫，人在阴凉地躲太阳，狗在人的脚下卧着，眼睛半睁半闭，不知在想什么。动物们都过的神仙日子！我们这些背着登山包的家伙从船上下来，像是电影里一伙着装奇怪的外星人闯入了这个村庄。接着，开始被震惊！过去以及未来，震惊仍将继续，还有一件事情也将接着发生：开始时，有的家伙也曾像我们现在这般来到这里，不过来了就不想走了，在当地娶妻生子，了此一生。寻了许多年天堂，这儿就是天堂，来了为什么还要走？对于习惯虚假繁荣、声色犬马、夜色里城市生活的那种人来说，这儿可能会成为"地狱"，不过他们何尝不是已经生活于地狱之中。而对其他任何一种人来说，孟威村都有足够让他停留的缘由，这个村子可令其回到故乡，人类最初记忆的那种故乡，无论是"风吹草低"，还是"男耕女织"。年轻汉子手工打磨着一支船桨，今天是第六天，他现在数着第六次日落；渔网挂在旁边，风从那里吹过，钻入渔网的门；姑娘害羞地望向陌生人，"倚门回首，却把青梅嗅"；炊烟在飘，鸡鸭猫狗院子里跑；门口，老婆婆的织布机吱吱呀呀响，已经响了五十年；一株木瓜树在声音里静静开出花朵，繁殖、生长，一年又一年……一切仍是古老的模样。孟威村不大，却仍有属于本村的寺庙，在老挝，每个村子不管大小，都肯定会有一所寺庙。哪怕规模仅有一间屋子的寺庙，那也必须是灵魂中不一样的地方。看见几个小和尚正在踢足球，才想起他们不光是僧人，也都是小孩子。寺院绳子上晾着两件僧袍，风吹过橙色的布，像一片黄昏被悬挂在那里。夜晚，满天繁星，江中渔船上传来一阵歌声，一只萤火虫在歌声里飞起。僧人卷起僧袍，跃入江中，游泳去了，如同一弯落入水里的月亮。

去村里一家小卖铺买香烟，五千当地货币，人民币四块钱，这个价钱的香烟如今在中国已然绝迹。我告诉小卖铺老板，在中国有人抽一百人民币一包的香烟，大概十万多基普，以前还有两三百一包的香烟，后来政府限价，才最贵只能卖一百块的。小卖铺老板满脸疑惑，感叹而又不解地说道："那价钱是吸毒！"我仔细一想其实也真是吸毒，面子那东西本来就是个毒品。住宿的旅馆房间是传统高脚屋建筑，竹子木头搭起来的，没有使用一根钢筋、一公斤水泥，那些东西在这儿不实用，而且偏贵。晚上不用开空调，屋子便很凉快（这里也没有空调）。风吹着，每个晚上听见成群的昆虫在河边、森林里叫，声音从竹木间的缝隙钻到床边，梦就变得不一样了。老挝北部山区是长臂猿故乡，时常听见对面江岸的丛林中传出猿鸣，那是李白、杜甫，我儿时背诵的唐诗三百首里的声音，在中国，人们现在把那个写诗的年代称为古代。

孟威村拥有这个世界上另外一种时间流动的方式，这产生于这里人们思考人生的状态。它的时间是静止的，我在这儿居住多天，却只觉得一刹那就过去了。想让那时间能无限延长，自然是无能为力。回望待在那里的时间，宛若一场大梦、一个幻境，那里的时间无前无后，无左无右，只是那里的。不知是不是旅馆门前那株大树下的吊床把我的时间偷走了，让我产生了这种幻觉。孟威村整个村子依然是一个用泥巴、木头、各自口里梦里的故乡编织而成的世界。一切构成的极为自然，那条路就应该没有柏油，下雨的时候一定要泥泞，那间屋子就应该斜着来造，那座山里就应该有飞鸟和蚂蟥，那道菜里就应该落入一只蚂蚁，管它是小心不小心……这个村子离现代化还很远，它和琅勃拉邦不同。琅勃拉邦建筑构成的主体虽也是木头和泥巴，没什么现代化，但那儿的很多东西更像一种表演，我在那里的一家展览馆看到作为展品的织布机、少数民族风格的服饰之类的东西，那个展览馆的门票两万五千基普。这座老挝第二大城市或者说老挝最大的农村虽然未被钢筋水泥吞没掉，但它的过去和现在正在交织、碰撞，它在等着"发展"这位客人大驾光临，只是真正的"发展"还没有敲门。中国人在进入，欧美人在进入，汽车在进入，智能手机在进入，喧嚣与机遇在同一时间涌入这里，这座城市明显有点儿应接不暇，因为它还没有为此而准备好。几十座寺庙仍旧在那儿恪守古老的教义，布施每天进行时还像古代那样，除了游客的喧嚣与快门。骨子里，琅勃拉邦还在做着自己，但这种状态肯定一天比一天难熬。很明显，孟威村压根儿不打算为此而准备，尽管它早就在旅行者的攻略中赫赫有名。

沿着十三号公路前往万象，汽车走了一整个白天，清晨出发，日落之后仍未到达。没有尽头的盘山公路，经常看见不远处山坡上成片成片的原始森林。山上带着雾，雾像森林穿的外套。十三号公路纵贯老挝全境，全长1400多公里，从中老边境磨丁口岸一直到老挝南部占巴塞省，连接老挝三大主要城市，自北向南依次是琅勃拉邦、万象、巴色。这条老挝最重要的公路由中国援建，现在是老挝贸易、物流、客运的主干线。公路前半程是无穷无尽的盘山公路，两侧尽是悬崖峭壁，后半程逐渐平缓，从万象平原开始，就进入老挝国内较为富庶的地区。夜里抵达万象，手机没了网络，欠费，在万象汽车站瞎子一样寻不到去路，任由突突车司机宰割。完全不知道自己该往哪个方向走，去的地方距车站有多远，哪个区域的旅馆又多一些，一切听从突突车司机大人吩咐，罢了，闭上眼睛，心里感叹一句：今天你把我带哪儿算哪儿吧！想着，自己出来行走是为了自由，可我自由的位置早就被谷歌地图标好，我常常顺着地图标好的路线前行，这听起来很荒诞，看起来好像也是一点儿都不自由，大地有无数个方向，我们弄出个东南西北，造出个谷歌地图，好吧，所有人都不自由了，接着，谷歌成为全球市值最高的公司。那东西太方便了，方便的我根本不用思考，距离、方向、哪条路线捷径、哪里有好吃的、哪里景点热门，全不用管，只用在手里拿个智能手机，像傻子一样把它转来转去。本质上来讲，是它把我转来转去。相比较人类，手机目前被看做是智能的，这个判断精准无比。万幸，在突突车司机带领下，终是寻到旅馆，让前台小哥帮忙给手机充好流量，有网了，我终于重见光明，重获自由，重新得到了眼睛、腿、陌生之处走路的底气。我在手机网络里重生了，可总感觉自己早就把什么丢在了路上。在旅馆住下后，我写了一句话：我喊着虚无，却在手机屏幕前打着字，这很无耻，也更虚无。

万象是老挝首都，城市沿湄公河一侧而建，与泰国隔河相望。这一河段的湄公河是老泰两国边境，在世界上，一个国家的首都距离另一国如此接近，从桥上就能走过去，是极少的。现在的老挝可以说毫无国防安全可言，泰国的士兵扎个猛子，就把炮弹带到老挝的首都了。不过，几百年前的澜沧王国时期，这里可一点都不靠近边境，澜沧国王将王城从琅勃拉邦迁至万象，是因为万象平原遍地鱼米，是为了国富民强，可不是为了靠近敌人。现在的边境线在湄公河中心地带，是殖民时期英国法国弄出来的。1889 年，法国驻伦敦大使会见当时的英国首相，建议共同宣布暹罗为两国在印度支那殖民地间的缓冲国，这件大事的第一个步骤，是先把交趾支那和暹罗的边境固定下来。河水都是一条河里的，河岸如今却是两个国家，不知道那些河水过境时要不要办个签证，交点儿小费，两个国家的河水会不会没事在河道里打个仗？老挝语中，万象的意思是"檀木之堡"。在古代，这里生长着许多珍贵的檀木，现在那些檀木早已和野兽们一起逃得无影无踪。它们在时间和季节中生长，然后被同样在时间和季节里生长出来的人类彻底砍完、杀完，这一砍伐的过程和弱肉强食没有丝毫关系，"贪婪"是唯一的、归根结底的原因。荷兰人范·威耶斯托夫是最先访问万象的欧洲人。1641 年，他带着两名助手从金边的荷兰商馆前往万象。他在万象停留时间不长，对佛教知识则是完全无知，他们的到来和这些无关。他的主子，巴达维亚总督范·戴曼渴望得到"虫胶与安息香之国"的资源，于是他来了。永珍"是万象另一个名称，现在看来，也是更符合的。永珍在老挝语里意指"庙宇林立的城市"，万象现在依然有两百多座寺庙，两万多名僧侣。清晨时，各个寺庙的僧侣照旧沿街化缘，还和古代一样。当然，他们要躲避时不时疾驰而来的汽车。

视觉上，万象给人感觉是一个碎片之城，好似经过一场土崩瓦解后重新建造。殖民时期法国建筑、澳大利亚援助的大桥、从日本开过来的公交车、韩国人修建的滨河公园、美国人剩下的水泥完成的凯旋门、中国一家公司开发的万象商场、以前暹罗攻克万象时留下的黑塔……许多行人的神色像是从王家卫电影里走出来的，七八十年代的香港，一种极度炎热过后的忧郁。餐馆里主要供应适合欧美人口味的比萨、汉堡、可乐、炸鸡……文化输出的符号，先从改变你的胃开始。觉得这里开了无数家肯德基、麦当劳。中国一位很知名的作家最近写了本小说，书里一部分控诉中国的暴力拆迁，有点儿写过了。其中一句："我伸手指指不远处的肯德基，我说那里面暖和，可以去那里做作业。"我对于他写的"肯德基"有另外的理解，不知道他有没有？我不喜欢这句，不过不影响他过去作品在我看来的伟大。说起名气大，莫言是因为得了大奖而更加有名的，他是大师之一，他的《生死疲劳》《蛙》

都是真正的大作。"莫言"这个名字叫得真好，我应该在这两个字后面添加一个必须的尊称——"大师"。这个名字告诉我们一个道理，人在很小的时候咿呀学语，一辈子要做的事情其实是努力闭嘴。我本不该说，可惜我写了，这是我的虚伪和狡猾。

　　悲哀的历史编织而成的梦境、全球化叹息生出的一口炊烟、光怪陆离……四处闪耀、黑夜逃跑、剧烈混血运动的产物。一切，在万象的街道，只需要行走几十米的距离就够了。所有的东西都会在这几十米内出现。但这些只是视觉而已，真正的万象仍在这里的两百多座寺庙之中。成千上万的信徒与僧侣心中怀有另外一个万象，构成了万象的另一个世界。如同万象的大街两侧挂遍国旗和党旗，无数的旗帜不过是这里表面上的一种象征符号。它骨子里的东西，依然是众多庙宇的一座座金顶。这座城市没有人民路、解放路那样子的地方，人们打算回家、去上学或是工作，说的是这座寺庙的旁边，那座寺庙的门口。这些庙宇才是每个本地人都心知肚明的地方。在这座城市，以历代国王、高僧命名的街道随处可见，法昂大道、三森泰大街、纳塔提拉大街等等。老挝政府曾把南部城市沙湾拿吉改名为凯山·丰威汉市（凯山出生在该地），如今距离政令发出已过数年，交通时刻表、旅行攻略、当地人口中、地图上，所有的地方用的仍是沙湾拿吉这个名字，除了党政系统大门口光辉灿烂的牌子。不光万象，在整个老挝，"牌子"这样子的面子东西只是走马观花者的视觉错误罢了，它的本身一直存在并且隐忍着，"沙湾拿吉"在老挝语里的意思是"天堂之城"。法国人来之前，这个"天堂"已经存在了。"天堂"在这里可不能被取消。如今，老挝在沙湾拿吉建立了"胡志明主席纪念区"，而越南的胡志明市曾经叫做西贡。在越南时，我买去往胡志明的巴士票，需要告诉售票员：请给我一张到西贡的车票。

　　在万象没有十层以上的高楼以前（万象第一栋十层以上高楼是中国人修的），凯旋门是这里最宏大的建筑。这座大门高45米，宽24米，形似巴黎的那个，小了一号。万象凯旋门最早由法国人来建造，为了炫耀他们在中南半岛取得的胜利，不过凯旋之门尚未完成，还没来得及耀武扬威，法国人就在奠边府吃了败仗，被越南人打得落花流水、仓皇北顾。后来老挝独立后把凯旋门按照本土风格进行改建，加入了许多佛教的文化元素。现在的凯旋门像是老挝某座寺庙留在大地上的影子。它的顶部很尖，融入了佛塔造型。在拱门基座上，是典型的老挝寺庙的雕刻和装饰，站在凯旋门里抬头仰望，上面有诸神的造像、神话传说故事等老挝传统浮雕。很明显，这里现在是一个老挝式的建筑。法国人最早给这里带来了凯旋门，但他们没有在老挝获得拿破仑般的胜利。他们也不该获得。传教士带着《圣经》自遥远的北方而来，但他的行李中没有北方的雨果，没有普鲁斯特般的追忆，这位教士也不是像兰波那样上路的……他带来的上帝是为了殖民而设计好的那位"大人"，不属于《圣经》的范畴，他的那个上帝趋向于法国的皇帝、资本巨头，根本不是老挝普通老百姓需要的那么一位需面对其祷告的对象，这位"大人"和法国田野里种植马铃薯的众多农夫甚至都没有丝毫关系。相比较凯旋门，中国政府在凯旋门广场援建的音乐喷泉倒是好了很多，毕竟两千多年前中国的《道德经》里产生了一个成语——"上善若水"。只是现在许多记得这个成语的中国人已经忘了该怎么实践，而更多的人，已将这些彻底遗忘，仿佛他们没有了意识。

　　伟大的波罗芬高原矗立着献给伟大神灵湿婆的神庙瓦普寺。

　　波罗芬高原位于老挝东南部，起伏平缓，西北—东南长100公里，东北—西南宽60公里，呈椭圆形，多座海拔超过1000米的崇山峻岭耸立周边，这里是老挝年降雨量最多的地区，接近4000毫米，周围形成放射状水系，雨水经过山地，山地间的树木、草、野兽的脚印后汇成洞河与公河，这两条河流是湄公河在下寮地区的重要支流。1975 年越战结束，波罗芬高原被辟为老挝热带经济作物种植基地及重点牧业区。如今，这里牛羊遍地，季风沿着湄公河来到这里，吹乱牛羊们的背，吹响高原上一株咖啡树的叶子。这儿是老挝的咖啡王国，出产全国 95% 的咖啡。温和的气候，潮湿的空气、富含营养盐的火山土壤使这片土地成为咖啡种植者的天堂，且被认为是东南亚最适合种植咖啡的宝地。

要想朝觐瓦普寺，先需渡过湄公河到达小城占巴塞。巴色到占巴塞仍未开通直达汽车，两个地方被湄公河隔开了，这一段的湄公河目前还没有一座现代意义上的钢筋、水泥、混凝土合成的大桥。去占巴塞，要先坐从巴色开往基纳的巴士，中途下车。汽车沿着一条公路断断续续行了两个多小时，之所以"断断续续"，是因为途中巴士时常出现故障，一会儿停在路边歇车，一会儿又是空调罢工，车厢里瞬间闷热无比。人像是车内的一根烤肠，太阳为火，大地是这些人肉烤肠的食客。人皆土里来土里去，生不带来死不带去，却在工业时代给自己造出来汽车这么一个炼狱，能买起的要养它，养起的又炫它，买不起养不活没地儿炫的只能急得火烧火燎、彻夜难眠。不光汽车这么一个炼狱，房子、城市、子女教育、医疗保险、银行账号……太多了。生于人世，虽未死掉，也已不活！热的昏昏沉沉时，司机喊我下车，指指前面一条被太阳暴晒的坑坑洼洼的土路，说：直走。我看见湄公河在那条土路的尽头出现。在正午的烈日下，河流像是大地间的银子，风可以被看成技艺精熟的银匠，月光是他锤出来的，现在，又造了波光粼粼。

渡口懒洋洋地停着许多小船，不见有船夫，大中午，酷热，没什么人渡河。一中年男子赤着上身在补渔网，问他话，也不作答，摇摇手，指指远处的河岸，似乎对岸有什么，但也不说有什么，然后继续修补他的渔网去了。另一位妇人在不远处河边洗澡，见有陌生人来了，赶快把衣服穿好，身体像是湄公河里的一滴墨，很美。独自站在河边，心想怕是要等到日落西山，猴年马月才能渡过河去？那补网的中年男子忽立起身来，渔网抛在一边。我就这样上了他的船，渡过湄公河，来到了对岸的占巴塞。当然，一切先从交费开始，两万基普一个人，没有船票。占巴塞是一座小城，到处盛开着鲜花，颜色不一样的鲜花。黄昏，许多蝴蝶在花朵与花朵间飞舞，颜色不一样的蝴蝶，仿佛暮色中长了翅膀的花儿。到处是壁虎，在偶尔亮着的灯旁围成一圈，等着捕食灯光吸引来的飞虫，我估计那是壁虎们在开会。晚饭，瞬间过来一群大小不一、胖瘦不同、毛色各异的猫咪，大概有十只，看着你的、叫着你的、挠着你的，其中一只黑色的直接跳到桌上，看着盘里的食物，但没有叼走，只是眼巴巴望着，望穿秋水、望尽天涯，望得我不好意思。感觉这儿的猫咪也有了信仰，从做派上能感受到！早晨醒来，旅馆老板娘先在自家庭院各个方向及神龛前摆放几团米饭。庭院正对湄公河，河水映着清晨的霞光，看见一人驾着扁舟自河心划过，一片漂在水中的树叶。忽想起庄子，"泛若不系之舟"，他老人家绝对见过比这还美的景象。占巴塞太小了，用"小城"来形容都显得大，一个码头，两条街道，街上一天看见十辆汽车。牛羊走在街上，两条街交汇的十字路口修了一个小转盘，转盘中间是一座小喷泉，象征性被称为市中心。太小了，每个地方完全都可以叫做中心。在极大与极小之间，中心在哪儿都行，已经不重要了。尘世之中，根本就没什么重要、中间、中心之说，这些不过是我们人类，这种无聊的、弄不明白情况的具有好事之徒属性的物种，以自我为尺度想出来的某个坐标而已。一群小孩在巨大的凤凰树荫下玩耍，二三十个小孩聚在那影子里，跑着、闹着，也没到影子的边际，那是我生平所见过的最大一棵凤凰树。如果非要说这小城有什么是大的，就是这棵树，还有树旁边日夜浩荡的湄公河。湄公河在这里宽达十数公里，河心还形成了一个叫做敦登岛的大岛，岛上也是牛羊成群，人烟、村落、渔夫的一口叹息、生老病死、生生不息的生活皆住其中。"小城"里与湄公河垂直的那条街道极短，因为房屋大多沿着湄公河而建。屋子自己家住，也改成客栈、餐厅接待游客。只是游客太少了，大多旅馆的房间常年空置。房屋不管面积多大，一年到头经常仍是一家几口守着，赚不到太多的钱，却也少了多余的吵闹。人们每天早早睡去，第二天早早醒来，晚上，把世界重新还给黑夜。

瓦普寺是老挝除琅勃拉邦外另一处世界文化遗产。我在一个热得发昏的午后，头戴一顶本地人斗笠，骑着一辆一万基普租来的破旧不堪的自行车，车筐里装着一瓶 1.5 升被晒到发烫的矿泉水前去膜拜。远远望过去，路的尽头，瓦普寺出现了，那是绿色的山坡之间一堆灰黑色石头，仿佛森林中生出的一只巨眼。心中一惊，刹那间想起吴哥的颜色。一阵热风忽掠而过，吹翻我戴在头上的斗笠，眼前一黑，险些摔倒，赶快脱帽、下车，怕扰了神灵。占巴塞是老挝南部古都，1707 年，澜沧王国一分为二，北部为琅勃拉邦王国，南部为万象王国。1713 年，南方以南又建立以诺卡萨为国王的占巴塞王国。而在更早的高棉帝国时期，这里曾是帝国北方中心。即便现在，一条从这里通往高棉帝国首都吴哥的大道，仍依稀可以从波罗芬高原的大地上辨出。瓦普寺建造的年代、过程都已不详，一说建于公元 5 世纪，有的说更早或是更迟，学究的事情，大概那个时间就行了。黄金的、血做的古代时间早已和湄公河的河水一起流向比远方更远的地方，除了下游一条鱼的眼睛，我们谁也无法看见。古代这里不流行文字，没有历史记录，先人们当时造一座神庙，没想过后世会有人对它肢解、剖析，他们仅仅关注这是一座神庙就够了。建造瓦普寺的唯一事实一直存在并守恒着——这座庙宇建造的目的是为了献给神灵。目的就是这里的事实。建造瓦普寺的初衷是将神庙献给印度教大神湿婆。湿婆与毗湿奴、梵天并称印度教三大主神，在一些地方的信徒中，湿婆常被认为是最厉害的一位大神。据说有一天毗湿奴与梵天起了争论，看谁更值得被崇敬。就在他们争论不休时，在他们的面前出现了一根火柱，熊熊火焰好似要烧毁宇宙。两位大神见状大惊失色，决定去寻那火柱来源。毗湿奴化作一头巨大的野猪，顺着柱子向下探寻了一千年；梵天变成一只迅飞的天鹅，顺着柱子向上亦寻了一千年。但都没有到达柱子的尽头，只能疲惫不堪地回到原地。当他们回到出发地相见时，湿婆出现在他们面前。此刻他们才发现这根柱子原来只是湿婆的一根阳具。于是两位大神把湿婆奉为最伟大最值得崇敬的神灵。

几年前我去西藏的岗仁波齐转山，这座雪山是印度教、藏传佛教、耆那教、苯教共同侍奉的一座神山，在梵语中，"岗仁波齐"有"湿婆天堂"之意，被认为是一个巨大的湿婆"林迦"化身。当时和我一起转山的是宁波的沈哥，五十多岁，我父辈的年纪，活得像个孩子，依然年轻，依然热泪盈眶。我们一起从新疆叶城出发，骑行穿过昆仑山脉、喀喇昆仑山脉，进入阿里高原，就是为去往岗仁波齐。那段时间，我们有时沿着219国道骑行，有时则去往远离国道的乡村，晚上睡在帐篷里，看见大地之上是无穷无尽的星空，银河像巨人的长腿从夜色中横跨而过。路上时常刮起大风，大风吹过山岗，风的上面是永恒的太阳。恍若一条发源于岗仁波齐的大河，滔滔不绝。岗仁波齐是众多河流的源头之一，其中四条河流在它们的下游分别被叫做苏特累季河、布拉马普特拉河、印度河以及伟大的恒河。逆风、侧风、迎着大风，自行车艰难行走，风中偶尔瞟见一只藏羚羊，接着又云朵般消失在一座山的尽头。每年回忆那段经历，我常常想念沈哥，想起他第一眼看见岗仁波齐时掉下的那颗硕大的泪滴。夕阳照射着神山岗仁波齐，山顶的雪在阳光下发出灿烂的金光，宛如众神聚集的神殿金顶，一团在天际熊熊燃烧的巨火。我转头望向旁边的沈哥，忽然看到一滴从他眼中闪出的泪水。他的眼睛如同镜子一般，雪山在他的眼里闪烁着，在泪水中旋转着。转山时，在岗仁波齐的西侧岩壁看到了神奇的景象。白色的雪与黑色的岩石，各自不同的颜色组合起来，在总高度达数千米的峭壁上勾勒出一个庞然大物，像是人的脸，更准确地说是人、鬼、神，诸神、诸物合在一起的脸。血肉之躯、凡夫俗子长不出那样伟大的面孔。眼睛、鼻子、嘴巴，甚至眉毛，似乎全都有，又不完全像，风在让它日夜不停地变化。暴风雪突然袭来，山顶瞬间大雾弥漫，一下子什么都看不见了，一切皆被未知掩盖，只有天神知道。远处，信徒们从山脚磕着长头缓缓行来。

瓦普寺英文名字是"Wat Phu"，英文中"Wat"特指东南亚一带的上座部佛教寺庙，汉语翻译过来把它谐音成"瓦"，"Phu"在老挝语中是"山"的意思。觉得"瓦普寺"应该译为"山寺"更形象一些，寺庙本就是因山得名。山之所以出名，是因为比山更厉害的神灵住在山里。这座神庙位于海拔1200米的普高山（Phu Kao）半山腰，据说山里有一块天然形成的巨石，状如湿婆的林迦。脑中浮现出一幕，古人有一天去山中打猎，拨开丛生的密林与浓重的雾气，忽看到空地上矗着湿婆林迦化做的巨石，他先是魂飞魄散，接着心生敬畏，之后便在山脚修了这神庙。没什么政治目的，就是恐惧与敬畏的产物。通向神庙的大道用古老的石头铺就，石头上生出青苔，缝里长着野草。牛群、游客、僧侣皆行于这大道之上。过去，这里也通向伟大的吴哥。道路两侧耸屹着数百个"林迦"，雨水和时间令其发黑、发紫，如同一根根真实的阳具。这些林迦皆笔直指向天空，在大地上巍峨挺立，天空与大地似乎正在交媾，孕育着万物以及信仰。上山的台阶在路的尽头，也可能是开始，现代人类是这条路上半路杀出来的怪物。沿着阶梯上去，能看到极多精美的浮雕，雕刻全在石头上完成，那是石头在开花。如果世上有海枯石烂，这里便是海枯石烂。美丽的阿普萨拉、湿婆、毗湿奴、雷电之神因陀罗、13 世纪时的释迦牟尼像……众神聚在这些石头中间跳着鲜花的舞。一块巨大的石头上雕着一头大象，大巧若拙，屈指可数的几根线条，大象好像就要踏着沉重的步伐从石头里走出来了，不禁以为那石头中是不是本就藏有一尊巨物。那块石头本身的重量、形状也与大象无异。有僧人在这头大象旁边合影，面对如此庞然大物，这些和尚也显得偏小。我顺着大象的眼睛望向远方，山脚的波罗芬高原在大地上缓慢起伏、蔓延，仿佛正在天际下呼吸一般。这是众神建造的一个绿色天堂，云朵在高原上聚集着，一场大雨马上就要开始了。

信仰印度教的时代如今已成遥远的传说，席卷东南亚的高棉大军在时间中亦难逃灰飞烟灭。千年过后，只有瓦普寺，只有瓦普寺还在这片土地上静静诉说着过往。像吴哥一样，建造它使用的是最耐久的材料——石头。在古代东南亚，献给神的寺庙才用石头修建，人居住的只是木头树叶搭起的棚屋，石头拿来给灵魂居住，肉身终究还给土地、草木。接着，肉身走了，但只要庙宇还在，灵魂也不至于无处安放。当然，建造这样的神庙也最艰辛，不仅仅因为石头的重，更是因灵魂给这些石头附加了重，那是"在清水里泡三次，在血水里浴三次，在碱水里煮三次"后得到的"纯净的不能再纯净"的重量（阿·托尔斯泰《苦难的历程》）。瓦普寺最高一层的正殿现今塑了释迦牟尼坐像，这座寺庙也成为老挝全国性的重要佛教圣地。庙中时常看见不远千里前来朝圣的僧人。僧侣们偶尔掏出来一个智能手机冲着一堆古物拍照，看起来很魔幻，想起中国流行的一句广告词"前置两千万柔光双摄，照亮你的美"，心中一笑。一位僧人肩膀上挎着日本某品牌生产的单反相机，看起来很沉，我过去买过那么个玩意儿，确实很沉，而且很贵。僧人另一半裸露的肩膀泛着暗色的汗珠，肌肉坚实有力，光从古铜色的皮肤上淌过。总觉得有什么在他的皮肤上缓慢闪烁、流动，逐渐黯淡的古老的时间、光的一只脚，或许只是汗水而已，有两种完全不同的东西正在他的肩膀上发生一场大战。每年农历三月的满月日，来自老挝以及周边国家的信徒会齐聚瓦普神庙庆祝万佛节，一篇旅游攻略用这么一句话来形容节日期间这里的景象：听说那几天热闹非凡。

湄公河沿着老挝国境一路往南，在国境最南端形成四千美岛，这是一个由河道、岩石、沙洲、船只、鸟鸣、鱼的尾巴、水波中渔夫晃动的影子构成的岛的世界。水面被分割、挤压、撕裂，各条水道连起来宽达十多公里，汪洋一片。"四千美岛"是人们利用语言对这个岛的世界进行的统称，具体数字？也许更多，也许更少，很多就是了，河里的鱼和渔夫都没数清楚过，只有河水知道。原住民对此地还有另一个称谓——"饿不死人的地方"，这儿是真正的"鱼米之乡"。每年三四月份，溯流而来到上游产卵的鱼在瀑布下成片死去，太多了。根本来不及吃掉，在空气中腐烂，在太阳下炙烤，雨水再将尸体带回下游。本以为河面已经如此宽阔，湄公河就要笔直地奔向南方注入大海，河水却在这里做了一个辉煌壮丽的自由落体运动，形成孔瀑布。这是世界上流量最大的瀑布，雨季流量达4万立方米/秒，年平均流量为1.2万立方米/秒。孔瀑布再往前，湄公河便进入柬埔寨境内，经过柬埔寨后，在越南境内注入南海。晚上住在一间漂浮在水上的屋子，夜里，房子在水面晃动，我也随着摇摆，像回到了童年的梦，外婆在耳旁轻声絮叨。房间明显很久没有客人居住，床单落了许多灰尘，霉味儿十足。拿去阳台晾晒，收的时候发现上面留下一团鸟粪，对这个地方瞬间好感大增。过了几天我才知道，那是壁虎的排泄物。一次坐在一家餐馆吃晚饭，房顶猛地掉下来一团异物，险些落入碗中，我瞅瞅那团东西，和之前在床单上见过的一模一样，抬头望向头顶，上面连鸟的影子都看不见，一只壁虎缓慢地、偷偷摸摸爬着，看我望它，不屑地瞥了我一眼。早晨打开窗户，看到对岸河边小路上学生们踩着单车去上学，他们身穿白校服穿过清晨的雾，仿佛一群学会了骑自行车的云朵。

旅馆老板不光经营着几间水上房间，还拥有一家花园式旅馆。花园门口挂着一块招牌：为防止牛群进入，晚上请锁好大门。想起另一天坐夜巴士前往巴色，在巴士厕所看到一个提醒：这里面不允许做爱。明显是提醒给西方人的，他们已经这样做了，也早就闯入了这片土地。提醒这种东西的出现，证明所有的措施一般都属于滞后的范畴，大多时候还未必有效。以前看过一个报道，说是美国一对姐妹在吴哥窟拍裸照被捕，然后被柬埔寨驱逐出境。吴哥窟都敢，真是可怕的"自由"和"人权"。想到一部电影，科波拉的《现代启示录》。故事发生的时间是越战期间，主人公威拉德在越南遇到了一家子法国殖民结束后仍不愿离开的法国人，问为什么还留着，答道："我们想留下，因为这地方是我们的，它属于我们，令我们的家人团结，我们为此而战。而你们美国人，却为世上最虚无的东西而战。"科波拉是位天才，他拍出了《教父》，这种人要讲的话永远不会直接说给你听。若是每个人类都承认一个起码的事实，越南的水稻应该是越南人自己种出来的，而这个世界是万物共同来组成并生活的，如果我没记错的话。《东南亚史》记载19世纪末法国与暹罗因为老挝的问题发生的某次争论时写道："法国人的理论是暹罗正在侵占它以前从未占领过的土地，以便用此办法来补偿它在黑水河地区所放弃的土地。但这正露骨的反映了法国人自己的观点。"电影里的科茨上校曾是越战英雄，战功赫赫，忽然有一天，他失踪了，在柬埔寨建立了自己的"王国"，并和美军作对。他说："最令我厌恶的，莫过于谎言的恶臭。"电影结束时，科茨在黑暗中发出昏沉的嗓音："可怕……可怕……"关于这部电影，同时必须要明白的一点是，这部片子根据康拉德的名著《黑暗的心》改编而成，只不过把原小说的背景从非洲搬到了亚洲而已，这一点细想起来更是令人惊悚。

孔瀑布简直就是正在嚎哭、吼叫的一万头野兽，隐匿于密林之中，我根本看不到。只能远远听着一声声跌撞起伏的巨响。我走得小心翼翼，一厘米一厘米的，一米一米的，渐渐地，匍匐在大地之上的那些野兽逐渐开始清晰。突然，我看见了！它啃噬着岩石、树丛，牙齿在太阳下光彩熠熠，泥土流着红色的血。世界骤然降落，水从树木与岩石间蓬勃而出。湄公河哺育了太多的稻田、鱼虾、故乡、嘴巴和胃，现在已经老了，孔瀑布是这位老者、这条大河在大风中扬起的巨大胡须。1866年6月法国曾派出一支湄公河考察队，逆着这条河流往上。他们此次考察的目的是为了试试湄公河是否可以通航，打通法属印度支那和中国西部的航道，方便日后侵占中国。这帮家伙接着遇见了孔瀑布，做着帝国美梦的法国人终于知道这里不是他们国家的那条塞纳河。不只是湄公河，这些家伙还考察了长江流域，1868年6月20日他们从上海乘船返回西贡。在这次考察过程中，队长杜达尔·德·拉格里在丛林中弄坏了鞋子，赤脚行走时被蚂蟥咬伤，加上有其他溃脓，于1868年3月12日死在云南东川，将自己的生命献给了他们的帝国事业。副队长加尼尔带着队伍继续前行。几年后，这个叫做加尼尔的副队长死在了越南。1873年他在河内解决法国商人与越南当地百姓之间的冲突时，在冲突中被打死。他们在贪得无厌的天性怂恿下掺和了太多与他们无关的事。一个故事更能说明加尼尔那伙人湄公河之行时的内心状况："加尼尔在接到一些报告时心中充满了仇英情绪，报告说，一个由四十人组成的英国探险队已抢到他们的前头，这批人是在他们之先突然从缅甸进来的。在清坎附近，正当法国人以宁死也不落后于人的决心赶路的时候，他们遇见了向下游旅行的戴夏特。当时只有他一个荷兰人，他的助手都是当地人。这次相遇使他们十分宽慰地认识到，戴夏特的行动原来就是那些使他们心慌意乱的谣言的来源。"（《东南亚史》）

在法国殖民时期，孔瀑布一直是殖民者心头大患：从老挝获得的无数金银财宝可怎么才能沿着湄公河运到西贡，再送回伟大的法兰西啊？法国人为此绞尽脑汁、挖空心思。他们曾想过用炸药将孔瀑布附近的岩石彻底炸碎，因为水流太大，只好作罢。后来他们想出了另外的办法，在孔瀑布下方的东孔岛一侧修建一个码头，再在瀑布上方的东德岛修筑另一个码头，两个码头中间用铁轨相连，他们的蒸汽船便可以从一个码头坐火车直接去往另一个码头，在湄公河上自由航行了。我在东孔岛法国码头旧址看到了一张蒸汽船坐在火车上的照片，超现实的感觉。火车旁边的法国人洋洋得意，本地老挝人满脸愁苦。这个码头旁边的湄公河段如今是观察伊洛瓦底江豚的好去处，我站在岸边盯了整个下午，什么也没看见。它们已经跟随伟大的工业时代、全球化的到来慢慢销声匿迹。法国人修建的火车轨道自 1940 年起就没再用过，铁轨现在已被当地人拆除，只有短短的一截作为展览使用。过去蒸汽船坐着火车行走的那条路，两侧重新生满热带的密林，林子里猴子和鸟一起叫着。偶尔看见本地人的摩托或是拖拉机从路上经过，身后的烈日下扬起一阵灰尘。不管怎样，这条路拆了铁轨之后总算是一条对当地人很实用的泥土路。也许这是那些离去的法国人留给这里的唯一遗产。不远处，殖民时代的几个火车头孤零零扔在田野里，早就没有了过去的精气神，好像是大地上长出的一只肿瘤，但这个瘤子早已过期。

　　记得琅勃拉邦的某个夜晚，去爬著名的普西山。从那里可以俯瞰琅勃拉邦全景，山下是这座城市或者乡村漫长的灯光碎片，来自不同的角落、缝隙，不同国家的人闪着欲望之光的眼睛。湄公河是大地上最大的那条鱼，鳞上带有暗夜的光和一颗星星的色泽。世界挂满黑夜的帘子，它在黑与黑之间游动。自山顶朝下望去，琅勃拉邦附近大片的土地仍在黑暗着，似乎还会继续暗下去。车辆交汇处的十字路口是这里最亮的光源。不过还有更亮的，虽然只是一瞬间，那是远山间忽然喷涌而出的闪电，那里正下着雨。一道闪电过后，是另外一道，诸神的手中握着发电厂的开关，天地在黑暗与光明间切换。闪电之后，湄公河远处继续一片漆黑。当它再次亮起的刹那，我看见远处河畔，伟大的湄公河里，有一艘船一直未曾驶远。等我正打算看个仔细的时候，世界一下子又暗了下来，那艘船好像也不存在了。这篇文章的最后，我猛然发现那晚的闪电是另一个自天上倾泻而下的孔瀑布。

在泰国"嚎叫"

　　看见泰国的第一眼，我脑子里浮现出艾伦·金斯堡的《嚎叫》："我看见这一代最杰出的头脑毁于疯狂，挨着饿歇斯底里浑身赤裸，拖着自己走过黎明时分的黑人街巷寻找狠命的一剂，天使般圣洁的西卜斯特渴望与黑夜机械中那星光闪烁的发电机沟通古朴的美妙关系，他们贫穷衣衫破旧双眼深陷昏昏然在冷水公寓那超越自然的黑暗中吸着烟飘浮过城市上空冥思爵士乐章彻夜不眠，他们在高架铁轨下对上苍袒露真情……"泰国潮热的风里，我像一股流动的水，像水里的鱼，我并不因自己像水或者鱼而觉得凉快，一切如同被煮熟过一般。我是游着、漂着进入泰国的，不知道你有没有过这种感觉，不知道你懂不懂我这么说的意思。我不说得很明白，不过希望你明白。即便这样子写东西显得这个东西很烂，但这不重要，重要的是：如果我没说，你想想我打算说什么，又没有说出来。现在，我口干舌燥，我需要一瓶矿泉水。

　　泰国的矿泉水显然比柬埔寨的得到更好的净化、过滤、加工，我喝了一口便尝出来了，它更符合广告里说的国际标准。汽车停靠在路边某服务区（我不想用"某"这个字，但我实在不知道自己停在了哪里，司机只说休息15分钟。接着一车人鱼贯而出，先是奔向厕所，我也和大家一样，厕所是我在这15分钟休息里的第一站。然后有人买波萝，有人买面包、烤肉，喜好不同，买的各不相同，但无非是吃喝拉撒，无非是活着，这又和每一位现在看到这些文字的人一样）。我在7-eleven超市只用13泰铢（不到3元人民币）就买了一瓶1.5升的矿泉水，这只是柬埔寨价格的三分之一。我为便宜的价格暗自欢喜，我为自己像个傻子一般欢喜而厌恶自己，同时，撒完尿后的轻松感更是令我身不由己地欢畅。后来我发现泰国境内到处是7-eleven这种小超市，这是一种便利、统一、现代化、野心、扩张、商业……便利店里有薯片、可乐、鱼丸、啤酒、香烟、维生素片，有避孕套，也有避孕药……这完全和柬埔寨的便利店不同。与泰国相比，柬埔寨的便利店就是一个灰头土脸的糟老头，一个掉了牙齿皱巴着脸的老太婆，所有店铺几乎都位于尘土飞扬的马路边，所有的店铺都被尘土覆盖，落满的灰尘是那些商品的外包装，生产日期模糊，内容模糊，健康与否模糊，可不可以食用模糊，只有灰尘确凿无疑。也有一些现代化的小超市，但都是开在金边、暹粒这些略大一些城市的游客区，是给游客用的。

金边的第一家大型商场2007年才开业，听金边一位朋友说，那家大型商场开业时，许多柬埔寨人把那里当做"旅游景点"前去参观，到处是惊喜的面部表情，到处是生命中初次看见某物后的那种闪闪发光的眼神。我的那位朋友也前去观望，他的眼睛没有闪光，他在2007年之前的中国已经见过那种东西，他是去看别人的眼神、面部表情的。我能想象那些参观商场的金边本地人的眼神，我甚至能想象到某些参观者是从外省专程赶过去的。我第一次去逛商场是10岁左右，和我母亲一起去的延安某家"大型"商场，她那时是民办教师，学校放假，刚领了两千块工资，带我去120公里外的延安旅行。那时的山路，100多公里走了5个小时。我当时也有过这种闪光的眼神，牛仔裤、连衣裙、玩具、女人内衣、裸露着身体的塑料模特……这些我都记得。10岁的我，觉得那绝对算是"大"商场了。2012 年我路过延安，那家商场早已倒闭，我多年前好奇的眼神那个时候也已倒闭。当我再次回想起那家"大型"商场，我发现它其实很小。

开遍泰国的 7-eleven 便利店像美女，像青年，行动迅捷，用工业野心，所谓现代化，用午仔裤、T 恤衫、蕾丝的胸罩、CK 内裤打扮着自己，自动门、先进冷柜、电脑进行的快速扫码、所有店员获得的英文培训……在整个中南半岛，最多的车现在是泰国的，最好的路是泰国的，最亮的灯、最繁华的城市是泰国的，最方便的便利店也是泰国的。我还记得从柬埔寨入境泰国的经历。两个国家的海关入口都是一道献给佛的门，柬埔寨这边用石头打造，石头的颜色，石头的质地，没有渲染，没有漆色，就是雕刻后的石头。彼岸的泰国则金碧辉煌。金碧辉煌是泰国寺庙普遍具有的外部特征，同时也似乎象征着相比柬埔寨泰国所拥有的更多财富。吴哥窟的石头上过去也镶金镀银，后来全被剥走了，被侵略者、殖民者，当然也被时间。泰国的金子一直都在。它可以永远引以为豪的一点是，它是近代历史中南半岛唯一未被殖民过的国家。1893 年当时还叫暹罗的泰国与法国签订《法暹曼谷条约》；1900 泰国与英国订立《英暹曼谷条约》，泰国成为英属缅甸殖民地与法属印度支那殖民地之间的"缓冲国"。其实殖民不殖民完全是大国的阴谋，自己的国家，缓冲不缓冲却是其他国说了算，条约也明显不平等，想成为缓冲国，请先给我一块土地吧，请让我开家便利店吧，请再给我一个汉堡、一根辣条吧……湄公河的东岸给了法国，马来半岛南部以及泰国西北部部分领土给了英国。现今，割让出去的领土分别属于老挝、柬埔寨、缅甸、马来西亚。

这和同时期中国的遭遇类似，而当时西方国家发起的所有战争，总会找到一个借口。法国军舰封锁曼谷时的借口是有法国军人在泰国（暹罗）被杀。这种借口真是与那时大清朝遭遇的亚罗号事件、马神甫事件的借口极为相似，都是打着正义的幌子，呼喊着人权，说自己要找人，说自己国家死了人、丢了人。想起了以前看香港电影，正片开始前总会出现一行亘古不变的字幕——"以下故事纯属虚构，如有雷同，纯属巧合"，我不知如此多同样的借口该称它为雷同还是巧合，但肯定是预谋已久，而且是真实发生、非虚构的。那些借口其实没有道理可言，全是人性。柏拉图早就借苏格拉底之口说道："身体用爱、欲望、恐惧，以及各种想象和大量的胡说，充斥我们，结果使得我们实际上根本没有任何机会进行思考。发生各种战争、革命、争斗的根本原因都只能归结于身体和身体的欲望"。人权如果从一个国家的口里喊出，那只是代表权利，只为了满足欲念。而战争呢？其结果无非是牺牲更多的人，众生流离失所，战争的结果本身就意味着过程的荒谬和国家斗争的虚幻。博尔赫斯是一位伟大的智慧家，他谈起英国与阿根廷的马岛战争，说那是两个秃子为了争夺一把梳子而打的架。战争的目的无非就是为了照着自己的标准正确再造一个它们土地之外的世界，无非是贪婪与贪得无厌，无非是获得话语权，重新定义世界的权利。往久远了追溯，特洛伊战争说是一个漂亮女人引起的战争，那也不过是借口，如果那场战争真是因为某个女人打起来的，那也是与一个男人丢了面子脱不了干系。

引用自己以前胡乱写的几句话：原谅我不能像你一样，融入别人之中，我已决定去远远观望，又何苦要我靠近？我们的成功被别人定义，我们的审美被别人定义，我们的正确与邪恶也早被别人定义，而我，要活在定义之外，所以，当你面对着我，最好一言不发。而我只想问你，什么是我？我是什么？本我自我，小我大我，忘我无我？我超越了我，还是我在我之下？或者，我就是我？又或者，我不是我？你最好先不要回答。

　　我认识的所有人几乎都觉得西方人长得更好看，这已经成为一种一致，成为大一统，他们没有特立独行，没有自己，他们便是被战争定义过的人，因为他们当时的祖先也就是我的祖先处于战争失败的一方，他们仰望着别人过去的强大，现在又因过久的仰望而低不下头，不去看看自己脚下沉默而伟大的土地。他们仰望别人的状态给另一个仰望之人的感觉是：仿佛趾高气扬。溃败与臣服，让他们每个不同的个体变得大同小异，且这些个体未能组成某种具有力量的整体。如同一盘散沙，每粒沙子又极度相似。他们不懂得去珍惜，不明白自由的意味，战争早已经过去，世界是自己的，而且好不容易才是自己的，他们却未曾察觉，这是一种罪过，无知即罪。监狱的存在是为了关押罪犯，而监狱本身就是大罪，就是穷凶极恶！我现在虚伪而诚恳地承认，我也有罪，但我死不悔改，我铁石心肠、执迷不悟。可是执迷不悟、执念又是什么？对不起，我问了太多个什么是什么，这世上根本没这么多为什么，有即是有了，存在便存在了，没有为什么，许多东西都是自然的，我们或许就该这么认命了吧。不过认命之前，我想知道"命"是什么？事实上，我问为什么是我的无知导致的好奇、定义欲。可惜这世上不是每个人都知道如何给一个事物做出定义，就像不是每个人都知道自己拥有的无知。他们总认为向西方靠拢是正确的意见，殊不知意见本就是智慧之后的产物。有人给我说起当下旅行的一些书，说起乱七八糟的人写的乱七八糟乌烟瘴气的书，我真想抽他一耳光。有人因我肤色偏白，鼻子偏高，头发眼珠颜色偏淡，说我像西方人，又因像西方人而好看，我真想抽他一耳光。有人看着我未被晒很黑的皮肤，而质疑我走过的路，我真想继续抽他一耳光，然后告诉他所有天生皮肤黑的人一定每天都在四处流浪，而所有在土地里日夜耕作的农民皮肤一定白嫩光滑，像他们种出来的稻米的颜色，像你们吃下、消化以及浪费掉的白色的米饭、馒头，因为那些农民因劳作忙碌到连邻村都很少去。这些人的无知令我崩溃，他们起码知道防晒霜吧？没错，我用了。没错，我和大多数人一样，也不想让自己变黑。没错，我的想法也已经被别人定义；没错，没有定义即是另一种定义。有一个"无"了，那这个"无"已经变成了"有"，我是"无"还是"有"，我自己也弄不明白这么个事，我活得浑浑噩噩、郁郁寡欢，似乎想没用的东西想多了，可我最终连什么是"没用"都没想明白过。死亡是我的最后之路，我已经踏上了。这世上很多事情没有道理可讲，道理是疯子、傻瓜和天才方能思考明白的事情，我不配。

有时我实在没办法，不想和谁谁谁聊了，告诉这样的人不如去读柏拉图、去读孔子、老子、庄子、李白、杜甫，实在不行，你想迷茫，那去读读海明威，想狂躁、垮掉，去读读凯鲁亚克、金斯堡，你连凯鲁亚克都不读，却整天嚷着在路上，你知道"永远年轻，永远热泪盈眶"，却又以为那是《在路上》里面的话，我得给你说说，那是《达摩流浪者》里最后的话。那里面还说了"是谁开了这个残忍的玩笑，让人们不得不像老鼠一样，在旷野上疲于奔命"？然后还有"所有这些人，蹲的都是白色的瓷砖马桶，拉的都是又大又臭的大便，就像山里的熊大便一样。但他们在用水把大便冲走以后，就当成自己完全没有拉过大便这回事，而没有意识到，大海里的粪便和浮渣，其实就是他们生命的源头。他们整天躲在厕所里用肥皂洗手，而且暗地里想把肥皂给吃掉"。省略掉我写这篇狗屎文章的开头，你又是否知道"我看见这一代最杰出的头脑毁于疯狂"？你不知道的，最好沉默，像你脚下的土地和头顶时晴时阴的天空。你想用天上打雷时也会有声音来反驳我，说天空并不是一如既往的沉默，首先，你这样的反驳我不屑于回应，其次，雷声和你的叫嚷，当然也包括我的叫嚷比起来沉默千倍，我甚至会因为你这样的反驳，而恬不知耻地告诉你："抱歉，我听不到雷声，我耳背。"当然，你可以用我现在的叫嚷来反驳我，我写了，这就是我叫嚷的证据，哈哈，你中计了，我写下就是让你反驳的，你反驳我，证明你思考了我说的东西，思考了这些言论的偏激，思考了这些言论的片面、傻逼，你思考了就可以随便反驳我，你最好骂我一通，如果我认为你是一个好人的话，我都不会回骂你，我甚至不会打断你的任何陈述，我知道我写的是错的，但是可惜，我还要这么写，因为你能告诉我错是什么，对是什么，人性、政治、国度、写作、出版、旅行、赚钱、工作，一切的一切又他妈是什么吗？

我想我们每个人都是诸神和大自然开的一个玩笑，如弗洛伊德所言"没有所谓的玩笑，所有的玩笑都有认真的成分"，诸神很认真地玩了我们一把。玩笑之中，你别说"生活不止眼前的苟且，还有诗和远方"这样的屁话了，别每天看电视机了，你连诗都没读，远方都不知道，怎么判断什么苟且什么不苟且。因为你要是知道了苟且，那也就应该知道远方除了遥远一无所有。所以，现在，你应该放下你的苟且，放下我写的狗屁文字，去读读《海子全集》，我不得不承认那里面有好诗也有烂诗，但海子那个人放在那里，你已经可以好好地、认真地、踏踏实实地读读他了。他自杀前写的那句话是"我的死与任何人无关"，那是他写的最伟大的一行诗，却除了我说出，再无人提及，只说那是个遗书。我倒是想说，遗书这样的词配不上海子这样的诗人。别总说顾城的"黑夜给了我黑色的眼睛，我却用它寻找光明"了，那是时代让这个句子火的，你可以轻易地找到尼采写的一句"切勿令双眼与精神疲惫，即使在阴暗中追寻阳光"，原谅我不懂德文，不然我就能把这句子重新翻译一遍了。尼采在这句之前写下的是"粗鲁与温和，高尚与卑俗，稀有与普遍，污秽与洁净，愚人与圣贤，也许二者我均是。

而我曾是，也将永远是鸽子、蛇、猪"。对不起，原谅我突然抽风，咒骂，攻击，因为你根本不知道什么是好诗什么是烂诗，却他妈跑来烦我。当然，我如果曾经写过诗，那一定全是烂诗，我承认，因为我写不出更好的。

　　记得在金边旅馆认识的一个国人（总体来说，他是一个很好的人，以下的想法可能是我自己傻逼思想导致），他之后又和我去了西哈努克，他本来没计划去西哈努克，我始终搞不明白他为什么和我凑这趟热闹。他给我讲了让我觉得生动的故事，关于他的爱情和生活，可当我在海里弄坏手机弄坏 kindle 那一天，他的钱包也在我的挎包里（因为他穿着沙滩裤，裤兜又很小，是他自己把钱包放我包里的），于是他的钱包也湿了，这让我实在不好意思，我那晚忘记还他钱包了，也可以说他忘记和我要了。第二天，我用他的手机搜索如何修复自己手机的方法，发现他在自己手机里百度搜索了如下内容，银行卡遇水后还能用吗？（无知）如何看对方隐藏的朋友圈？（窥视欲）我不知他是想看我的朋友圈，还是当时另外一女生的朋友圈，我压根没用过朋友圈，至于另外一女生，别人既然藏起来了，你还干吗要去看？我接着想起最近两天但凡遇到 AA 吃饭，他总是会主动少出 0.5 美金，我本来不在意，现在我在意了，他占了我的小便宜。之后，我告诉他你先走吧，我还要在西哈努克多待几天。我记得走前他问我知道三毛不，又问我觉得三毛的书怎么样，我说她人挺厉害的，走了那么多地方，但那书适合女孩子读，不适合我。我讲实话，他大为恼火，因为那是他喜欢的。你喜欢便喜欢，我说我的意见，你干吗生气？你也可以说说你的意见。接着，我知道他其实没怎么读过三毛的书，他只是觉得谈论三毛显得自己很牛。那种他认为的牛局限于他自己的水平线之内，是从他那个水平线望去或许如此的牛，就像我写的这些狗屁文字局限在它自己的臭里，我写东西没有那么崇高，这个词和我没关系，和我的旅行更没关系。我是修行，但修的不是崇高，我写这些，更多是为了逃避，是为了骂人，是为了说几句大实话。有些话我其实还想说，但我不敢继续说，不能说，担心成为把柄，担心成为证据，这也是我的虚伪。但这就是人，就是一种动物，你得知道自己，因为做为人，你首先得活着，活给人间看，活给诸神看，活给各种植物的颜色看，至于死的那个出口为何物，自然得等到死后方才知道，愿你我都有足够的耐心来等待，这是我对无数个你的祝福。我见过一位等不到这个出口的年轻人，她从十八楼楼顶纵身一跃，便飞走了，飞到了我寻不到的地方。后来我寻她多年，一无所获。她纵身一跃或说飞走的那栋楼的名字叫"百姓家园"，她从那楼顶获得的飞跃是我这多年来得到的最大隐喻！

　　上面这一部分扯得有点长，而且杂乱不堪，但我也不想删掉，我就此打住，我刚才有点发疯。允许我用科恩的一首小诗结束这一段，他是我最喜欢的歌手，然后继续讲述我的旅程。之所以用这首诗结束，是因我刚才是个年轻人，我使用了年轻人的愤怒，使用了我对于7-eleven的愤怒，而且使用了对于吴哥窟的怀念。而作为自己的我、人的我，虽然使用了对于7-eleven的愤怒，但我依然花费13泰铢在里面买了一瓶矿泉水，并且买得理所当然，因为我渴。

老人和蔼

年轻人愤怒

爱也许盲目

但欲望绝不

　　——《老人的和蔼》

泰国也有类似于吴哥建筑的神庙，位于泰国东北部，离柬埔寨国境不远。著名的有披迈寺、帕侬蓝寺、玛穴寺，墙壁上雕刻着印度教的故事，神庙里供奉的却是佛教的神。庙是古代的印度教徒修建的，他们修庙的时候没想过自己是高棉人或是暹罗人，他们作为修建者的身份是每一名虔诚敬奉神灵的印度教徒，那个时候他们不属于某个国家，共同归于神，在神面前，他们管不了那么多。后来把佛陀请进寺庙去的佛教徒，哪怕是作为泰国的公民，那一刻想到的也应该只是自己作为一名佛教徒的业吧，至今，泰国和柬埔寨两国都还宣称拥有对另一所神庙的主权，这神庙是著名的帕威夏寺。1962 年，海牙国际法院的判决认定这座泰柬两国争议多年的寺庙归柬埔寨所有。2008 年第 32 届世界遗产大会确认帕威夏寺为世界遗产，这也是柬埔寨继吴哥窟之后的第二个世界文化遗产。2011 年 2 月初，泰国军队与柬埔寨军队在帕威夏寺附近多次交火。双方死伤数十人，数万民众撤离。两个国家为了一座神庙争吵多年，不知道神听着烦不烦。想起一句印度教箴言："神虽唯一，名号繁多，唯智者知之"。印度教是神、佛教是神、犹太教是神、基督教是神、伊斯兰教是神、拜物主义是神、孔子是神、柏拉图是神、尼采是神、某明星是神，信哪个神其实不重要，个人选择而已，同样选择哪个也只是意味着个人意见的差异。意见之后，重要的是找到那条活着的生路，和死后的那个出口。

在越南时了解到一种叫做高台教的宗教，它是越南仅次于佛教与天主教的第三大宗教。"高台"意为"最高的存在"，"高台"一词出自《道德经》"众人熙熙，如享太牢，如春登台"一句。在高台教徒心目中，高台是宇宙的心脏，是世间万物的主宰。其教主是一个虚幻的最高神，名为高台仙翁大菩萨摩柯萨。一般在高台教寺庙高处，都会出现一个象征高台神的符号，那是一只巨眼，又称作"天眼"，表示人间万事万物都逃不脱高台神眼的审察。眼睛被一个三角形框起来，三角形外面是 16 根射向各个方向的光束，让我很容易联想到那是阳光照亮大地的光芒或是高台神眼能看清世上各个角落的视线。视线之外，是佛教里常用到的一种符号——莲花。拜访高台教寺庙，颠覆了我过去对于宗教的全部认识，不是因为它特殊的地方化形式，而是因为它彻彻底底的全球化。高台教认为，除了至高无上的高台神，其他宗教的神或者历史中一些伟人也是需要祭拜的，于是出现了极为魔幻的一幕：孔子、姜太公、耶稣、老子、释迦牟尼、观世音、李白、关公、牛顿、雨果、莎士比亚、丘吉尔、孙中山、克列蒙梭各路神仙、政客、诗人、作家被供奉在了一起，像是梁山好汉们的"聚义厅"。在高台教徒眼里，这些都是高台教的神。

泰国东北部的这几座庙宇都是吴哥时代的产物，不只因为整个中南半岛过去都受到印度文化的影响，也因为过去这些土地曾属于高棉帝国。高棉帝国的巅峰期，领土包括了今天泰国伊森地区、呵叻高原、湄南河流域、马来西亚南部、老挝北部，其东部边界直抵今天越南的海边。印度人那时来东南亚，他们乘着季风来，也坐着大象来。数百年后，印度式的大量建筑还在，越南的美山遗址、柬埔寨的吴哥窟都是印度文化的产物，但中南半岛依旧是中南半岛，风里依旧夹杂着中南半岛千年来固有的体香。《剑桥东南亚史》里讲道："因此，印度文化的影响很可能是东南亚地区新出现的王国借用对其有用的印度文化的结果，而印度并没有把它的文化强加于当地文化，东南亚不是外来影响的被动接收者，而是这一过程的积极参与者。"如今，印度留下的过去在这片土地仍然随处可见，但这里从未变成另一个印度，人民的生活照旧适应着中南半岛的空气、水和太阳，照旧是按着这里的时间来过着这里的日子。高台教的出现便是佛教、天主教、基督教、印度教、道教、儒家学说、殖民主义、民主思想……各种宗教、主义、言论混合后的产物，但它的最高神——高台神，归根结底却是越南的地方神，是越南本土的。

　　柬埔寨出境的口岸处修着一栋白色楼房，好像是专门修给泰国看的。六七层高，占地极大，我在柬埔寨国内很少看见这样规模的楼房，现在于边境出现，明显是被对面的泰国逼出来的面子工程。对面的国家可是有大型商场、先进停车场、肯德基、屈臣氏的泰国，而且这些东西就在不远处。我知道，白色楼房背后，是柬埔寨公路上遮天蔽日的灰尘，是做饭时村庄里升起的炊烟，是牛，是背着小孩头顶箩筐的高棉妇女，是远处的吴哥窟……这是一条我来时的路，这条路是生活与正在发生的大河，我在其中心甘情愿地溺亡。离境柬埔寨时不知为何要录指纹，我在国内过去也录过这样的指纹，进出某座大楼、上下班指纹打卡……此时在万里之外的柬埔寨排着队去录，排得心烦意乱，先右手大拇指，然后另外四个手指头，左手重复一遍，人像是一台机器，机器录着机器。录指纹时，我发现录指纹机器上的玻璃裂开了，漆皮也已经掉了，露出金属的颜色。就这样，离开柬埔寨时我看见的最后一种颜色，印象最深刻的是那种金属的颜色，是那台不知还能不能继续使用的破了玻璃的指纹录入器，这台机器属于国家，属于现代式的安全。之后，我看不见柬埔寨了。我现在要是还想回去看一眼吴哥窟，得花几十美金再办一次柬埔寨签证，而我仅仅离开柬埔寨几百米的距离，离开柬埔寨几分钟时间。

　　正好遇到泰国国王逝世，刚入境的时候便感受到了那种仪式的肃穆。柬埔寨离境处还使用着电风扇，泰国入境处则吹着空调冷风，像是两个季节。过了泰国国境，车道由单向变为双向，巴士没走多久时间，对面车道行来一辆从曼谷开往暹粒的巴士，属于泰国某汽车公司的巴士，很明显，那辆巴士比我现在坐的这辆好多了。文明一瞬间变成了更好的车与更坏的车的对比，快与慢的对比，所谓现代文明似乎一直就是为了消灭慢。中国的许多旅行者怀念绿皮火车，而与再早前的毛驴车相比，绿皮车依然是快。几年前的一天，我在吐鲁番搭车，搭到一辆毛驴车，那是真的慢，我躺在车上一堆喂羊的草料上，旁边买买提哼着维吾尔民歌，我居然躺着睡着了，在给羊吃的草的味道里睡着了，我不能矫情地说我做了一个有青草香味的美梦。但我的确想做，可惜我当时没睡那么熟。两辆巴士相遇的时候，都在路边停了下来，柬埔寨方面的巴士工作人员下车走向泰国那辆车，泰国方面的则下车走向我乘坐的这辆，马路中间低洼处是隔离带，积着一个窄窄的水沟，泰国人和柬埔寨人从那水上一个跳过来，一个跳过去，然后各回各国，各回各家。此刻的两国国境就是隔离带的积水处，此刻的国境位于某低洼处，毫无威严可言，漂浮着大量垃圾。

进入曼谷，像是进入国内的某座大城市，路很宽，严重的堵车依然没有得到缓解。乘坐的巴士从曼谷郊区到考山路走了一个多小时，车窗外灰蒙蒙的空气中林立着各种巨型水泥建筑，一名疲惫的工人躺在皮卡车厢里睡着了，天已经快黑了，不知道他明天从哪里继续醒来，继续进入一辆皮卡车里去疲惫。在中南半岛旅行时，我的嗓子从来没觉得疼过，到曼谷第二天便开始疼痛，干呕，痰里带着血丝，我不得不暂时停止我的吸烟生涯，这里有几百万辆汽车日夜不停地排放着废气，空气中是橡胶轮胎与水泥地面、柏油马路摩擦后产生的焦臭味儿，早够我吸了。

曼谷曾经是未来的，现在不算，中国的许多城市已经比它发达，它属于未来的时期是 20 世纪 90 年代的事情。1996 年泰国人均国内生产总值已经达到 3054.75 美元，当时中国人均只有 700 美元过一点。

1997年亚洲金融危机爆发，那场危机从泰国开始，也使泰国经济受到沉重打击,1998年经济下降10.8%,许多人一夜之间无家可归,倾家荡产,而他们其实什么错事也没有做，他们觉得莫名其妙，一觉醒来就忽然被失业了。直到今天，我走在曼谷街头，依然看到大量无家可归的流浪者露宿曼谷街头，这些人的全部行李通常只有一个塑料袋里的那点物品，每个人的那点物品都不一样，但大概有几样是相同的：秃了头的牙刷、破了洞的内裤、从某个垃圾桶得到的饭盒……塑料袋破了，就再捡一个。我听过一个"笑话"，说与那些开银行的资本家比起来，抢劫银行根本不算犯罪。这世界本就荒唐，我读过的一个关于石匠的故事，能验证这世界的巨大荒诞。

说是有一位石匠多年为人友善，雕石技艺极其精湛，但一直没和自己的老婆生下一个小孩，他的某方面能力恐怕是不好的。他渴望着小孩，渴望着小孩带来的欢乐能让自己眼下麻木单调的生活有个盼头。可他只懂刻石头，每天也只刻石头，所以他没什么朋友，当然也没什么敌人。多年来，他祈求神灵保佑，赐予他一个小孩。每一年，他都会用自己多年磨炼获得的刻石功力雕出一尊石头送子神，过年时把这神灵送进庙里贡奉起来。送子神雕刻的惟妙惟肖，像是活的，当然，因为是石头做的神，这尊神的眼睛毫无疑问是石头的，耳朵是石头的，鼻子、嘴巴都是石头的，又因为石匠要求子，所以他还刻意给那尊神雕了一个石头的生殖器（姑且不管是男性还是女性的，你知道这是需要两种一起来完成的，所以我哪怕知道是男还是女，我现在也没法儿说）。他渴望通过送子神的生殖器生出个小孩来，这个小孩是属于自己的，自己的未来，自己的欢乐，自己的希望。终于有一年，他的妻子生下一个男孩，可把石匠乐坏了，村子里的人也都替他开心。我已经说过了，这个石匠只懂刻石头，所以他没有朋友，也没有敌人，这可以说明村民的开心是由衷的。转眼石匠的孩子到了十八岁的年纪，身强体壮，但是对石匠非打即骂，不过石匠依然一直忍着，因为那是他的小孩，因为他只懂刻石头。在这位石匠生命的最后一天，他的儿子打断了他的双腿，并把他踢出家门，大雪纷飞的寒冬，石匠拖着一双断腿爬过村子里的大路，死在路的尽头，或者说起点。每一户人家的人全都站在门口，又由衷地说：当初要是不生那个小孩就好了。

　　我不知我为何说这么个故事，无聊的人肯定会说这只是一个个例，这样的人绝对是唯物又不懂唯物主义的人，我不想说接下来的政治课本里那句唯物主义的道理，因为懒得说，因为如果你知道这个道理，那我不说你还是知道我要说什么，这不算目击而道存那样子的高深道理。引用一句康德的话吧："一般判断力是把特殊的东西当做包含在普遍的东西之下，来对它进行思维的能力"。讲完这个故事，我想起在越南时遇到的一个哥们，他骑摩托车自北向南、从河内到胡志明旅行。在美奈时，丢了手机，给手机拨过去电话，有人接听（在国内绝对关机了），对方在电话里说："他没有捡到手机，他捡到的是一张手机卡。"我那哥们霎时无语。隔了多日我再回味这件事情，才想到他当时应该让那人还回他的手机卡，告诉那人他就是在找自己的手机卡才对。

　　记事里最早知道泰国和1998年曼谷亚运会有关。那时我父亲单位的局长大人去泰国旅游，顺便观看亚运会，回来时给我父亲带回一件小礼物，一头据说是24k镀金的大象，大象当然不是真的大象，无论从材质还是规模来看，它只有一根大拇指那么大小。我父亲把这大象放在家里茶几上，毕竟是局长给的。一天我去学校上课，顺手把这头大象"牵"往学校，然后在某个课外活动我外出撒尿的间隙，它丢失于班级迷雾一般的教室里，我为此很是难过了一阵。只是没过多久，我就彻底忘了这件事情，我根本不记得我曾经有过一个叫"象"的东西，直到现在写这篇文章。但因为"象"的这个因,我开始觉得泰国这个国家是和大象密切关联着的,泰国是一个和大象联系的国家这个"觉得"我此后一直记得。写这头丢失的大象之时,我回想到我母亲前几个月从斯里兰卡带回的另一头大象,那头大象是木头做的,她去斯里兰卡某大学做剪纸讲座(以前她是民办教师,后来被有关部门辞退,现在是剪纸大师),学校送给她的,这头木制的大象明显比那头金光灿灿的大象更接近真实,虽然它们都是假的。读初中时的某天,我似乎听说给我父亲大象的那位局长进了监狱,我不确定这件事的真假,只能用似乎,这世上有太多的道听途说、空穴来风、模棱两可以及铁证如山已经把我弄混了,而我初中时已经被英语老师、数学老师、物理化学考试、青春期性压抑、初恋、马尾辫什么的弄混了。总之我知道他那时带回了24k镀金的大象,那大象"表象"是假的,再深看一层,"真象(相)"其实是真的。中国的文字很有趣,一头大象你可以说出"表象"和"真象(相)"来。

泰国自古有"大象之国"的称誉,如同中国的大熊猫,亚洲象被看做泰国国宝(不过中国的大熊猫不准人骑,也不能骑)。其中白象更是被视为国运昌盛的重要标志,泰国政府规定,白象是王室财产,任何人发现白象,必须献给王室。白象生活在皇宫中,被当作神兽,受到极佳的待遇。在过去的东南亚,向一国要求白象通常是向该国宣战的最后通牒,比如1563年缅甸与暹罗大城王朝之战,相传就是缅甸王莽应龙向大城王索讨两头白象未果,愤而发动的战争。次年缅军攻占阿瑜陀耶,将泰王及大部分王室成员掳至缅甸。即使到了现代,白象也具有极特殊的政治含义。泰国外交部曾向缅甸商借两头白象供泰国民众参观,以庆祝两国建交65年,结果遭到缅甸拒绝,理由是运送困难。在这儿,管你和我是怎么建交的,面对白象问题时,没有哪个国家会打马虎眼，一头白象在这儿可以上升到主权完整、国土安全、民族大义……在泰国，有许多人现在还确信真正的白象是不打鼾的，它睡觉时发出的声音是泰国传统乐器的悠长动听的声音。如今，泰国人民形容自己国家疆域的形状，他们会将其比作大象的头部，北部的山地和高原是"象冠"，东北部是"象耳"，暹罗湾为"象嘴"，南方马来半岛的狭长地带则是"象鼻"。

在古代，大象是军事力量，是强劳力，是国运昌盛的护身符……现代战争早已用不到大象，更不需要"射人先射象"，航母、飞机、坦克、大炮、AK47能让任何血肉之躯瞬间灰飞烟灭，即便强壮如大象也抵挡不了如此坚硬之物。作为劳动力、搬运工的大象也早被工业化取代，起重机、卡车这些喝油的东西才是时代主流，是正确和效率。大象似乎应该退出人们的视野了，但在泰国并非如此。一次我在泰国北部的一个小村庄路边行走，对面过来一头大象，像是一座耸立的山丘，也像是一片移动的黄昏，感觉道路刹那间暗了下来，笼罩在大象的影子之下。我站在路边被惊得不敢出一口大气，仿若见到了神灵在场。大象上头坐着游客，看起来很兴奋的样子，手里举着一台佳能单反相机。我从来没坐过大象，一方面是很贵，好几百上千泰铢；另一方面是不敢。不敢不是因为胆子小，是担心自己踩在了神的头上。与大象相比，我就是一只蚂蚁，大象则是大地，大地的神灵、大地的母亲、大地的恶魔。"天地不仁，以万物为刍狗"，在大象面前，我还是"刍狗"。我读到过几次大象发狂踩死游客这一类的报道，其实大象没有发狂，是坐在大象背上的游客"发狂"了。在泰国，驯象人还有另外一个称谓——"象奴"。

泰国现在仍旧可以看到许多大象的缘故，一方面和旅游业有关，另一方面也和泰国的主要宗教信仰有关。泰国95%以上的人信奉佛教，据说全国有 3 万多所佛教寺庙。宗教不光用来衡量灵魂的重量，是活着的生路与死后的出口，它也影响着生活的各个角落。它本来就是生路，是这条时间之路里的生活。在泰国的宗教生活之中，大象是被当作圣物来对待的。在信徒当中，大象已超过了它做为一种巨型动物所具有的动物性意味，是超越现实，超越实体的存在，不再是一种面积、力量、重量，更成为了一种不可知，成为神灵化身，成为偶像，成为敬畏……如卡夫卡所言："最早的偶像膜拜一定是对物的恐惧，但与此相关的是对物的必然性的恐惧，与后者关联的方是对物负有责任的恐惧。这种责任似乎非常重大，以至人们不敢把它交给任何非人的力量，因为即使通过一种生物的中介，人的责任仍不可能充分减轻，仅仅同一种生物交往，也将会留下责任的许多印证。所以人们让每一种物都自己负责；不仅如此，人们还让这些物对人相对地负起责任来"。

在佛教的一个著名故事中，大象成为了释迦牟尼的化身。这个故事说，2500 多年前，古印度境内诸国林立，其东北部恒河边有个迦毗罗卫国，国王叫净饭王。一天，国王的夫人摩耶王后做了一个奇异的梦。梦中，后来的佛祖，带着银项圈，坐着莲花宝座，以白象的形象腾空而来，出现在摩耶夫人面前。白象发出悦耳的声音，跪下来，额头触及地面，向摩耶夫人拜了三拜，随后轻柔地撞向她的右肋，进入其腹中。摩耶夫人顿时觉得如饮甘露，再看自己如日月光照，醒来后她就去见净饭王，告诉他梦中之事。净饭王立即召集群臣询问此梦是何预兆，一名占卜者答道："此梦甚佳！王后已怀孕，必生王子，这王子乃千古圣人，定能光显释迦族。"之后，乔达摩·悉达多王子，也就是后来的佛祖释迦牟尼诞生。另一个著名的故事说的是当时释迦牟尼驯服野象那罗吉里的事情。据说，已经年迈的佛陀在穿过王舍城时，一头凶猛的公象向他冲来。这头野象是释迦牟尼的堂弟提婆达多为了谋害佛陀而放出来的，他想要控制笃信佛陀的信徒。面对狂怒的大象，释迦牟尼毫无畏惧（网页里我搜到的故事用了"毫无畏惧"这个词，我想佛陀当时肯定是微微笑着，半睁开眼睛，一片菩提叶从风中轻轻飘过），大象被这种精神威力征服，屈膝跪下。这一事件后来通常被解释成佛陀征服了世间的邪恶和自我内部的野性。

佛教诞生于印度，产生之时，从印度教中吸收了许多元素。印度教的神话中，长着三个头六只长牙的巨大白象艾拉瓦塔，在众神搅乳海创世之际，从乳海中出生。乳海中飞溅的泡沫变成了人间第一头大象。艾拉瓦塔后来成了因陀罗大神的坐骑。再后来佛教兴起，佛教徒顺应印度教对于大象源远流长的崇拜，其中一个佛教故事说白象艾拉瓦特曾经化身为菩萨。而在佛教里，印度教的因陀罗大神被称做帝释天。大象的神圣还能从猎象师这一职业的特殊性看出。猎象师自古就有，800多年前，佛教进入泰国后，这工作变得矛盾起来，首先大象是神灵，神灵怎么可以被捕猎，可是又需要驯化大象去劳动、打仗。泰国一位历史学家曾说"如果没有大象，泰国的历史可能需要重写"，在古代，大象绝对是一辆奔跑的坦克，一堵行走的城墙。面对这一矛盾，泰国人想到的办法是：捕象者不去信仰佛教。毕竟不管宗教怎样，生活一定是第一位的，教徒、非教徒、无神论者谁都逃不开吃喝拉撒、生老病死、柴米油盐酱醋茶。这个办法让我想起西藏的天葬师职业，天葬师也是不信仰藏传佛教的。我在西藏时见识过这种丧葬方式将身体归还自然、天空、诸神的纯度，那是真正的勇敢，身体早已不屑于需要一个坟墓来祭拜了。一座墓碑同逝者的灵魂比较起来，带着太沉了。捕象者每次外出捕猎野象，要带数月的给养，出发之前还要祭拜象神和各种地方神灵，祈求平安，风吹过幽暗的原始森林，生死未卜的旅途就此开始。

随着野生大象的减少，1974年泰国颁布法令，禁止捕猎野生大象。

但因为还有大量家养象的存在，驯象师这个古老的职业依然存在。如今，大象和驯象师更像是为了游人，为游人的钱包而存在、准备的。泰国全国上下就像是一部旅游总动员，到处是游客，感觉游客比本地人还要多，大胸妹、五颜六色的头发、酒鬼、妓女、格瓦拉式装束、在世的垮掉一代、瘾君子、刚吃了伟哥潮红着脸的嫖客，各种各样的游客，五大洲的人好像都跑到这儿来了，旅游业收入占到了泰国 GDP 总量 10%以上。去一个大象训练营，大象都已经被训练成了马戏团的杂技演员，画画的大象、踢球的大象、给游客戴帽子的大象……瞬间，造物主创出的这一巨物神性全无，在大地上的表演场地里被糟蹋着。神造万物或者说自然造出万物的过程中给每一种动物早已赋予了它本来的特性，世间的颜色就是不同的颜色，万物因不同方可称其为"万"。在泰国，大象就是森林里的巨无霸，也只有广袤的森林、草原才容得下、养得起这种巨无霸。古代，人类为了生存捕猎大象当然无可厚非，那是为了生存，为了活下来，现在把大象训练成这般的模样我不喜欢。身旁的游客笑得前仰后合，我心生难过，为象，更为人。忽然，我看见了驯象师手中被太阳照得明晃晃的象钩，藏在大象黑夜一般的皮肤之下，远远看去，像是一把收割庄稼的镰刀。我跌跌撞撞挤出拥挤的人群。我回头望向经过的人群，每个人真像是长在地上的庄稼，在欢笑里等着被一只看不见的手前来收割。那欢笑的表情此刻看起来像是众生聚在一起进行着一场集体"嚎叫"。

曼谷号称"天使之城"，是一座极度商业化的城市，中南半岛最大的城市，经济总量占泰国 40%以上，曼谷港承担着泰国 90%的外贸。1767 年，阿瑜陀耶被缅甸军队攻陷并彻底摧毁，吞武里王朝于吞武里建都。1782 年，拉玛一世把都城从湄南河以西的吞武里迁至河东的曼谷。如今，曼谷大京都的行政区域共分成三十八个县，其中包括吞武里县，曼谷太大了。商业化不是对于曼谷的贬义，我不喜欢商业化，但这只是我个人喜好。大多数游客喜欢这种感觉，商业化意味着安全、便利、明码标价。在柬埔寨、越南时遇到的好几个人要不是手机被飞车党抢了，要不就是钱包被偷了。有一个手机被抢的游客当时就买了河内飞往曼谷的机票，于是她对越南的所有印象停留在了自己的手机丢失事件上，还没来得及看见手机背后的越南，而我对她的印象也只停留在她的手机丢了，然后她跑去安全的曼谷了。的确，在曼谷我从未听到过谁的手机或是钱包被抢了这样的事情，但是，在曼谷我的钱包扁得很快，这也许可以证明这里确实是个著名的金融中心。

按摩店门口的游客们排着队等待按摩师按摩自己的脚底板，生意太火爆了，按摩椅已经摆到了马路边；不远处夜宵店到处是游客们张开的嘴、打开的胃、敞开的钱包，商业化意味着一切都应该用到货币这个中介物，你把钱包塞得越鼓越好；一家卖炸昆虫的小吃摊上用英文、中文写着"拍照需要支付 10 泰铢"，一位西方游客买了几只炸昆虫，为此支付了 200 泰铢，当然他也获得了拍照的权利。他明显被宰了，我刚吃的一份炒饭才 50 泰铢。但他花 200 泰铢可以在自己的 facebook 上炫炫自己吃昆虫的样子了，来证明自己的奇特经历和勇敢心灵了，他的确是如此做的，他掏出了自己的智能手机，我又用我的智能手机观察着他，并把他在我的智能手机上变成现在的狗屁文字。我看得出来，他很享受那一刻的幸福，那是他的生活，他能享受这样的生活是他的"福气"。旅行把很多普通的当地生活放大成美好的回忆，远方好像是一个放大镜，而我们归根结底一直是放大镜下的蚂蚁，太阳通过放大镜后的那个焦点对准我们是迟早的事情，如昆虫摊位上被炸至焦脆香酥的昆虫一般。我在柬埔寨时见过这样的昆虫小吃店，拍照自然是免费的，你甚至可以免费品尝，尝完了，不买任何东西店主也不会说你什么。许多当地人至今仍保持着吃昆虫的习惯，这些昆虫不是为了游客专程准备的，虽然游客的热浪就在那家摊位附近穿梭，但游客仅仅是经过此地的一小部分。离开曼谷的这家炸昆虫摊位，再往前走几步，卖椰奶雪糕的流动摊位上竖着一块中文招牌："古方纯（应该是"醇"，店主写了错别字）香椰奶雪糕，美味清凉无比，合卫生部标准"。我不知道这个卫生部是哪里的卫生部，他们是怎么知道来自中国的胃都担心哪些食品安全问题的？2015 年，前往泰国旅游的中国游客将近800 万，是泰国游客客源第一大来源国，有趣的是，曼谷的人口总量差不多也是 800 万。去往泰国的中国游客正好能填满一个曼谷，填满这座中南半岛最大的城市，并填满这里的繁华与商业。某篇报道里的一段话：在位于繁忙的曼谷市中心的四面佛景区，售卖花环的 29 岁的小贩甘拉耶·英比达发了一大通关于中国游客的牢骚。她脸上带着厌恶的神情说："我最近看到一对中国夫妇拉下孩子的内裤，让他撒尿，旁边就是曼谷最神圣的地方"。

　　商业化就是曼谷的生活，繁荣的旅游业是对这种商业化的巧妙化妆，生活我说不得什么，每种生活自有它存在的道理。和之前的女友分手时，我给她不断重复说着"过好"，分手归分手，她还是需要生活，那就让她"过好"。这种生活与化妆给我个人的感觉是曼谷是一座极为矛盾的城市，像是一位骗了我的女人。住的旅馆是一家上过某本著名旅游杂志的旅馆，一张床位价格将近 100 人民币，一位先前到过曼谷的朋友推荐给我的。旅馆的装饰以木头为主，很泰国的风格，提供免费早餐。早餐种类丰富，但全是西式内容，烤吐司、总统牌奶酪、浇了沙拉酱的蔬菜水果、撒了胡椒粉的煎鸡蛋……整个早晨，一整列西式食物摆在一张桌子上，任意取用，和周围的泰国装饰风格很不搭。既然是免费的，那就好好饱食一餐，可我昨晚被那张 100 人民币一张床位上的跳蚤咬到心情全无，只顾挠痒。不管怎么装饰豪华旅馆，提供免费早饭，属于泰国的跳蚤依然出没着，像过去老虎出没于丛林之中。又去某座著名寺庙，据说很古老。寺庙门口铺了马赛克瓷砖，台阶旁安装了不锈钢扶手，被那天的太阳烤得烫手，进寺脱鞋，还保持着古老的传统，对神的敬畏。进得里面，主殿安装有一盏巨大西式吊灯，高高挂着、亮着，吊灯下面是东方的佛，安详地坐着，又被那灯照亮，佛似乎微微在笑，又好像没有。

考山路是曼谷数以千计街道中的一条，因是世界各地众多背包客的聚集地而扬名海内外。喧嚣从黄昏时分开始，每个晚上持续到凌晨四五点，五点过后，除了垃圾散落一地，这里空无一物。夜晚，行在考山路街头，如同行走于一场白色的黑夜，成千上万的灯光像是要组成另一个太阳，但那不是太阳。和太阳有着本质上的不同。想起东野圭吾《白夜行》中的一段话："所谓白夜，是被剥夺的夜晚，还是被赐予的白昼，将夜晚伪装成白昼的太阳，是出于善意，还是出于恶意呢？我一直在思考这些，总之我已经厌倦继续走在这分不清白昼和夜晚的世界，我想走在白昼的街上。我的人生，就像是活在白夜中。结束吧，所有这一切为了你，也为了我"。我在曼谷的第一个落脚点亦在考山路附近，这意味着那几天我的住处就在白夜里，在喧嚣里。咬我的那只跳蚤和我一样，和所有背包客一样，也在这些东西的内部，我们都被这些东西吞噬着。而这一切的存在是"出于善意，还是出于恶意呢？"我在一个清晨浏览过考山路的街道，几百米的距离，未见一名行人，如同刚刚发生过一次人类浩劫，物都在，物上的温度甚至都在，只有人走了。连流浪汉都不在这里过夜，太吵了，喧嚣是这场浩劫的源头。考山路也是出了名的办假证件的地方，无论是学生证、顶尖大学的教授证，还是记者证、残疾证，只要给摊主一张个人照，不一会儿就能拥有一张梦寐以求的证件。我以前在国内某青旅遇到过一位游客，他在考山路办了张联合国教科文组织的假证，进出国内各处旅游景点全是免费，而且不断获得景点工作人员的刮目相看、卑躬屈膝，他身前背着一台大型单反相机，产自日本，手里拿着一个印有联合国教科文组织中英文字样的笔记本，显得极其专业。所有景点工作人员认的都是他那张假证件，不是他相机里的照片，不是他笔记本里的内容，也不是他真实的人，他们对一件假货的迷恋超于真实世界。

去一家旅行社打听前往清迈的巴士票价格，要价650泰铢，我转身离开，老板一脸不屑，我看看自己打了补丁的破裤子，浑身散发出的汗臭，也理解了他的眼神，大城市的人起码该喷点法国香水。又去另一家旅行社，要价更高，700泰铢，我说我刚刚出来的那家旅行社要价只是600泰铢（原谅我撒了谎，我实在没办法了）。好，600泰铢成交。但600泰铢是晚上的巴士。我问可不可以换白天的，她说可以，但更贵，900泰铢，还要去汽车站乘车。想想，好，晚上就晚上，为了300泰铢，忍忍吧。后来等我到了清迈，买返回曼谷的车票，早晨8点发车，白天巴士，价格只要460泰铢，确实白天巴士是在车站上车，这点倒是真的。记得在考山路买票的那家旅行社叫做"妈妈旅行社"，我妈可是不会骗我的。"考山"的发音在泰语是"谷米"的意思，从前这里是条储存谷米的街道，现在这里储存游客，储存那只咬我的跳蚤，储存妈妈旅行社，也储存我和每个其他人撒出的谎。

在曼谷心脏区域贡奉着一尊四面佛，香火旺盛。印度教里，那是梵天，创造之神。那天去四面佛的路上，太阳剧烈，我热到发昏。曼谷是我在整个中南半岛住过最热的地方，都市导致了强烈的热岛效应，这可是热带的热岛效应。到了四面佛身旁，更热了，金光闪闪、人群拥挤、香烟袅袅。这里是室外，曼谷再怎么发达，也没法儿在这里安装一台空调。佛是金子的，他不怕热，"真金不怕火炼"。曼谷带给我的矛盾感此时达到巅峰，我想我那天真的是被热昏头了，竟在一尊佛前产生如此不敬的想法。面对如此旺盛的香火，面对如此虔诚的香客，不知情的人很容易以为这是一所有几百年历史的佛教圣地，吸引着历朝历代的信徒前来朝拜，事实是这里只有六十年的历史。吸引众多信徒前来朝拜的原因不是历史悠久，不是为了什么死后的世界，只是因为据说这尊四面佛"有求必应"。信徒们来到这尊佛前，全变成极为现实的动物。据说，1951 年爱侣湾酒店开始兴建，施工期间经常发生事故，四年过去仍未完工，盖到一半楼就塌了。酒店管理委员会多次开会探讨解决问题的办法，仍束手无策，最后请教某大师前来视察，大师说是因破土的时候未作法求地方神的同意和保护。于是乎建议请来此尊四面佛坐镇。果不其然，1956 年爱侣湾酒店顺利完工，所有爱人们得以顺利入住。这尊四面佛也一直留在了其旁。但是这产生了一个问题，成功修建该酒店的最终力量到底是工人们、钢筋、水泥、设计图纸、下水管道、地板砖、脚手架、挖掘机、土地合同、大量资金，还是此位大师？抑或是旁边金光闪闪的"四面佛"？

搜索和该尊四面佛相关的资料：2006 年 3 月，一名罹患精神疾病的路人，醉酒后拿铁锤将四面佛敲毁，他毁掉的是"创造之神"的塑像。那名精神病患者当场又被路人抓住，几分钟后，竟被活活打死。信徒们在"创造之神"的面前毁掉了一个人的生命。我不信新闻，写作时却常常搜索新闻，这一点回想起来，很搞笑，也很无耻。我仿佛能看见，多年之后，当一件类似的事情再次发生时，那些工作者会迅速翻出过去的类似事件，照着同样的模式迅速发表、出版、奋笔疾书、愚弄大众。不同的只有填进去新的人物、时间、数量，那数量甚至都是错误的，时间带来的量变这些人根本意识不到，也无法表达。它们所要表达的观点肯定没有任何改变，因为它们宣称，新闻应该没有观点，如果它们忽然暗示了某个观点（其实他们一直是这样做的），那一定是出于无知或者阴谋。如本雅明所言："新闻是对文学生活、对精神、对精灵的背叛。闲聊是其真正本质。每一次连载都重新提出关于愚蠢与怨恨之间关系的难以解决的问题，这种关系的表达方式就是流言蜚语。"

我在某个夏天的夜晚读过他的《单向街》，那是重庆的夏天，我那时把自己的生活搞到一团狼狈，严重失眠一夜一夜折磨着我，一根打算上吊的绳子悬于房中，后来我把它藏了起来，为了避免自己真的会一时想不开。我不打算告诉你我是因为什么狼狈的，我现在只想告诉你这么一本叫《单向街》的书。这位生不逢时的犹太人一生犹如自己这部著作的名称一般"无法回头"，他在整个欧洲流浪一生、颠沛流离一生，走了一辈子背运，那是时代给他的运气，他选择不了，也没能力选择。在狂妄的时代面前，每个人都是极易爆炸同时未发出声响的泡沫，时代称我们为群众、人民、大众、公民、芸芸众生。1940年9月26日，翻过比利牛斯山脉来到西班牙边境的本雅明，得到弗朗哥政权的边境守卫给他的通知：由于他没有国籍，即便携带有效证件也无法入境。同时，西班牙方面表示，他必须被押回法国，去一个随时能让他丧失自由的沦陷区。本雅明拒绝回到法国，又没有前行道路，他的绝望达到顶点。晚上10点，在比利牛斯山脉里的边境小镇，本雅明流亡生涯画上句号，他吞下大量吗啡，医生拒绝将这位垂死之人送往医院，因为他无法入境，活着就无法入境，医生能为他做的只是在第二天开具死亡证明。比起本雅明来，我似乎是幸运的，无需流亡，无需生死攸关，即便柬埔寨和泰国关系不怎么好，我现在依然来到了泰国的土地之上，但我只是一个游客的身份，游客本身就是一种悲哀，如同签证这个东西的产生。记得在四面佛的旁边有轻轨经过的高架桥，午后一场暴雨袭来，我躲在不远处一个轻轨站避雨，忽看见一只鸽子从雨里飞回，它的窝就在高架桥的钢筋水泥缝隙里。它不是游客，它的家就在曼谷，在高架桥的缝隙里。

曼谷看起来是一座极为西方化的大都市，但它的西方化只是表面的、看起来的。19 世纪 70 年代泰国国王拉玛四世实行对外开放，拉玛五世朱拉隆功在前任国王基础上进行社会改革，他多次到亚洲和欧洲国家考察，借鉴各国经验实行的改革是成功的。在同时代整个亚洲的近代化改革中，影响仅次于日本的明治维新。但泰国并没有完全西化，它是有所保留的。去远离游客聚居区的一条巷子里吃饭，食客全是本地人，老板根本不会讲英文，只是不停地笑着，轻声细语用泰语说着你好、谢谢！饭馆里卖着面条、米皮，里面都添加了鱼露，还有一种主要食物是油煎的鸡蛋饼包肉丁。午饭时分，来吃饭的大多是穿着西装、打着领带、涂抹着香水的在附近上班的曼谷白领，饭馆里既有米饭、蔬菜、煎炸炒炖的味道，也充满着各种香水混合后的味道。电风扇把各种味道吹到一起，又吹散开来，如同一场各持己见、不同观点、吵吵闹闹的忽聚忽散的集会。我照着旁边桌子的样式点了一份鱼露炒米皮，又点了一个鸡蛋饼。去找筷子，忽然发现，所有人都在用勺子、刀子、叉子吃着面条，吃着米皮，这家饭馆根本没有筷子这个东西存在的角落，东方的筷子在这里已经彻底销声匿迹，躲在某个古老的幽暗的洞穴，洞穴之中，老鼠有一双狡黠的小眼睛，大小恰如一个叉子之间留出的缝隙。但东方的食物仍在这里存在、被食用着，即使用刀叉食用面条看起来无比笨拙，西方的刀叉依然在这里活了下来。我想起自打进入泰国境内以来，还从没有使用过一次筷子，根本没有见到过。西方化只是曼谷的一件薄而无用的衣服，曼谷的骨子里还是东方的。这间饭馆里依然售卖东方的食物，食客们依然是东方胃口。在曼谷的钢筋水泥、混凝土、环城公路、高架桥、购物中心、超级市场、摩天大楼之间至今仍有 400 多座寺庙，佛陀在这些寺庙里仍日复一日讲述着古老的教义。人们在摩天大楼里讲着英文，做着全球贸易，回到饭馆、家中，脱下西装、领带、皮鞋，他们立刻东方。一旦进入寺庙，他们又马上化作了虔诚的佛陀信众。生活在不同地方，不同时间，不断转换着角色，转换着配音、字幕、旁白。最终，这部关于生活的大电影仍旧是泰国本土的，属于季风里的稻米、水果、河流。在整个泰国，至今仍保留着一个古老的习俗，所有男子一生中必须拿出一段时间前往寺庙出家，时间长短自行决定，但出家这件事是必须的，从寺庙出来，该名男子方可得到社会的承认，然后才有脸娶妻生子，才能够儿孙满堂。

泰国大皇宫被中国游客称作"泰国故宫"，这不正确。中国的故宫现在成了博物院，泰国故宫还没有成为"故"，成为过去，国王仍是这座大宅的主人。泰王普密蓬·阿杜德 2016 年 10 月中旬去世，泰国全国守丧一个月，我到泰国的时候，守丧期尚未结束，大王宫里到处是前来吊唁的人群。对于外国人来说，这只是泰国的国王去世，是一个事件，但对泰国人不是，国王是他们的父亲、支柱、天，是他们古老传统活生生的继续，泰国一位学者写道："他是为了每一位子民而呼吸的国王"。我在泰国各地行走之时，随时随地都能看到这位国王的照片，胸前挂着相机热衷摄影的国王、喜欢音乐弹着钢琴吉他的国王、装着军装或是黄色僧袍的国王、体恤子民在庄稼的旁边蹲着的国王……这位国王戴着眼镜，看起来文质彬彬，却还是一位运动好手，有几幅照片里他穿着短袖，能看出胳膊上精健的肌肉。和旅馆工作人员聊起他们的国王，我说在街上看到了很多他在做各种不同事情的照片，工作人员神情沉重，只说他们的国王有很多爱好，便起身离开了。我猛然意识到，在泰国，谈论他们的国王本身已是一种无礼，国王便是存在着的神灵，神灵怎么可以谈论？国王在正式公文中使用的名字极长，"普密蓬·阿杜德"是我们这些"无礼"的外国人对他的简称，他的名字直译为中文应该是"伟大庇佑者、暹罗伟大君王、却克里人民的领袖、毗湿奴化身、玛希敦之子、拥有土地力量和无与伦比能力的伟大陛下"。大皇宫里挤满了人，有游客，更多是泰国本地前来吊唁的人群。在中国，密密麻麻聚集人群之地秩序往往会乱成一锅热粥，人们像热锅上的蚂蚁，在这儿没有，我的前脚挨着身前那位大妈的脚，我身后的那位大哥刚踢到了我的小腿肚子，我吸入的一口气是更前面那位黑脸大叔呼出的，他刚刚咳嗽了，但秩序就是极好。这种秩序不是通过排队可以完全解决的，而是一种礼让。秩序是通过礼让达到的。这种礼让不仅是通过教育实现，更是一种由信仰而产生的敬畏态度，中国人与天斗、与地斗、天不怕、地不怕太久了，很多人已经忘记了敬畏这回事。敬畏有时甚至变成了一种谄媚，因为他们全怕人，他们怕当官的，怕有钱的。这很讽刺，准确说，他们怕的其实也不是人，他们怕的是那人具有的官位或者金钱，他们怕这些东西，但又渴望得到，这确实很讽刺。他们每个人几乎都口口声声在讲"中庸"，却只记得"庸"，而忘了"中"。泰国目前受过教育的人口比例将近95%，全国实施15年免费教育。多所大学位于大皇宫附近，他们的国王、神灵居所的旁边。朱拉隆功大学是泰国最好的大学，由这位泰国历史上著名的大帝亲自主持建立，他说："我希望有一天我的王朝里每一个人都成为自由人……从元首到普通人民的子弟，都应该受到平等的教育"。

把眼睛从曼谷，从旅游、商业、喧嚣、金融中心、钱包厚度上移开的话，你会发现一个更辽阔、宁静、祥和的泰国。从曼谷的中央火车站到阿瑜陀耶需要两个小时的车程，两小时火车票的票价15泰铢，折合人民币3块钱。说是火车，其实只有两间车厢，车窗完全敞开，玻璃带来的透明，与外在气候貌似神离的隔绝已被彻底抛弃。火车在热带的轨道上奔跑之时，世界瞬间凉爽，风从车厢里吹过，像是车厢里坐满了叫做风的乘客。我是这些乘客大军中的一员，在那两个小时，我可以被叫作风，一名风做的士兵、风做的游客、风做的人，俗人。

阿瑜陀耶又译为大城，因《罗摩衍那》中记载的不落城阿约提亚而得名。位于湄南河、华富里河、巴萨河三河交汇处的一座大岛之上，辉煌时这座城里住着100万人口，那时现在的大都市曼谷还只是一个小渔村。如今这里废墟压着废墟，时间垒着时间。从1350年建都至1767年灭亡，417年的时间阿瑜陀耶发生过无数次战争，曾两次被缅甸军队攻破，最后一次城破之时被彻底摧毁。这种彻底摧毁后的状态一直持续到现在，并将在之后继续保持。1991年联合国教科文组织宣布阿瑜陀耶进入世界遗产名录，世界遗产你可不能随便去动，这是现今全世界都在遵循的一条法则。许多佛像只残留下头部以下的身体，脑袋搬家。劫掠者们对佛进行了斩首，他们把佛像当成人来杀戮，妄图通过此种方式毁灭泰国文化，毁灭泰国宗教传统。我甚至能感受到从那些石头之间曾经喷涌而出过一股热浪般的血浆。脑袋滚落于地，大地一声巨响，而众佛一声不吭，慈眉善目地看着那些人砍下自己的脑袋。众佛的脑袋被砍下后，仍在另一个地方存在着，他们以不存在，以空的方式、永恒的方式继续存在。虚空中，他们依然慈悲地微微笑着，闭目深思，看着劫掠者们再次走上回家的路，如同他们走在来时的那路上。这些佛像的身体明显都曾被熊熊燃烧的大火焚烧过，它们身上的金银珠宝在大火中丢失，古往今来的战争目的其实一直是一致且清晰无比的，你所听到的其他全叫做借口。玛哈泰寺名气极大，大名鼎鼎的"永恒的微笑"就在这个庙里。整个阿瑜陀耶最出名的就是这个微笑。有点导致"蒙娜丽莎的微笑"出名的那种感觉，这个"永恒的微笑"无论你从哪个角度看他，他都是一直在微笑。不过与蒙娜丽莎不同，蒙娜丽莎本来是个普通的女性，她是通过达·芬奇，通过艺术化、鉴赏家、卢浮宫、各路人马的艺术评论、懂与不懂的人齐声称赞而达到的伟大。"永恒的微笑"则是由神性、时间、自然、战争、再次生长、信徒们来构成。这是一个被榕树包裹着的佛头，整个头部已经被树根缠绕得严严实实，与树、自然融为一体，只有面部露在外面，表情安详，注视着眼前成群结队的游客，注视着浮尘与照相机的快门。有趣的是，和这尊佛头拍照时你不能站着，这会被认为是对佛的不敬，旁边有管理员监督。要拍照，必须蹲下，现在前面放了板凳，有一些人是坐在板凳上同佛头合影的。据说这尊佛头象征着历史悠久的泰国文化与博大精深的佛教传统在泰国永世不灭、死而复生，被誉为泰国七大奇迹之一。我一直不喜欢这种几大奇迹、几大美景、几大美女之类的排名，好像第八个、第九个便是不神奇的，不美的。这世上归根结底只有一件神奇的事情，那就是万物生生不息的生活。生活是生命里最大、最终的那位尊贵主人，死亡是这世上的唯一的、最后的真相。而死亡从一定角度来说，也是一种对生活的延续，这取决于每个人生前之意见。此刻的阿瑜陀耶既是一个死亡，同时亦是伟大的延续。

存在于整个中南半岛的各处遗址，都逃不开印度带来的影响，一眼望去，阿瑜陀耶也是印度式的。泰文的书写方式明显源出于印度的式样，它由古巴利文而来。但是无论越南的美山遗址也好，伟大的吴哥窟也罢，还是此刻的大城，每个建筑又有它自己的风格，远不止是对印度原型的模仿，据说在印度考古发掘的资料中，也未曾有过和这些完全一样的建筑。如克代斯等学者所说："这些风格与其说是印度的，倒不如说是印度化的。东南亚的印度遗产不存在于漫不经心地重复印度的式样之中，相反地，以东南亚得自印度的启发，适应自己的文化来吸收和发展印度的概念，才会看到印度的遗产。由此而形成的综合性文化正是东南亚所特有的"。阿瑜陀耶许多地方铺设了瓷砖，安装了扶手，一些佛像也进行了粗糙的修葺，远不如中国的文物修复工作来得仔细。这些粗制滥造之物看起来与古老矛盾，但丝毫不影响古老的伟大，若有影响也只是视觉上的。伟大很大程度上是艺术与古老共同作用、发生的，存于内心与万物对视之间，无法被毁。从历史上来说，阿瑜陀耶已被战争、时间彻底摧毁，但在一代一代的信徒那里，他还活着，并且从未离开，神灵一直在场，信徒们日复一日对神灵的塑像悉心呵护。反而是经过征服与毁灭，过去的事物又重现了。

汽车驰出曼谷，远离了曼谷的灯红酒绿，泰国的大地重新回归黑夜。公路两侧是丛林，黑夜里给人感觉那些树木尚未被人类碰触过。除了巴士车灯，偶尔从对面一闪而过的汽车车身冷冰冰的金属色泽，在这个夜晚，更多的光芒来自月亮、星辰、草木的叶片、大地上的花朵，以及丛林深处动物们的眼睛、牙齿、皮毛间亮出的利爪。泰国有两处著名的世界自然遗产——会卡肯国家公园和考艾国家公园，里面的动植物、水源、矿产现在都被政府严密保护了起来。"国家公园"这类名称和这类地方的存在以及日渐繁多绝对是个和人类发展相抵触的悖论，显然是不得以为之。茂密的雨林以及雨林里的大象、老虎、飞鸟，几千年来一直就属于这片土地，是大地、天空的常住民、主人，工业文明之后，反而被列为保护对象，数量稀少的客人、贵宾，价值不菲。工业文明所谓的发展带来的又到底是创造还是毁灭？成功还是失败？如同哈姆雷特的生存或者毁灭，这是个问题。近些年在中国，每到冬天，雾霾是全民热议的重要话题，那是空气中飘浮的合法化毒品。为了逃离各种不同形式的真实的或是精神的雾霾，"生活在别处"其实就是逃避原有的生活。别处的，来自世界各地的游客们不远万里来到这些国家公园，只为了在自己死前，亦是在这些动物灭亡之前得以一睹此类珍稀物种。他们扛着像是长枪短炮的照相机，拍下几张照片，发射几发"子弹"后，得意洋洋回到城市，然后把某张冲洗出来的照片悬于自家客厅，仿佛这一过程充满了叫做"意义"的东西。我也是这些游客大军中的一员，这是我作为人深刻的罪孽！我不相信西方宗教里原罪那一套，说受洗之后原罪即可消除。作为一个现代人，活着本身便是一个在产生罪过的过程，大罪小罪不同而已。有人说自己活着是在创造，似乎用所谓创造就能把罪孽隐藏起来。极多创造不过是一层薄而无用的灰尘，无非是为了征服与捍卫，是对各自意见的维护，战争几乎等同于科技发展、现代化、全球化的催化剂。而风吹过之后，藏于创造灰尘之后的罪孽还在那里。创造和罪孽是完全不同的两种东西，无法用来抵消。在人的生命终极到底是创造还是罪孽的无休止的争论之中，我能看到生命的真相只有一个，那就是彻底的虚无。我却在用我虚无的身体消耗着除我之外鲜活生动的万物，这就是我的罪孽，这些文字即是我的认罪之书，我的认罪即是我的虚伪。活着便是一生最大的虚妄。我知道警察也不至于因我写下这些文字、认罪、虚伪、虚妄而将我逮捕入狱，毕竟，我的消耗还算是少，罪孽不大。弗朗西斯·福山宣称"历史终结"，"最后之人"将要产生，他不是要讲时间停滞、世界末日、人类灭亡、气候突变什么的好莱坞大片，而是"自由民主社会带来的空前繁荣和平的社会同时也会造成精神极度无聊"，这正是美国一直所宣传的自由民主，正是美国给世界带来的无聊，带来的美国梦。我想，好莱坞那种大片的票房越是红火，也正是在验证着人类精神的极度无聊吧，而电视台的极多电视节目更是比这些大片还要无聊。我因为无聊看过这类节目，看的时候，我觉得那些导演、演员比我的罪过更大。讽刺的是，他们成了群众的偶像。

　　清迈号称泰国第二大城市，事实上依然是一座小城。从城里望出去，能看见几公里外起伏的山峦和山上层层叠叠的绿色，绿色中隐隐闪现着金色的寺庙、端坐的诸神。阳光在这里似乎慢了下来，待在清迈的那几天是雨季的末期，每天午后都会下雨，接着又出来太阳，人们坐在咖啡馆里发呆、听歌、读书，时间在这里很容易度过，慢成了艺术。每一家店铺装饰必定花了主人不少心思，能看得出那种因精心布置而显现出的仔细与优雅。天气日复一日，日子日复一日。去路边摊吃午饭花掉一小时，中间和老板娘闲扯几句饭菜的口感、烹饪技巧、当天的天气在一家书店花掉两小时，店家看我蹲太久，专程给我搬来把木椅子，出店时没有买书，不好意思，特意买了两张明信片。只是两张明信片而已，店家却一再感谢，还用牛皮纸给我包装得特别细致。接着到一家咖啡店喝咖啡，里面放着民谣，鲍勃·迪伦的，这家伙前不久得了诺贝尔文学奖，还宣称不去领奖。一下子又过去一个多小时，走热了，喝一杯芒果冰沙，用掉半小时。制作芒果冰沙的整个过程就在我的眼皮子底下进行，新鲜的芒果切开，取出，放入冰块、炼乳，搅碎，看完这一过程，自己喝着也放心、痛快。突然大雨袭来，躲在一个屋檐下看着马路上车来车往，避雨又是半小时，半小时时间，竟没听到一辆车鸣过喇叭。雨停，看到几个小孩子在街边雨水里玩耍，逗留二十分钟，孩子们玩儿得满头大汗，也有可能是落在地面的雨水又跑到了脸上。走进一家古董店，卖各式各样古董，有中国风格的瓷器，也有各种泰国风格的，屋子里散发出古代的霉味，后来买了个牛脖子上挂的铃铛，作为这个铃铛主人的牛估计早就退休了，铃铛还在，现在阴差阳错、时机凑巧转到了我手上。铃铛是铁制的，已经生出苍老的锈迹，摇了摇铃铛，仍发出清澈的声响，像是一小块田野通过这声响走入了此家古董店。路过卖地毯的店铺，和老板闲聊，来自巴基斯坦，克什米尔边境。老板人很精明，使了浑身解数想让我买块地毯，地毯精美，我心动不已，可惜囊中羞涩，何况自己之后还要去其他地方，带不回去。没事，那买块莎莉吧，便宜且容易携带，羊毛的，你带回北方暖和，我巴基斯坦的母亲、老婆、女儿都用这种莎莉。巴基斯坦老板实在太能说会道了，我投降，我买。从地毯店出来，一看时间，发现该找个吃下午饭的地方了。吃完下午饭，天已黑透，不急，找个地方先喝几罐啤酒，打望几眼美女再说。在清迈每天度过的日子，俗的让我心动不已，我简简单单的作为一个吃喝玩乐的动物而存在，甚至有过从今后只想吃喝玩乐，不做任何思考的打算，不过到处都是寺庙，一不留心就能走入其中一座，这些崇高之物向我提醒着人存在之意义。

清迈古城不大，走路就可以随随便便逛完，但要逛清楚，没个十天半个月根本不够。每一家店铺各不相同，每一位店铺主人的喜好各不相同，不像国内的那些店铺早已千篇一律，一千个古镇如同一个古镇，这和几乎所有的国内游客千篇一律不无深刻关系。在国内旅行，我经常被问得最多一句话是："你出来玩了多久了？"我只能告诉这些人，要是想玩，我在故乡玩儿的更开心。"玩"其实是个深刻的词，人们一般把这等同于用一种愉快的方式消磨时间。在清迈古城里逛过一家专门卖20世纪70年代衣服的店铺，里面不光有那个年代的衣服，还有皮包、帽子、手套以及其他生活日用品，有一个角落竟放置几十件不同款式的做饭围裙，油烟的味道与潮湿导致的衣物霉变如同一团面疙瘩般被糅合在一起，几十年前人们的生活猛然在这家店铺里伴随一件件生活遗留下的物品开始闪动。这种围裙一条只要100泰铢，人民币20元。过往岁月的使用与长久的存放使这些围裙的外在有一层区分于崭新布料的柔和色泽，这种色泽是我见过的那种真正生活过的人脸上常会出现的古老而自然的颜色。清迈古城的形状是由古代的护城河及残破的城墙勾勒出来的。据考古发现，2000年前这里已经有人类居住、生活。同样位于泰北的班清文明则可追溯到6000年前，那里有整个东南亚最早的青铜器遗址。班清遗址发现之前，人们普遍认为东南亚只是印度文明与华夏文明之间的一个跟随者，无太久历史可言。它的发现却证明东南亚的土地上有那么多印度、中国文化遗址，但也许东南亚的人类文明史并不比印度或者中国晚多少，东南亚一直是自己的，就像这里的季风几千年来不断地掠过这里的大地、天空、人们的发梢。班清还出土了古代的坩埚和浇铸用的石模，这证明了出土青铜器由当地生产。这里的铁器则是用直接冶炼法从矿石冶炼，跟中国间接冶炼法不同。如《东南亚史》作者霍尔所言："看东南亚历史，要以其自身的观点而不能用任何其他观点，这样才能看准，如果这话说得不错，那么类似的说法对东南亚的文化同样也适用。因为，不论东南亚人民采用了哪些外来的文化因素，他们已很出色地把这些因素变成他们自己的了。"这正如我现在所看到的清迈，这里有当代西方带来的各类物品、有中国、印度文化遗留的痕迹，但这些都只是太阳下的影子，并未在这里产生生活固有的色彩丰富的样子。清迈并没有被西方化、印度化、中国化给"化"掉，化妆掉。太阳之下，清迈依然以自己古老的模样展现着崭新奕奕的缤纷多彩。生活在这里还是古老的模样，寺庙里的钟声响彻天际，清晨，僧侣依然遵守着古老的秩序沿街化缘，除了手里拿着的化缘钵发出明亮的工业色泽。

一天，住宿的旅馆忽然人满为患，老板应接不暇，房间里先前空空荡荡的床位全部住满。原来是水灯节来了。清迈水灯节时有放天灯的活动，每年都举办万人天灯节。我去了万人天灯节会场，岂止万人，十万计的人数，那是一个西方游客、东方游客、泰国本国游客、清迈本地人、各种各样的人混在一起的大派对、狂欢节。这时，清迈古城里各家大小不同、好坏不同、价位不同的旅馆、宾馆、客栈一床难求。古城里的夜市也被游客们挤到水泄不通、摩肩接踵，人头攒动之处，有绿衫军、黄衫军、爱意浓浓的恋人、无政府主义者、共产主义者、僧人、穆斯林、印度来的面孔、白种人、黄种人、黑种人、戴着金链子的土豪、手拿拐杖的老者、某国电影明星、虚伪的高级知识分子、李白、杜甫、马尔克斯在海明威身后喊叫、甘地和托尔斯泰手挽手走在一起、抑郁症患者、艾滋病患者、刚从山里出来的徒步客、才下飞机不久喷着香水神情略显疲惫的某位官太太、手里攥着价值不菲的菩提面部表情却飞扬跋扈的家伙、和我一样的穷小子、爱情失意者……不管是什么人，所有人都因为参加这场盛会而达到和解，"地球村"通过此次节日瞬间达成，天下大同，普天欢庆，政见、成见、偏见、意见皆被节日的夜晚带走，在茫茫夜色中成为不可见，什么都明天再说，醉生梦死醒来后再说。穿过这夜市时，几百米距离走了两小时，放在平时，我绝对会走到心浮气躁、暴跳如雷，那一晚却出奇平静，出奇开心。我平静地喝完一杯便宜的果汁，开心地吃完一份便宜的烧烤，眼睁睁看着自己184公分的身高仅剩下130斤的重量，看着自己的钱包日渐消瘦，银行卡里的数字日渐缩小，看着各种神色不同的人从我眼前过去、过来，看着世上的每个人"西风凋碧树"，"消得人憔悴"，看着每个人男欢女爱的权利与义务，看着每个人注定地、短暂地、已经过去、即将到来的悲哀与欢喜，看着死亡之神在人声鼎沸处行走。节日本身是狂欢节，狂欢之时内心却更是平和。进入天灯节主会场需要购买门票，听说几个月前会场内部的门票已经售完。不过没关系，没有门票也可以参加天灯节，会场外面也有卖天灯的，也可以放天灯，依然不影响这些天灯许愿的功能，带走霉运、罪恶的功能。人们在黑暗里点亮天灯，其实是点亮了一个与上苍、祖先、神灵沟通的中介。这天灯是孔明灯，最早，它用于军事。在放飞一盏天灯时，我瞬间泪流满面，也许不能说泪流满面，我用这个词只是为了让文章通顺一些。我的确流泪了，几滴而已，更多的我忍住了。你们以后要是看到哪位作家莫名其妙写道自己泪流满面，那要么他大概只是要说自己被感动了，也有可能他就是一骗子。在这世上，流泪的事情于我而言已经极少，泪流满面很难。那个晚上，我想起许多过往，想起逝去的亲人，想起几位姑娘，想起儿时丢失的玩具，想起自己所有的过去记忆一天比一天遥远，遗忘与想象又重新构成了这些记忆。对着那盏天灯，我在其中说了几句话。而那盏放飞的天灯因在地上放置太久，爬上来几只蜗牛，我说的那几句话只有蜗牛能听得到。现在，它们一起飞起来了……

拜县位于清迈北部，有名的各国嬉皮士聚集地。西方"垮掉的一代"之后，嬉皮士在全球已渐渐成为稀有物种。旅途中遇到的许多中国年轻人也正在垮掉，但我总感觉他们"垮"的很虚弱，更像一种在国内流行的时尚。去往拜县的盘山公路早有耳闻，三个小时车程，七百多个弯。整车人在弯道与弯道之间左右摇摆，昏昏欲睡，车里有人吐了，我还好。我在西藏旅行多次，西藏的公路加上高海拔，比这里恐怖。拜县被誉为"泰国的瑞士"，恰好西藏有个地方叫做鲁朗，也被称做"东方的瑞士"，后殖民主义遗留下的各种称呼、意识形态。我在拜县瞬间便想到了鲁朗。几年前骑行318国道曾路过那里，镇上屋子刚刚被全部拆除完毕，据说要建立一所新型的国际标准化旅游区，人们住在无数的彩钢房里，我住的旅馆也开在彩钢房里，老阿妈在彩钢房里用蜂窝煤煮着一壶古老的酥油茶，住宿艰苦，饭菜极贵。在鲁朗，我看见了极美的自然景色，但极美风景中，大地上骤然出现的彩钢房像是沾血的怪物牙齿，闪烁着贪婪的颜色。与柔和的大地对比，这一切显得极为生硬、突兀、目光短浅。用世界上流行的更快速、更便捷、更干净、更高效、更富裕、更正确的国际化、发展进步的角度来衡量鲁朗的话，过去几百年这里牧民的生活无疑是不够标准的，只用一个词形容就够了——更糟。我却发现我住的那些彩钢房子才是"最糟"的，出太阳时太热，晚上太冷，下雨时太吵。鲁朗，甚至整个318的行程当时让我心痛不已。过去沿着那条线路千百年来延续的古老传统，如今已经变成了疾驰而过的像游客大巴那般碎片化的一闪而过。生活不再是一个整体，只剩下诵经时的声音，只剩下墙上挂着的古老佛陀的一张画像。制作精美的唐卡以内地买家的出价进行衡量，而非其中古老的教义。拜县天气一点儿也不热，晚上下雨时甚至有一丝寒意。住在乡下一间茅草屋中，旅馆未通网络，老板娘每天抱着小儿子在院中来回踱步，哼着儿歌。院子里开满黄色的花，住的屋子旁边就是水稻田，晚上时有青蛙在里面叫。不远处旅馆老板正在修另一间茅草屋，以应对日渐繁多的游客。写下一首烂诗，忽然想要在未来的某天出版一本诗集，诗集名字就叫《烂诗集》，这本书的开头将写下这一句话："我的诗不是给所有人读的，因为它很烂"。

　　我最近住在山里的茅草屋里／这是一间真正的茅草屋／它具有所有茅草屋应该具备的／素质与要素，茅草的屋顶／茅草的墙壁，茅草的地毯／和茅草的重量及高度差不多的生活／每天晚上我上床睡觉／先要经过一张挂在床上的蜘蛛网／山里的雨真他妈的多／山里的蚊子和雨滴一样多／我日日夜夜需小心谨慎对待／像再次对待我过去的那种生活／和我住在一间屋的那个老外／留着满脸马克思样式的大胡子／一直在本子上不停地写写画画／写完了又去门口吸烟，连续吸两支／接着再回来写。他是做什么的？／为什么而写？为什么而吸烟？／是不是另一个依然健在的——／杰克·凯鲁亚克？！／昨天半夜我从被窝里爬出／穿着一条内裤去外面空地上撒尿／雨落在我后背的皮肤上／我他妈的冷得像风里颤抖的芭蕉叶／我听到有人在我身后喘息／回头看见那老外正在泥地里疯狂奔跑／那一刻，我撒出的尿被风吹得左摇右晃／我拼命地控制方向并在心里想／哦，那一定是位有趣的疯子！

——《茅屋笔记》

　　记得那天坐夜巴士前往清迈，凌晨一点钟，仍是毫无困意。我看着、感受着玻璃窗子上自己模糊、黑暗的影子，与玻璃外面的树、土地、草、巴士发出的噪音一块儿融入黑夜，融为一团巨大的虚无。邻座坐着一位白人男子，此刻也醒着，我们俩是这辆夜巴士上仅剩的两位清醒的乘客。通过车窗玻璃的反光，我看见他正在自己的平板电脑上输入什么，手指在屏幕上敲动，屏幕发出的光照亮他的脸庞。他的模样像是《加勒比海盗》里的杰克船长。隔了几分钟，他把他的 pad 递给我，满脸抱歉地对我笑笑。昏暗中，笑的幅度很小，但能看得出这表情的真诚。之前上车时我已经注意到他的平板电脑，机身遍布磕磕碰碰的痕迹，时间与粗犷的使用快让它生锈了，一个才生产出来几年的东西好似被用了一个世纪。他一直以来应该是不重视这么个科技产品的，不重视所以也就不保护。不得已去用，迫不得已的生活需求而已，如今的世界，如果想要做点什么事，这种东西是必不可少的。我偶尔会和西藏的一位喇嘛在微信里聊天，没事时还去看他发的朋友圈。有一次看见一张图片，是他爬山时的样子，照片里有几只岩羊也在那儿爬山。这位喇嘛的微信头像是冈仁波齐雪山。如果在全球化的潮流下完全拒绝科技，那绝对是和自己过不去。我平时用一个亚马逊的电子阅读器，我可不想出门旅行之时背包里还塞着十公斤的书籍。用高科技产品是为了方便生活，不是被它控制，大多数人用过量了，已经成了科技的奴隶。我写作时需要借助互联网查阅大量资料，有时甚至直接粘贴复制，说起这些，我很瞧不起自己的行为，也很瞧不起自己从事的行当。那位西方男子在平板电脑上写了一行英文，翻译过来大概是："能否借用你的手机网络一分钟，我需要发一条消息，让我的家人知道我还活着"。天哪！他是才从哪里归来，多久没融入过地球村了？我的手机也没有网络，只能告诉他我帮不了他这个忙。这男子衣衫褴褛，留着一头脏辫，胳膊上的文身是几只特别卡通的小动物，一副看破红尘、世外高人的样子。我问他为什么不直接说话，而是写下来，他说自己在禁语，已经半年没说话了。我以前也禁过语，只有不到一个月的时间，那是我过怒江，前往拉萨的途中，期间又绕道墨脱。记得那时墨脱的边防官兵问我各种问题，我不能说话，只能写下来给他看，他以为我是哑巴，我便用文字的形式告诉他："是的，我是！"当时之所以禁语，是过怒江时，我希望通过沉默令自己以后再也不会发怒，我期冀于我的怒气将随着怒江江水全部流走。但我后来还是发过怒，这证明我很虚伪！一路上，他一直在用那个破破烂烂的平板电脑听歌，问听的是什么歌，打开来给我看。是一首北欧乐队的歌，乐队的中文名字叫做沼泽之王（Kalmah），正在听的那首叫做 Heros To Us，里面的歌词翻译过来像是一首艾伦写过的诗："古老先知的领域变成了，无信仰者暴力与愤怒的战场……人权不过是政治游戏中的一枚棋子，没有国家福利他们一无是处……"

吴哥窟里的柬埔寨

知道柬埔寨是从初中地理课本上。我那时喜欢学习地理，只觉得是个极远的地方，自己一辈子也不会去。初中之前，我最远到过陕西省的省城，离我的家乡 500 公里。对柬埔寨的印象只是停留在地理课本上的一张吴哥窟照片，也有可能是从历史课本上看到的，时间让一切都模糊了。总之认为自己一辈子也不会去那里就是了。去那么远的地方，路费盘缠怎么赚？连自家大门父母都不让我独自出去，出远门的话怎么给父母交待？我那时还没想过有一天自己会成为一个大人，要独自行走很多的路。

对柬埔寨的真正了解始于一部叫做《战火屠城》的电影，是我在西藏樟木的一家旅馆住宿时，旅馆前台拷贝给我的。那几个月，我从新疆旅行到西藏，接着打算由西藏折去尼泊尔。在尼泊尔时，每天又疲于徒步、行走，安纳普尔娜大环线，走了二十天，累到半死，后来也就把那哥们给我拷了电影这回事给忘了。回家后的一天，偶然翻出一张已经被遗忘在角落很长时间的 SD 卡，想不起自己在里面存了什么东西。我喜欢拍照，有很多张这种内存卡，这些卡片总是被我整理的极度混乱。打开这张卡，我想起了樟木的事情，看完卡里的内容后，我开始尝试更多地了解这个国家。我决定去往柬埔寨，去往那个自己曾经认为一辈子也到不了的远方。人类成长的过程，其实就是和自己儿时觉得做不到的事情作斗争，这种斗争是使自己成为自己的最原始物质，就像使一匹猎豹成为豹子的速度，一只老鹰成为老鹰的翅膀，老虎成为老虎的爪子、牙齿、咆哮，起码对我而言是如此的。我常常对别人讲，我喜欢自己和自己打架。

还没进入柬埔寨境内，已经嗅到了佛的气息，我的签证上印着吴哥窟的图片，佛在那一刻的味道是纸的味道，且暗含着某种高科技。过海关时，我在越柬两国交界处的柬埔寨国旗上也看见了吴哥窟，吴哥窟那一瞬间在天上飘动，像一朵灰色的云。佛从天际睁开眼睛，招了招手，似乎在说，呶，前面就是住在吴哥窟里的柬埔寨。说柬埔寨是住在吴哥窟里的国家一点也不过分，它的货币上印着吴哥窟，国旗上飘着吴哥窟，烟草盒子上是吴哥窟，有一种啤酒直接就叫吴哥啤酒，这啤酒广告是"My country, My beer"。在柬埔寨，人们口里谈论着、敬畏着、自豪着的全是吴哥窟，连国门的外形也不放过与吴哥窟有关的一丝一毫，对于吴哥窟，柬埔寨绝对是寸土必争，因为这是他们的家。家在这里只有一个，又无处不在。

和柬埔寨海关相比，越南的海关更像一个巨大的棚子，简单工业文明的产物，里面呆板伫立着几家卖酒的免税店铺，客人寥寥无几。几个西方人眼睛一亮，钻了进去。对他们中的很多人来说，来东南亚意味着更便宜的酒精、更便宜的牛排、后殖民、一副厌恶这里贫穷落后的表情、一副看不习惯这里贫富差距不公的正义感，摇摇脑袋，摊开双手，这里怎么能如此落后，可还是来了，既来之，则安之，好好享受，这样的人我见了很多。为了节省旅费，我常常住在各种旅馆多人间的床位上，他们就睡在我的左边、右边、上铺、下铺。

不光西方人，中国这样的人也来了很多，他们说街道太窄了，他们说屋子太旧了，他们说出关处竟然还用电风扇，他们说住的地方有虫子，可世上哪里又没有虫子？在虫子的眼里，人也许叫做虫子。他们在中国的许多大城市出生长大，并打算在那儿老去，他们矫情地批判完了之后，继续享受，继续吃喝玩乐，好像自己刚刚贬低的东南亚是世界上另外一个东南亚。然后他们回到自己的城市，自己的屋子，他们的屋子里有电视机，日复一日播放类似的节目；他们的屋子里有空调机，日复一日吹一样的风，只是随着季节改变冷暖，季节对他们来说就是冷暖风的改变。他们感受不到东南亚的季风，即使他们来过东南亚，也只会告诉别人自己来过东南亚。他们更不可能听见中南半岛季风里振奋人心的生活所发出的响亮号角，生活对他们来说就是自然而然的日复一日，他们活了一生如同活了一天。而这一天，却属于工业，不归于自然，所以连"自然而然"的日复一日都算不上。他们在工业里日复一日，接着他们从口中说出年复一年，好像他们曾经活过一年似的。

　　柬埔寨海关和越南海关完全不一样，这种外形上的不一样一看就知道是精神上的、骨子里的不一样，柬埔寨的更像一扇通往寺庙的大门，石狮子在两侧镇守，他们来自吴哥，来自古代，来自遥远的在故乡平原上、丛林中完成的一次黄昏。黄昏中，狮子从天而降，身披太阳的颜色，那是金色，佛的金色。各种不同款式、不同型号、不同牌子的卡车、客车、小汽车，在寺庙门口一样的海关穿梭、来往，那些汽车现在好似是前来朝拜吴哥的高矮不同、胖瘦不同、性取向不同的香客，汽车们排放着尾气，仿佛是香火点燃后的烟雾弥漫，很是魔幻。灵感忽至，写下烂诗一首：

　　不用去信神

如果可能的话

神会自己来找你

如果你具有资格

如果你能被选中

神走到你面前

你看不清楚是哪个神

因为他太大了

大到根本不存在

神还会告诉你

他自己是如何虚伪狡诈

又真诚的像是

一株水里的禾苗

只顾努力生长

一个声音发出

神继续唠唠叨叨

像个老太婆

告诫你需小心那些

宣布自己已经信神的人

其实这个声音也是不存在的

因为它太洪亮了

已经大到你听不见任何

神走的时候，没有一丁点声响

更不会说再见

其实他压根儿没来过

你睁开眼睛

只看到人们

只看到生活

你感受到潮湿的风

你接着看见

一个在水里哭泣的孩子

——《路边冥想》

上车时护照被巴士上的工作人员收走，过了柬埔寨海关尚未归还，那里面可是有交了 35 美元才得到的柬埔寨签证。过了海关，还不还来，是要用扣押护照的方式敲乘客竹杠吗？我听过这样的故事。身在异乡为异客，作为一名异客所享有的权利就是你如果被敲竹杠了，那你就忍着，你没有诉说的权利，你也没有时间诉说你的权利（我后来在泰国赶一趟亚航班机时对此深有体会），况且你的把柄现在还在人家手里。全车的人神情焦虑，德国人焦虑着、法国人焦虑着、美国人焦虑着、澳大利亚人焦虑着、韩国人焦虑着……我也焦虑着，来自世界各地的游客潮水集体焦虑着。每个人心里都明白，没了它，没了那个含有高科技的小本本，你就无法在异乡证明自己是自己了，即使你就用自己的双腿站在一个人面前，用自己的手指着自己的脑门，或者自己的裤裆告诉那人我是谁谁谁，我做过什么什么，可没了那东西，别人就是不认你。你根本说不清自己是哪国的，从哪里来，来这里做什么，也没资格说，你甚至说不清楚自己是男的还是女的。我在越南时遇到过一男的，化妆成女性，浓妆艳抹，大半夜跑来拉我的手，好说歹说了无数个"Thank you"，无数个"I don't need"，他终于明白了我的心意。和陌生人聊天，别人又不知你底细，你爱说自己是哪里的便是哪里的。反过来考虑，即便你说的话往死了真诚，把心窝子都往出来掏，别人也可以爱信不信。

　　有一次我和别人开玩笑，说我是非洲土著，我爷爷的爷爷辈上我们一大家子移民非洲刚果河某个原始村落，因为我爷爷的爷爷酷爱热带雨林的生活，那人开始倒也信了，还说怪不得我留了一个小辫子。我心想难不成刚果河沿岸真有某原始村落，那些村落的人也都留这么个小辫子？总之，没了护照，你爱怎么扯就怎么扯。自从有了国家后的从古至今，人都归属于国家，出门在外，吃喝拉撒，这世界认的其实是你的国家，是你从哪里来的身份，认的是你的钱包厚度，而不是每个人自己。可笑的是大多数人都以为自己是宇宙的中心，还编出了一大套自我就是中心的理论，"我思故我在"，但"我在"未必就是真的在，"我思"也未必是真的思。事实是，通常有人告诉他们什么好，他们便一拥而上，争先恐后，因为那是时尚，是政治正确。常听到有人说自己喜欢梵高的画，梵高的画好，我问他好在哪里了？好吧，聊天就此中断。他说不出来好在哪里了，别人说好就是好，好怎么解释？嗯，朴素的感情，大巧若拙，可你还没有巧过，怎么去拙？吴哥以前巧过，过了千百年，现在体现的更多是拙的品质，巧到了极致的拙，石头的拙。国家有界限，文化有界限，人的交往也有界限，我的聊天常常触犯别人的界限。平白无故，你就不能去逾界，就像你不能没有签证去私自越境，但我也不打算为此检讨自己，现在不会，以后也不会。风从来不用护照，越南海关那侧的季风和柬埔寨海关这边的季风一样湿热，风在海关两侧自由自在、来去自如，因为它们不是可疑分子，或者说是因为没人能抓得住它，警察、军队、国王、总统、站街的、嗑药的、玩耍的、哭嚎的……谁也别想抓住它。"而众天神中的风如同众气息中的中间气息。因为其他天神都会休息，而风不休息。风是唯一不休息的天神。"（《奥义书》）现在，我看见海关上面的天空用同一种蓝色一起蓝着，那蓝没有变成两种颜色，没有使用两种护照。云在无尽的蓝色之下从一个国家飘往另一个国家，行于世间的人类眼眸中留下了浓重的阴影。

公路两侧建筑开始变的不一样了。柬埔寨和越南过去都是法国殖民地，建筑风格不同程度都受到法国的影响，可是两边的建筑根本是两码事。柬埔寨这边的房屋外墙常常装饰有金色图案，那是献给佛的颜色，佛在这里用来敬畏崇拜，也用来生活以及装饰生活。在越南那边，建筑已经完全法国化了，没有法国化的差不多也后现代化了，城市里偶尔有中国古典风格的建筑，那是寺庙或同乡会馆。寺庙两侧往往用中国文字写着一副对联，最上面牌匾上刻的寺庙名字则用越南的拉丁字母书写，之所以没把对联换成拉丁字母，我估计是因为拉丁字母无法完成对联这样子的高难度动作，毕竟那是法国人造出来的文字。对联的核心精神是天人合一，这是汉字特有的内涵。

看着这金色，忽想起在西藏旅行的那几年在高原的大山里行走、骑行的日子。经常远远便望见寺庙的金顶，金顶在阳光下呈现更加亮眼的金色光芒，然后才渐渐看清了太阳下的村庄、羊群、虔诚地磕长头老者，皮肤像一小块密布星辰的黑夜。在西藏各地，村村都有寺庙，每座寺庙一定是村里最金碧辉煌、最高大的建筑，那时我看到的金顶的金色就是此时眼前这般的金色。与柬埔寨一样，在遥远的西藏，许多和宗教有关的东西也是不止用来敬畏崇拜，更是用来生活的。在西藏各处的城市，尤其拉萨，这种情感与生活在当代或许只体现在器物上，但到了偏远的山区，就是从骨子里发出的，必须去做的，没了不行的生活。在那个地方活着，如果没了对来世的渴望，现世完全就是受罪，人像低等动物那般为大地所奴役，每一道闪电都是一条残忍的皮鞭，每一片雪花都是一颗燃烧的炸弹。我记得自己在丁青孜珠寺南侧的山顶向远方眺望，远方的一个村庄一片原始的荒凉。入夜后便回到古代的黑暗，只听到狗在吠，风把窗户吹得呼呼做响，后来狗叫累了，风也止了，万籁俱寂，只有沙子与沙子轻声交谈，那是一座尚未通电的村庄，海拔将近五千米。在当代西藏，越偏远的地方对宗教的信奉越是虔诚，许多内地游客爱把这种虔诚用淳朴一词来形容。他们说藏民没以前淳朴了，西藏不好了，如果说藏民不淳朴了，我估计是游客也不淳朴的原因，人家干吗平白无故把淳朴展现在不淳朴的你的面前，讨亏吃啊？（淳朴在内地游客那里一般带有一丝免费的意味）如果有人说西藏不好了，我估计他没真正到过西藏，西藏那么大，他去过几个地方？最多不过沿着公路走走而已。当然还有一种可能，那个说西藏没以前好的人可能几十年前就已经去过那儿了，那时西藏还没有一条完整意义的现代公路，更不用说互联网、宽带、4G、智能手机……这些是另一条修向人的脑子里的公路，它们很便捷，让你无法抗拒；同时它们也太快了，让你来不及反应。最严重的一个问题时，我们每个人的脑子每天都被别人、媒体、意见……各种各样的东西轮番施工、拆迁、重建，我们却不知道那里面存在着一个工地现场。

　　一辆摩托车驰来，后座拖着一座山那样大小的货物，车身已被压歪到一边。有两个乞讨的小孩出现，一个手里拿着塑料勺子，明显以前是拿来舀水的，那是他的乞讨碗。另一个小孩在勺子上绑了一根绳子，拖在地上，像拖着一只小鸡，两人的乞讨碗里都是什么也没有。转悠了一圈，乞讨不到，他们开始嬉闹、玩乐，在地上打滚，乞讨碗变成了武器，一个使的是长鞭，另一个使的是短棍。一个把另一个不小心打疼了，两人似乎真打了起来，后来累了，一分钟后重归于好，又去乞讨。"商品价值是指凝结在商品中无差别的人类劳动"，拿"使用时间长短""人类劳动"来衡量的话，游戏是他们的工作，乞讨则是副业、工作之余的消遣，唯物主义在这两个小孩面前站不住脚。二人的笑容让我深深震撼，即使没有乞讨到任何东西，也依然对着你真诚微笑，看不出丝毫气馁，似乎他们小小年纪，已经看透生活。为了表达对他们的敬意，也为了发泄自己虚伪的善意，我和其中一位握了手。

这时，司机大人酒足饭饱，按响喇叭，集体上车。护照还回每个人手上，我看到每个人都长吁一口气，面部表情瞬间轻松。终于可以证明自己就是自己了。德国人终于变成了德国人，美国人终于变成了美国人，韩国人终于变成了韩国人，我终于是我了。可其实我们每个自己从来就未曾是过自己，起码我一直觉得我不是我。我们的名字被别人喊叫、咒骂、诋毁，只在签名的时候，大概是刷信用卡，或是签某个保险证明，我们写下自己那个所谓名字的几个字，似乎我们所具有的本身就是用那几个文字做的，而不是一具血肉之躯，不是内在的灵魂；我们的记忆充斥着别人的影子，许多其他的人、别人的事，这些东西一天天浪费掉我们极多时间，几乎把自己活成了许多个别人；我们很少有人知道一个东西好在哪里、优秀在什么地方，别人告诉我们这个东西好，我们便跟着说好，我们都是指鹿为马的笨蛋，我们的意见——那个智慧之后的产物、自私的私生子也不是我们自己发出的；我们旅行了很远的地方，回头一看，发现亲人们的眼神就在不远的后方期盼，爱情不过是曾经做过的一场梦，连这个梦仿佛也不是自己做过的……无论我们回头还是向前，都会发现自己不是自己，我们和虚无融为一体；我们站在大地上，大地一望无尽的沉默，我们却叫嚷着、喧哗着、争吵着、胡乱涂写着……

巴士在柬埔寨的大地向前飞奔，大平原开始出现。土地太肥沃了，撒一把种子，仿佛就能成为田野，这是河流的功劳。路上车极少，摩托车有一些，更多的是牛、是鸡、道路两侧的树、无边无际的神龛……肉铺就开在公路边，简易的高脚棚子，四壁无墙，《茅屋为秋风所破歌》说的就是这样的屋子，只不过这里不刮秋风，只有季风，无边无际的季风。车载电视播放着某部电影，所有角色的配音由一个人完成，不看画面，不知道它是电影的话，作为一个外国人，闭着眼睛你会以为是当地电台主播正在播送广播节目。片子的名字叫《赤裸特工》，忽略掉配音，那画面让我有点儿小兴奋。

去柬埔寨皇宫参观，一位突突司机前来搭讪，问我从哪里来。从哪里来是个哲学问题，有趣的是，在国外你回答这个问题的方式是告诉提问者自己是哪个国家的人；在国内，你要回答的是自己是哪个省的；而在我们县里，我需要说自己是哪个村的。一时没忍住，回答了这位突突司机，漫长的聊天就此开始。突突车司机说自己不喜欢一些中国人，昨天刚有一个乘客骂他神经病，他懂一点点汉语，知道那是骂人的话；突突车司机又抱怨了一会儿柬埔寨现状，中间提到腐败、贪污、毒品……甚至还问我要不要大麻。我的突突车司机朋友现在谈论着他喜欢的动作片，然后比划着，说喜欢看中国电影，喜欢李连杰，说柬埔寨电影不好看，我告诉他有一天柬埔寨一定会有特别好的电影，他说也许两百年后。接着他竟然说起了日本的"动作片"，别装清纯，你知道我说的是什么。他说他不喜欢日本的，更倾向于美国片。然后他很好奇地问我为什么没见过中国片？聊了很久，后来他问我去哪里，我说去S-21监狱，他硬是要免费送我一程。我连忙谢绝，深知世上没有免费午餐的道理。他又担心我迷路，送给我一张金边地图，还用笔给我描出行进路线，让我照着走。地图他一定要给我，免费给我，他说他下定决心要给我地图，我不可以回绝，我说那给你一美金做为地图费用，他也乐意收下这一美金。其实我根本不用地图，我知道再拐几个弯S-21

就到了，我有谷歌地图。

金边是一个正在修建当中的首都，尘土飞扬。到处都在修路，到处都是脚手架，到处是在建的楼房，警察像是灰头土脸站在路边的老农。那些灰尘里的楼房，好多都是中国的工程队在负责建设的。车子在灰尘中的十字路口停下来等待绿灯，有一个年轻男子拿着鸡毛掸子给汽车掸灰尘。开始还以为那人是在做好人好事，或像是中国街头那样的戴着红袖标的交通指挥大妈，属于某个部门。街头灰尘太大，政府想了这么个办法，后来才发现他原来是个乞讨者。他用鸡毛掸子抹干净车上的灰尘后，静静站在驾驶室窗口，胖乎乎的司机摇下车窗，递出来一张小面额瑞尔。司机如果不想给钱，他拿着鸡毛掸子过来的时候，会给他摆摆手，意思是不用费力气了，我不需要，他也心领神会。在金边的灰尘中，像他这样的乞讨者我后来又遇到数次，但从没见过乞讨者把汽车擦干净后，司机一脚油门跑掉的。一个红灯也就几十秒时间，来不及给钱就不给了，完全能说得过去。但在这儿，乞讨与施舍更像是一种人和人之间古老的信任，日夜存在着。

在柬埔寨时，每天都能看见化缘的僧人身穿僧服、打着伞赤脚走在金边的灰尘里、西哈努克的雨里、暹粒的清晨里……他们化缘的方式是走在每一家店铺门口静静站着，化到化不到那是缘分，是造化，化的本来就是"缘"。一天，我跟在两位化缘的僧人后面，他们打着橙色的伞，穿着橙色的僧袍，走起来像是一阵橙色的风。他们站在店铺外面，店主从里面出来施舍，接着僧人念几句经文，店主跪着、半跪着、弯着腰的，都是一副毕恭毕敬的样子。在其中一家饭馆门口，店主竟让他们先坐着休息，为两位僧人每人献上一罐冰镇可口可乐，僧人也不着急化缘，落座后一口一口慢慢喝了开来。我坐在一旁观察，听见其中一位僧人打了个碳酸饮料的嗝。似乎整个柬埔寨都是慢的，就这么慢慢过着已经很多年，这种慢无疑是热与僧人共同参与进来而产生的。天气太热了，做什么事情必须要慢条斯理。除了 20 世纪 70 年代那么一小段时期。

同历史与遭遇有关，也和人们的观念有关。柬埔寨始终是一个正在发生的国家，从东到西，从南到北，我在路上看到小孩拉着一张破渔网在水里摸鱼，那是一种娱乐，而不是为了捕捉，那张渔网明显捉不住鱼了；牛在木质的食槽里咀嚼草料，脑袋挤在一起，像是在召开一次反人类的秘密军事会议；妇女在河边清洗一辆破自行车，那辆自行车像是二十年前我母亲载我去上学的自行车。我记起来了，我的母亲把我放在自行车前面的架子上，两只胳膊夹着我，骑着这辆自行车在金鸡沙的沙土路上行走的样子；我记起来了，有一次下坡，落日晃了她的眼，我们摔了一跤，倒在路边的土地里吃了一嘴沙子。那次之后，她就不骑自行车了。许多在我的故乡已经发生过的事情，如今在柬埔寨继续发生着，有人会认为这是落后云云，用唯物的角度衡量，如此活过的今生是不可取的。可有一个事实依然不容忽视，贫穷与富裕从来是别人来定义的，是完全相对的，唯物其本质也只是一种定义，幸福不幸福却是自身内心的取向，是绝对的。如果已经知道自己今生为何而活，那就没有任何一种生活是无法忍受的。生活在这片土地上的人们显然是知道的，他们双手劳动，慰藉心灵，他们也正在这么做，因为他们每个人都有一个叫做吴哥的故乡。不管这个国家曾经发生过什么，他们的故乡从未被毁灭。他们贫穷，却在大地上快乐着、欢喜着。即使是打算消灭艺术的那些家伙，也认为吴哥窟是古代艺术之粹，而将它留了下来，我估计他们其实是害怕诸神，他们清楚自己无非也只是个人而已，不明白自己的那副皮囊死后将通向哪里。

沿着四号公路从金边前往西哈努克港，公路的尽头，山峦开始出现，大平原也走到了尽头，再往前，就是大海，那是一片更大、更广阔的平原，所有的波浪如同麦浪一般起伏，所有的鱼虾都是丰收的麦穗。如果从交通、城市规模等等角度来说，整个柬埔寨境内也没有一座大城市，金边是柬埔寨交通枢纽，但也只是两条铁路的交汇处，这两条铁路也是这个国家仅有的两条铁路，金边到马德望的铁路，然后向前延伸，到达柬泰边境口岸波贝，这条铁路与泰国的铁路最终汇合，可到达曼谷；还有一条就是从金边前往西哈努克港的铁路，现在已经停止客运。西哈努克港是柬埔寨第二大城市，现在还是柬埔寨免税区，里面店员全部会讲中文，还知道中国人喜欢哪个牌子的手表、哪个牌子的护肤品，个个都是中国通。说起一个国家的大型港口城市，很多人也许会瞬间把这城市和上海、和纽约什么的联系起来，但到了西哈努克，你绝对不会。这个柬埔寨"大型港口城市"更像是一个镇子，数得见的几条街道，牛在路边懒洋洋睡觉。我去给那几头牛拍照，当地人从我身边走过时，用诧异的眼神望着我，眼神里的意思一方面传达的是友善，另一方面则是这在我们这儿是司空见惯的，小子你也太孤陋寡闻，有什么好拍的。草在马路砖的缝隙里肆意生长，似乎那些马路砖是不小心铺在草原上的异类。随意在公路上找个巷子拐进去，水泥消失了、沥青消失了、游客消失了、汽车消失了、喧嚣消失了、现代化消失了，还能嗅得到从海上刮来的风的气息，风里的泥土路上积着昨天下过的雨水，泥泞不堪。风里的小孩子光着屁股在跑，牛、猴子、羊在草地上乱窜，几个小孩在不远的地方放风筝，笑声从风里传过来，我走近看，无数的蜻蜓在风筝下面飞，在风里飞。我喜欢西哈努克这座城市！我更喜欢西哈努克这个小镇，这片牧场！

　　作为城市或者小镇或者牧场的西哈努克这个名字的存在是为了表达对作为个人以及国王以及情圣的西哈努克的敬意。我高中时就知道西哈努克，也大概知道是个怎样的人物，在新闻联播里看到过西哈努克到访中国之类的所谓新闻，之所以给新闻加所谓，是因为这世上根本没有新闻，我只是需要使用这个词汇。"我也敢说，我从来没有从报纸上读到什么值得纪念的新闻。如果我读到某某人被抢了，或被谋杀或者死于非命，或一幢房子烧了，或一只疯狗死了，或冬天来了一大群蚱蜢——我们不用再读别的了。有这么一条新闻就够了。如果你掌握了原则，何必关心那亿万的例证及其应用呢？对于一个哲学家，这些被称为新闻的，不过是瞎扯，编辑和读者都只不过是在喝茶的长舌妇。然而不少人都贪婪地听着这种瞎扯。""什么新闻！要知道永不衰老的事件，那才是更重要得多！"（《瓦尔登湖》）

记得那天去 S—21 集中营，在皇宫出去的某个拐弯处，看到一尊西哈努克雕像，供在一座寺庙般的建筑里，那是巨型的神龛。西哈努克先生、西哈努克大神双手在胸前自然下垂，然后在腹前松松垮垮握在一起，这是一位保持着平时惯常动作的老者，从侧面看那尊雕塑，西哈努克微微弯腰颔首，轻轻笑着，那是一尊佛的姿态。

西哈努克的海滩是一个极度神奇的地方，这是另一个状态的吴哥窟，是吴哥窟投下的阴暗之影。这里是生活的海洋，也是堕落的泥潭，是天堂也是地狱，是世间的出口也是入口。许多人来了这里，一生再无法离去，许多人离开这里，一生再不愿回来。本地人、背包客、嬉皮士、纹身者、同性恋者、逃到海边的罪犯、瘾君子、酒精中毒者、彻夜狂欢、一宿糜烂、大麻、冰毒、海洛因、榨取灰色收入的警察、没戴头盔躲避警察的摩托车司机、蛇一样的妓女、卖避孕套的小卖铺、吸水烟的比萨店、乞讨的小孩、垂死的老者、卑贱、高傲……所有的这些都在夜晚发生，又在白天结束。一个白天，我来到沙滩，几位僧人正在海边晒太阳，面向天空，念念有词，好像云朵是飘动的庙堂；一个晚上，我在这里弄坏了我的手机，弄坏了我的 kindle，弄湿了我的美金、人民币、瑞尔、各种票据，我不能告诉你我是怎么弄湿这一切的，因为那一晚我进入了大海的深处，我起伏、漂泊、不愿安定……

在柬埔寨，美元的通用度远远高于本国的瑞尔，连工资通常都用美元进行结算。我在越南旅行时认识的一个姓陈的朋友，她辞职，从杭州出发，要去金边，在那里一家华人报社找到一份工作，800美金一月，在当地是高薪。这个国家有"一美元国家"的称号，到处都会用到一美元，在金边是，只不过那里物价偏高，是两三张一美元组合在一起使用的。西哈努克的海滩则完全陷入了一美元的海洋，啤酒一美元、矿泉水一美元、椰子一美元、两只烤鱿鱼一美元、一只大虾一美元……剪指甲的妇女在海滩上一路追着要给我剪指甲，说只要一美元，我为了省下一美元也为了保住脚指甲在沙滩上慌忙逃路。

在过去，亚洲很多国家都曾有美元化倾向，比如老挝、越南和蒙古。但是随着这些国家经济发展，美元化的趋势都逐渐往正常方向回归，在生活中所占比例越来越少，本币开始变得更重要。柬埔寨却不是，经济美元化的趋势反而在近些年伴随经济发展进一步得到加强。对于这一现象，学者做出了这样的解释："柬埔寨现在面临严重的城乡二元经济，城市经济以美元为基础，农村经济以瑞尔为基础，城乡差距非常明显。从结构来看，柬埔寨的农业产值大约只有GDP的一成，以旅游业为代表的服务业有两成多，以服装业为主的工业则有六成多。柬埔寨农村只有农业，且规模可怜；城市则主要是服务业和工业。不管出口导向的服装加工业，还是吸引国际游客，或是接受国际援助和外国直接投资，这些经济活动都以美元为结算单位。即使考察金边等核心城市的房地产，可以发现它的房地产有相当比例都为外国资本所控制。在这样的情形下，即使柬埔寨政府想推行瑞尔，去美元化，也几乎不可能。"确实如他所言，在柬埔寨时，我看到许多进城买东西的农民都使用瑞尔进行结算，这在西哈努克一家当地市场可以经常看到，我曾去那里修复手机。而从汽车上下来的那些当地人、游客，一般则怀揣美金。在柬埔寨，美金兑换瑞尔的汇率极度稳定，在任何一家店铺，如果需要找零0.5美金，或多给0.25美金，一美金都等于四千瑞尔，该找多少零钱，该付多少零钱，结算时，你站在那里慢慢算，店主等着，看你能算对还是算错。

一天，我多喝了几罐吴哥啤酒，在西哈努克的沙滩上睡着，梦中，回到了自己九岁前的故乡，回到了父亲带我第一次去看海的那个黄昏。那一天，就像是奥雷里亚诺上校被老何塞阿卡迪奥带着第一次参观吉普赛人冰块的遥远的下午。在金鸡沙长大的那九年，我并不知道自己将要成为怎么一个人，看着田野里劳作的祖辈、父辈，我一度以为我应该成为和他们一样的人，世上只有这一种活法，世上只有金鸡沙村，如果有其他地方，金鸡沙也是世界的中心，北京是那个传说中的大城市，不存在。在金鸡沙中心小学时我学过一篇课文，里面大概说小溪流入小河，小河汇入大河，大河进入大海，我觉得家乡的无定河绝对算条大河了，于是一个中午，我偷偷从家里出发，沿着无定河去寻找大海，那是我儿时最初的探险。沿着河岸走了一天之后，我产生了自己的探险报告，大海或许并不存在。我现在还记得父亲第一次带我去海边时，我奔跑着、跳跃着，头重脚轻、颠三倒四地跑到海边，然后我喝下了一口海水，我把那口海水真的吞了下去，吞进了肚子，确实是咸的，不光咸，还咸到了苦，确实是大海，父亲没有骗我。那是一个夏天的黄昏。那年夏天，我和父亲站在海边，我第一次知道有一种风是咸的，有一种喧嚣从不平息，我们在早晨退潮的海滩上拾捡贝壳，海滩的泥地酥软湿滑，将脚紧紧包裹起来，我把脚从泥里拔出来，如同穿了一只泥做的鞋子，沉甸甸的，又是凉爽的。那个夏天，我和我父亲的身体轮番不停地被风、被水、被泥巴包裹起来，整个世界仿佛都联系在了一起，再也没有孤独。有的小鱼被困在落潮后的一小滩海水里，我还前去营救它们，可怎么也捉不到，后来涨了潮，它们又重归大海，我和我父亲则回到陆地。那是我最快乐的时光，也是我活过的这些年里最愿意早早起床的时间，只为了退潮后能去赶海，那是在天津的渤海。现在想起，海水浑浊，可这就是我最初的海，最快乐的海了。我感谢我的父亲，他强迫我，几乎是暴力的方式，让我在那个年纪开始背诵唐诗，诗让我慢慢做起了远方的梦，让我现在能来到柬埔寨。《百年孤独》亦是他让我在少年时读的，当时这本书还没有在大陆正式出版，但我的父亲不知怎么弄到了这本书，我那时读初一，记得自己喜欢书里的上校。

那个早晨，我是逃着离开西哈努克的，带着我混乱不堪的行李、沾满油渍与沙粒的背包、一把破吉他以及它破碎的音符，另外还有因连续喝了十天酒而疲惫麻木的身体。离开西哈努克的前一晚，我坐在西哈努克一家比萨店，比萨店位于十字路口，七美金一大份，外面灯红酒绿、车水马龙。一个乞讨的五六岁模样的小孩过来站在我面前，衣衫褴褛、沾着一团一团污物。乞讨的小孩我在柬埔寨见了很多，但像他这样的，像他这样的眼神我第一次看见，他的眼睛闪烁着奇特的光芒。也许是许多天来累积的酒精对我产生了作用，我觉得他眼里充满的不是对金钱的渴望，而是对食物的渴望，对于一块比萨、一团番茄酱、一根马苏里拉芝士的味道的渴望，他太瘦了。我儿时也像他这样子渴望过肯德基，那是我第二次去西安，我母亲给我买的，但她没给自己买，她说她不喜欢吃，可她根本没吃就说自己不喜欢，这不合理。这不合理我后来才明白，明白过来的时候我突然很想念我的母亲。2008年，父亲视网膜脱落，母亲陪他去北京治疗，那段时间她吃过几次肯德基，不过已经是为了方便了，她说挺好吃的。与那个小孩不同，我得到了我幼时渴望的味道，我的母亲给我的肯德基的味道。那小孩不说话，只是一个人不远不近地盯着我，也许是我手里的比萨，我该怎么面对他？我浑身颤抖。我一直知道我并没有和所有人类同吃同住的勇气，我却常常谈论人类，我觉得羞耻；我的旅行也无非是时髦，无非是逃避，无非是为了填补空虚，我觉得更是羞耻；我拒绝用所有社交软件发布自己旅途中的状态，现在想来，那更是一种做作；而我现在把这些写下，更是虚伪中的虚伪，我想这就是人本来的面目，思考本来的面目，我本该不停地焦虑、忧思、痛苦，我写这些只为了换取自身片刻的安宁，这是我作为人的极大罪过。

我站起身来，把盘子里的比萨留在那里，装出一副自己吃得很饱的样子，我离开。我回头看那小孩，他迅速拿起其中一块比萨，舔了一下，然后更迅速地消矢在夜幕之中。当我再次回头看身后的西哈努克街道，一瞬间所有人都消失在黑夜之中，包括我自己，那一晚的夜色像一只张开的巨口，一切都消失、消逝、消灭，酒精源源不断倒入其中，酒神在天上跳着繁星的舞，杜康和狄俄尼索斯抱在一起。

到达暹粒是个深夜，本来要在磅同住下，我居然昏昏沉沉坐过站，司机也不提醒，下车时告诉我多坐了一站路，另收五美金，我想说什么，又没有说，我更沉默了，给了他五美金再加一千瑞尔。毕竟之后也是要来暹粒的，早到也便早到，何况都快到吴哥了，还吵什么吵，吵了神都听得见，是吴哥在让我快点来的。去住宿的旅馆要经过暹粒的酒吧街，街上放着各种摇滚，混乱在一起，不像是音乐，人们却说自己在跟着音乐摇摆。也许神在暹粒的夜晚是摇滚歌星，他也要玩，只是玩的心态不一样。爱玩是人的天性，打孩子起就是，神知道，也让人去玩。命人遵从着人的天性，为的是告诫人不要放弃自己的天性，"人之初，性本善"，大多数人做到这点就行了，"性本善"之后是明白善有很多种方式，再之后是善恶无界，苦海无边。回头是岸就是好好活着，遵从本能地活着。神如果说所有人都要戒了七情六欲，都要信我，正确只有我这一种，那他才真的是不存在，那是波尔布特，他干这样的事，他真的存在过。

另一个早晨，我看见了吴哥。越过前面摩托车司机黑色的闪着金属光芒的机车头盔，在金黄的光芒下，绿色丛林边沿，吴哥窟像一只深色的高棉人手掌一样张开，握住旅游者的潮水，旅游者的快门，崇高、敬畏、口气、喧哗，灵魂中深埋的恶臭……所有进入它里面的，它全部接纳，也可以说一律没收。除了手掌之外，那更像是一块落在地上的黑夜，黑夜里是过去、历史、祖先以及持续多年的思考与忧虑。我仿佛要去面对一场最终审判，我心惊胆战，我过去做过些什么事，吹过些什么牛皮，骗过些什么女人，揍过些什么人，我自己知道，我不敢进去，我不知我这种人该是去往天堂还是走向地狱？过去几年，我一直想努力做对什么事，对错善恶的概念一直纠缠于我，我仿佛知道了对即是错，善即是恶，宇宙的最终核心归于平衡，归于一个叫做平衡的不是虚无的终点与开端，但我知道我根本寻不到平衡，我只有虚无，旅行与家庭之间、故乡与远方之间、爱情与欺骗之间、友情与虚妄之间……我根本不知我该去往哪里？两旁的蛇好像洞悉了我的想法，那是娜迦，是中国的龙，梵文里的娜迦本就是中国的龙的意思。在印度教故事当中，娜迦是海里的巨蛇，那海是乳海，不是越南的蓝色的海，不是西哈努克混乱的海，那海类似中国神话里盘古开天辟地前世界的混沌，准确说乳海就是混沌，混沌的乳汁里走出光辉的生命，欢笑着、翻滚着浪花的乳海上站着阿普萨拉，我的喜悦女神。我颤颤巍巍走近仔细观看娜迦，看那巨龙，走的过程中，我几乎要休克了，我害怕因我过去做错的事，它猛地咬我一口。忽然，我看见娜迦的牙齿里有一些白色的絮状物，那是虫卵，虫已经孵化了，走了，卵的外壳还在，然后我看见壁虎和蚂蚁在娜迦的头上爬来爬去，我不怕了，可我依然颤抖，不过我终于可以鼓足勇气走向吴哥，走向那个古代之门，祖先之嘴，灵魂的窗户了。这里明显是一个存在的场，这里不光有神，生活与自然也依然在这里一起发生着。而且作为一个不那么彻底的唯物主义者，或者不完全的唯心主义者，我得对得起我那几十美金的门票。我从小接受的是唯物主义教育，上的是政治课，我知道自己始终在唯物与唯心之间动摇，我极其厌恶这种动摇，这无疑是一种脆弱的表现。唯物让我憎恨由此产生的贪婪，唯心又让我在整体的唯物世界里活得痛苦不堪，我几乎忍受不了这种不堪了，我已经忍受不了了，我的旅行是逃避，我的书写也为了逃避，我期冀通过这些方式找到某种存在的平衡。对于彻底的唯物主义者，吴哥门票是用美金来衡量的，其实他们也不是唯物主义，是唯金钱主义，美元、人民币这种东西算不上物。

进入吴哥，像进入柬埔寨的另一个国门，之前国门的狮子是照着吴哥的搬过去的，现在则是真正属于吴哥的，伸着古代的爪子，翘着古代的屁股，昂着古代的头，古代的牙齿上绽放永恒的生命之血、生命之花。之前的国门我进入的是柬埔寨的花园，现在进入的则是客厅，客厅再往里，是宗祠。有一种说法认为吴哥窟是当时的国王苏利耶跋摩二世的坟墓，因为在吴哥所有建筑里，吴哥窟是唯一面向西面的建筑，我深信这种说法。在古时高棉，他们的国王本就是他们的神，守护着他们的国家，是天上的神来到了人间，国王死了之后给他修的坟墓自然也成了敬献给神的寺庙、神殿。《罗摩衍那》里一段写道：

所有的那些帝主人王

他们无往不胜

举世无双

自从造物的生主以来

全世界就归他们掌管

坟墓、寺庙、神殿一起用来称呼吴哥窟一点也不矛盾。我去吴哥的象台，那是雕刻强壮勇猛的鸟神和狮神抬起的神坛，神坛上过去有木头的房子。如今木头在季风里早已毁掉，腐朽成雨季的记忆。石头们还在，高棉祖先站立之处的基座还在。几百年前的国王就是坐在这里的宝座上检阅众生，选出心仪的妃子，选出贴身的护卫，也选出自己作战时乘骑的大象。吴哥时代的所有国王，名字的后面都有"跋摩"这两个字，这其实不是名字，是音译的"varman"，在柬语里有"宝座"的意思。高棉人相信，自有天地以来，"宝座"本就在那儿，在人间放着，只有天上来的神才有资格坐在这位子上。每位国王都是一位天神，国王是注定成为那宝座主人的神人。国王之所以成为国王，属于更大的神的指示。

现在，我不得不感谢一位中国元朝的古代人——周达观，他的《真腊风土记》为我们提供了许多极为宝贵的故事，其中一个让我们知道当时真腊王国的国王是如何可以人神合一的。讽刺的是，《真腊风土记》在中国一直不怎么出名，1903 年，伯希和将《真腊风土记》翻译成法文并加注释在巴黎出版，《真腊风土记》才开始为人所熟知。如今，吴哥窟景点商店里卖着各种语言不同、翻译不同的《真腊风土记》。这位伯希和就是那位后来去过敦煌用 500 两银子和王道士谈判了三周买了两千多卷中国的国宝级古籍的大名鼎鼎的欧美顶尖汉学家伯希和，现在"伯希和"还是一个户外品牌的牌子，我花 300 多人民币买过那牌子的一个薄薄的信讨式睡袋，装在我的多特背包里，多特是一家德国户外品牌。我所使用的东西是我自己对自己本身的巨大讽刺，我现在习惯用苹果手机写作。我不屑工业，却依靠工业生存，高科技带来的便利常常令我欣喜若狂。

"其内中有金塔，国主夜则卧其下。土人皆谓塔之中有九头蛇精，乃一国之土地主也，系女身。每夜则见，国主则先与之同寝交媾，虽其妻亦不敢入。二鼓乃出，方可与妻妾同睡。若此精一夜不见，则番王死期至矣；若番王一夜不往，则必获灾祸。"能在故事里和一位蛇精做爱的国王当然不会是一具普通的血肉之躯，更不会是个凡夫俗子，不过周达观用中国的眼光把这国王称为"番王"，这是不中肯的偏见，也显出那时中国人普遍的自大。"中国"这一名称本身就有世界的中心，甚至认为宇宙的中心的意思，万邦都是簇拥着我来的这种味道，这感觉有点像今天的美国所认为的自己，认为世界上的正义、世界上的时尚只有他们那一种是对的，我见过几个美国人，没给我留下好印象。总之，吴哥文明早已经是一种极致了，这不是番邦或者番王能做到的，"番王"这个称谓是该改一改的。而周达观自身对吴哥窟应该也是叹为观止的，他把吴哥窟称为"鲁班墓"，这个称呼一方面或者可以暗示吴哥窟本就该是一座陵寝，另一方面也意味着在周达观的眼里，也许只有鲁班才能修出如此登峰造极的建筑。

去天宫和九头蛇精交媾肯定是神话传说，我想，国王去那台子上应该是冥想去了，我有过冥想的经历，知道那东西的厉害。而这个故事恰让我想到自己曾在冥想中得到的一个经验，从某个角度来看：冥想和做爱其实是一回事。我去天宫的时候，几个本地年轻人正在天宫门口聊天，他们拥有深重的古铜色皮肤，一起喝着吴哥啤酒。去往天宫的台阶上布满青草，游客很少来这儿，国王早已经不走这条路了，种子的力量在这里跟着雨季行走、奔跑、生长着。从天宫出发穿过象台，便是天狱，载我的摩托车司机说那是国王老婆住的地方，他用了"wife"这个词，我知道不是，对他笑笑。吴哥历史上的审判是一件极为庄严的事，用如今的角度来衡量却有些无厘头。那时候没有指纹、没有摄像头、没有铁证如山，审判更多是一件由天意，由神来决定的事情。如果一起案件法官也实在断不清楚了，那就把原告被告全关进天狱，不给水米，原告家属在外监视被告，被告家属监视原告，谁的身体在里面先垮掉，谁就输了官司，因为那是天让你输的。神让你输的。其实这不仅是天以及神的问题，在我看来这更是回归到"强者生存"的丛林法则，吴哥本就处于丛林之中，他们要让强者活着。此刻，我进入吴哥的脚步，也如同进入一个这样的天狱，我面临一场来自天的审判。

我该怎么进入吴哥，先迈左脚还是右脚？爬着进？滚着进？跳着进？欢天喜地地进？沉默不语地进？人太多了，游客潮水的力量太大了，我其实没想这么多，因为根本来不及想那么久时间。说来真不好意思，我其实是被后面的一个游客团推进去的，那游客团大声讲着普通话把我推进去了。当然，被推进去的刹那，我瞬间感觉有无数只小手或者说一只巨手在我身前拉了那么一下，世界一下子不热了，世界的味道忽然改变了，世界的颜色忽然改变了。到处是威严的诸神，到处是精美的仙女，到处是行进的士兵，到处是猴子、战车、大象、船只……国王、诸神坐在大象上，坐在战车上，坐在宝座上，那些壁画根本就是活的，他们正从石头上走下，从壁画里走下，从古代与传说中走下。游客们一个个像训练有素的士兵一样迅速拿起相机，这动作仿佛是举起一把 AK47，他们通过取景器的焦点（准星）将照相机的子弹射向那些活物，他们还没来得及仔细使用自己的眼睛来观察吴哥，已经发射出了一颗盲目的子弹，他们太习惯通过取景器来看待这个世界。他们的旅行是由构图极差的破碎的照片组成的，他们其实一直未能击中目标。我看见那些活物又缩了回去，缩回到石头，缩回到古代，与游客之间是空，空很近，又极远，隔了千年，沉默地看着眼前的一切，微笑、愤怒、安详、狂喜……都在脸上，但不说话。

在吴哥窟的那些石头里，那些古代里，住着两千多位阿普萨拉，两千多位微笑的喜悦女神，两千多位女神静静地看着眼前发生的一切，两千多位女神微笑地看着眼皮子底下发生的一切，她们笑而不语。我看着她们，感觉自己突然爱上了她们，两千多位每一位我都爱。两千多位我根本来不及爱，她们太美了，她们每一个都不一样，永远单一、短暂且雷同的我怎么可能配得上她们的永恒、繁复与多样？我想用手去触摸那些爱，我甚至想用舌头舔一下那些女神，那简直就是美丽的毒药，令人发狂的兴奋剂，我的手终于缩了回来。我忍住了，我没有摸，当然也没有舔。我看见有一尊阿普萨拉，她的胸部被游客的潮水打磨得闪闪发光，太多双手从这儿摸过、走过，与女神身上其他地方古老的灰尘相比，那胸部现在反倒像是穿了一件崭新时尚的维多利亚的秘密。对女神，对阿普萨拉的爱情，准确说单相思是我无法拒绝的，时至今日，我依然不断地去爱着她们，她们只是对我笑着，并且从未开口说过话，因为没有开口说过话，当然也就没有骗我。当下世界的爱情我早已见识多次，我常觉得自己是没机会得到了。一下子理解了大名鼎鼎、奇奇怪怪、口若悬河的安德烈·马尔罗曾经有过的那次经历，他最著名的事迹也许是戴高乐时期法国文化部长，得过大奖的文学家，能否定自己的记忆写下《反回忆录》吹牛皮到让你没办法的痞子，终其一生要别人相信他生来就是一个成年人，从没有过童年的古怪大叔，但有一件事情更是有趣，他曾经当过一名盗宝飞贼。

1923 年，22 岁的马尔罗和年轻美貌的第一任夫人克拉拉出现在印度支那。他们带着几张巴黎东方学家的私人介绍信，带着一封不明不白可能本来就莫须有的殖民地任务书，因为他们本来就没什么真正任务。听听他那时的夫人是怎么自白的，我们就知道他们要做什么了："那么从暹罗湾到柬埔寨，沿着从扁担山脉到吴哥的'王家大道'，有一些很大的寺庙，它们都上了文物保护的清单，但一定还有一些寺庙如今尚不为人知……我们到柬埔寨的某个小寺庙里拿走几件雕塑作品，然后在美洲把它们卖掉，这样我们就可以安安静静地生活上两三年……"能把这想法说出来，这是一种卑鄙到接近真诚的态度，我喜欢这样子的实话。有了这么个想法，接着他们又在当地雇了一名向导兼翻译，装备了四辆破牛车。披荆斩棘穿过丛林，行走两天，在丛林中发现了以前在《法国远东学校简报》中提到的一座寺庙，那寺庙便是班蒂斯蕾——"吴哥艺术之钻"。这伙人用锄头、锯子，反正是很不专业的工具，解了七块巨石拼成的佛像浮雕，又用凿子从女王宫切割下四件女神像，那是阿普萨拉的雕像。马尔罗后来回忆说那些女神雕像太美了，女神们都微笑着，这微笑比达芬奇的蒙娜丽莎的微笑都要美丽。马尔罗的回忆录是"反回忆录"，他口里的话真假难辨。但我觉得他来到班蒂斯蕾之前也许只是为了探险，为了钱，但当他看到这些女神雕像时一定是爱到无法自拔，那一刻他不仅是为了得到钱，更是为了占有爱，也许那一刻他已经想不到钱这回事了，他被美冲昏了头脑。他将班蒂斯蕾称为"女皇宫"，后世人一般认为是他当时的无知导致的，我倒是觉得这只是一个缘由，"女皇宫"这错误的名字本身就暗含了他的爱意，况且世上的事情一直以来就不是简单又单一的缘由可以说得清的，哪怕面对的是一件极简单明了的事情，那背后人心所生产的缘由也是一个繁杂的混合体，而对一个事物的简单命名往往成为这一繁杂混合体、繁杂的人心的具化外在。文物还没来得及离开印度支那，盗宝事件便已败露，马尔罗险些面临牢狱之苦。后来经常有人调侃马尔罗年轻时的这次经历，他自己反倒自嘲道："你年轻时候没有爱美爱到那个样子，是做不好文化部长的。"

　　整个吴哥大大小小的遗址本来就是让人心生邪念的地方，到处是散落的手，散落的脚，散落的头，散落的精美的石头雕刻，看到这么美的东西，人的本性就是想要占有，想要带回家，想要自私地爱，我一度想去尝试自己的红色小挎包到底能放得下哪一块小点儿的石头，哪怕只是一块普通石头，也毕竟是从吴哥窟出来的石头。用中国的经验判断，这里简直就不是一个那种所谓的文物保护单位，更别说世界文化遗产这样级别的了。摄像头被彻底抛弃，零零散散的管理人员昏昏沉沉地在热带睡着，鸡在寺庙里一边跑一边咕咕啄食，狗在寺庙里趴着（里面太凉快了），给游人骑的马在草坪上吃草，在莲花池子里喝水，在吴哥窟的石头上蹭着痒痒，那匹马蹭的绝对是一块国宝。神采奕奕的年轻男子和一位妇女说了几句什么，骑着摩托车从草地上呼啸而去，消失在吴哥窟南侧昏暗的丛林中。他骑摩托车走的时候，刻意把车子骑入一个小水池里，我估计他是想洗掉车胎上的泥巴，他骑摩托车走前还在水池里洗过自己的腿和脚，他是要去约会吗？我还知道他的摩托车消失的丛林里住着一群猴子，我看见了，说不准还有某位美女等着他。丛林的边沿是吴哥窟的护城河，从吴哥窟这一侧到护城河之间的距离，住着几户依靠吴哥窟为生的人家，那几户人家的小孩常常出来向游人讨钱，也卖明信片。我还看到他们在藏经阁里一会儿打闹着玩耍，一会儿趴在窗户上望着远处的游人，在他们眼里，吴哥窟不光是寺庙、神殿，也是乞讨的地方，卖明信片的摊位，是他们童年的游乐场。那妇女我之前也见过，看见她时她正在吴哥窟漫长的引道边一棵棕糖树下取挂在树上的竹筒，里面有棕糖水，卖棕糖水的广告牌用柬埔寨文、中文、英文、法文、越南文、泰国文写成，在她身旁的娜迦身体下的阴凉处，躺着一个打着呼噜的中年男人，那男人就睡在吴哥窟引道旁的文物里，此刻他睡觉的床榻价值百万。我好奇地观望，那妇女问我要不要棕糖水，问多少钱一杯，她说一美金，我随口说别人告诉我只要两千瑞尔，她赶快给我倒来一杯，两千瑞尔成交，像是怕我反悔的样子。木已成舟，米已煮熟，我心想又上当了，为时已晚，糖水都倒出来了，只能硬着头皮买，幸好，没有一美金买，两千瑞尔只是一美金价格一半。之前几天，我在一家商铺买过一副女神拓片，卖拓片妇女开口30美金，我砍价到17美金，心想这次肯定没买贵，这样的价格应该很成功了，等到第二天路过另一家店铺时，一模一样的拓片开口也只要12美金，还可以讲价。而在这家店铺，面对各种拓片，我再一次没有忍住，在她家买了一副要价10美金拓片，最后成交价格6美金，不知这次有没有上当受骗，也不想这回事了，不能把吴哥窟的石头带回去，起码要把这些拓片带回去爱着，我在这里必须要小心应付着自己的邪念，要忍住自己邪恶的爱，这些拓片可以稍微帮我一点儿忙。

马尔罗把班蒂斯蕾称为女皇宫，尚是艺术上的错误，文化上的错误，直觉的错误，贪念的错误。穆奥的错误则更像是一种自大，是当时乃至持续到现在一种特有的西方式自大。旅行时，我经常能从一些西方游客的神情里看到这种固有的自大表情，他们中有的家伙的确是世外高人，看破红尘；有的则什么也不懂，听着贾斯丁·比伯，玩着电子游戏。1860年，亨利·穆奥拨开最后一片丛林后，被眼前景象震惊，他把吴哥窟称为"东方所罗门神庙"，他不相信自己此刻所在的土地上曾有过能建造如此辉煌、壮观的建筑的文明，"此地庙宇之宏伟，远胜古希腊、罗马遗留给我们的一切，走出森森吴哥庙宇，重返人间，刹那间犹如从灿烂的文明堕入蛮荒"，他虽然极力夸赞吴哥，但他始终觉得吴哥窟是"东方的所罗门神庙"。他潜意识里应该觉得"文明"一直是西方的事。因为当地人也无法说清神庙是怎么来的，只含含糊糊说是由巨人民族建造。穆奥仗着西方人个子高，便认为可能是来自欧洲的某些人建立了这些比古希腊、古罗马时期更雄伟的建筑。穆奥被称为吴哥窟的"发现者"，我认为他只是看见了吴哥，他的观点明显是错误的，吴哥窟的发现者是古老的国王，是一代一代的工匠。吴哥一直在那里，吴哥的神也一直在那里，和穆奥没丝毫关系，他发现不了神，谁也发现不了，神是自在的，他（她）有他（她）自己的存在方式。神甚至不能谈论，他以不存在的方式存在，他的存在超出我们的词汇、意识所具有的存在范围，我现在为我以前、现在、以后将要提到"神"而道歉！如果有无知的家伙非要说吴哥是穆奥"发现"的，那也是工业文明"发现"了吴哥，工业文明和古老的吴哥技艺比起来不值一提。工业文明和吴哥的基本精神矛盾，工业文明建造了更多所关押灵魂的监狱，吴哥则为了把灵魂引向自由的彼岸。何况一个低级的东西怎么可能去印证、去发现一个高级的东西？没有什么东西能发现吴哥，吴哥属于一种感觉，属于道，唯有智者识之。《易经》里说"形而上者谓之道，形而下者谓之器"，穆奥之类的观点明显是形而下的。穆奥把自己看见吴哥的消息带到西方之后，西方人拼命地想在自己的历史中找到关于自己建造了吴哥窟的蛛丝马迹，他们终于找到了两位伟大的征服者——亚历山大大帝和图拉真皇帝，他们希望找到这两位伟人曾经进入过如今柬埔寨境内，并修建了这些神殿的证据。事实却令他们失望，亚历山大大帝只是进入了帕米尔高原，并在印度兵败，而图拉真只到过一次波斯湾，那也是罗马帝国唯一的一次。穆奥看到吴哥遗址的想法是："但愿法国拥有这片土地，让法国锦上添花。"1863年，法国成为柬埔寨保护国，他们是为了吴哥来的。

1866年，法国成立湄公河勘查委员会，在该委员会的勘查报告《勘查之旅》中，他们极为勉强地承认了吴哥的成就"柬埔寨艺术受到希腊与哥特建筑的双重影响，即使此地的成就无法与前二者匹敌，但或许应该将这儿的表现，列入西方最伟大的作品之后"。他们不得不承认吴哥，接着用固有的傲慢将吴哥列入了"之后"。

第一次从吴哥出来的时候已经过了中午，出来就看见摩托车司机正在停车场焦急地等待。我进去时他告诉我大概两个小时后出来，可我在里面几乎待了五个小时。后来我终于知道他焦急的原因了，他担心我在吴哥窟里的小饭馆吃了午饭。他问我吃饭没有，我说没有，他立马喜笑颜开，说载我去吃中午饭。去的饭馆食物价格基本都在7美金左右，是暹粒市区价格的三四倍，我大呼太贵，不吃了，他脸上的表情瞬间失落。我问怎么了，他说我要是不买点儿食物吃的话，他中午也没有吃的了，我要是在这儿买一份食物，饭馆会给他提供一盘炒饭。我本来也饿了，再加上心头一软，便要了一份7美金的鱼汤，问饭馆老板这儿的食物怎么这么贵，他说因为要从城里把食物运过来，所以很贵，我心想没记错的话，这地方到暹粒市总共不到十公里，而且她的饭馆开在田野里，极为简陋，我看她一眼，没说这句话，她的眼神里对我能来此就餐满是感激，我不忍心让她难堪。

幸好，鱼汤的味道倒是鲜美。摩托车司机也很感激我，他的感激方式是要给我介绍一位柬埔寨女朋友（也许是为了再赚我一笔钱），说有了女朋友，以后可以经常来柬埔寨看望她，也可以带回国，要是不想要女朋友，可以只给我找个漂亮女孩，50美金一晚，绝对漂亮，他知道一些西方人的喜好，也知道如今大多人的喜好。在东南亚，我经常看见某个欧美老男人挽着一个本地年轻女孩的手，老男人想在年轻人身上寻回逝去的青春活力，年轻女孩想活得容易懒惰一些，这本身没有对错。人的本性，人本来就是动物，而且更动物。摩托车司机告诉我50美金、漂亮这些词汇时我心头闪过某个幽暗的影子。想起在西贡街头按摩店门口看见一个越南美女站在路边，那简直就是妖精，吐着热烈的火焰，吐着诱惑，匆匆一闪而过。我惊为天人，返身回去又把那条路重新走了一遍，却已看不见她，也许这本来就是我的幻觉，也许她已经拉着一个被迷惑住的男人进店里去了。这便是她的生活，即便我把她惊为天人。

从饭馆返回吴哥窟途中，摩托车司机指着路边的护城河连续几次用他很烂的英语告诉我"gcod water（river），many fish"，他想说河，说成了水，我用我差不多烂的英语问他可以在河里捉鱼吗？他说不能，里面有神。隔着护城河，我看着此岸飞驰的摩托车、彼岸静坐的吴哥窟、此岸的我、彼岸的无我，忽然想起八个字"苦海无边，回头是岸"，我一直知道自己的苦海根本就是心里那些在每个夜里折磨自己的小破事，可我又解脱不了，我每次回头时看见的还是那些小破事。望着护城河那一刻，我观察此岸，再观望彼岸，发现哪一个岸边都没有善恶，只有生活，摩托车司机要生活，饭馆老板要生活，年轻女子要生活，挽着年轻女子手的老外也要生活，信仰最终也是为了生活，我想到了另外八个字"看破放下，自在随缘"。我似乎领悟到了一点什么，我想起自己现在是从吴哥窟出来一趟的人了。

柬埔寨国旗、签证、喝酒、香烟、菜单、人民口中……各式各样东西上出现的吴哥窟一般被称为小吴哥，相对于"小"而言的是"大"。大吴哥的英文名字是"Angkor Thom"，这是音译的柬语读音，汉语里把大吴哥称为"吴哥通王城"，在柬埔寨语言里"Thom"这个发音是"大"的意思。大吴哥也确实是大，巅峰时曾有一百万人在其中居住，现在只有石头的遗址还在。吴哥时期，石头的建筑全是奉献给神的，是神的住所，人全住在木头的屋子里。人住的屋子在时间面前不堪一击，过去的木头屋子已经一无所存，曾经修了屋子的地方，现在重新长出大树，生活再一次被自然讨要回去。据周达观观察，真腊人虽修了如此众多的神庙，但并不影响他们的世俗生活，"如国戚大臣等屋，制度广袤，与常人家迥别；周围皆用草盖，独家庙及正寝二处许用瓦。亦各随其官之等级，以为屋室广狭之制。其下如百姓家止草盖，瓦片不敢上屋"。修建出旅游小本子里所谓世界七大奇迹之一吴哥窟的古代高棉人居住的房屋上竟连瓦片也没有！事实就是这样，没有任何考古证据能证明凡人在这里曾有过奢侈的生活。生活在这里该俗的地方依然俗着，吃喝拉撒、男欢女爱，生活在白天和夜晚轮番上阵。但他们的俗似乎是俗到了"俗"的核心之中，他们的饭碗是椰子壳，吃饭用手抓，睡的床铺只是一张草席子，不是因为他们修不了屋子，他们可都是修出了整个吴哥的能工巧匠。之所以"简单"，是因为他们知道吃住是为了身体的存在、为了活着，怎么样都行，生活已经不屑到连瓦片的重量都不需要了。美和奢华则是献给神的，神是寄托灵魂之所，灵魂可是马虎不得。

进出通王城的城门是一尊大佛的造像，四面佛脸面向东南西北，对着四方微笑着。那是著名的"高棉的微笑"，和我以前在照片上见过的巴戎寺那些佛脸一样微笑着，巴戎寺不远了。城门下修了公路，汽车、摩托车一个个从大佛的脑袋下穿过，在古代，经过那里的是大象、国王还有士兵。我想起从越南进柬埔寨国门时某个场景："各种不同款式、不同型号、不同牌子的卡车、客车、小汽车，在寺庙门口一样的海关穿梭，来往，那些汽车现在好似是前来朝拜吴哥的高矮不同、胖瘦不同、性取向不同的香客，汽车们排放着尾气，宛若是香火点燃后的烟雾弥漫"，现在这种感觉更为强烈，佛看着眼皮子底下的这一切，微微笑着。城门口护城河上的雕像是印度教里著名的"搅拌乳海"故事，许多游客在那里拍照，有的站在搅拌乳海时善的一方，有的站在恶的一方，他们不管这些，也不知道这些，只管拍自己的照片，只管发朋友圈。阿修罗雕刻得极为传神，不光看起来就像恶神，额头上还刻有一道一道皱纹，不是因为雕刻者要表现他的年龄，是要表现他正在使出吃奶的劲搅着海。隔着几百年再看，我依然能从那表情感受到他使出的力气之大。穿过城门，我回头望去，那还是一面和刚才一模一样的佛脸，一模一样的微笑，似乎我刚才并没有穿过一道城门，我还处在原处，城门是不存在的，只有静默和微笑是真实存在的，城也不过是一场盛大的幻觉。雨季里，那佛的头上生出一些草来，泛着淡淡的绿光，像是佛头上薄的头发。他静坐太久，忘记理发了。我知道，彻悟和生长一直是共同发生的。

巴戎寺出现了。远远望去，那是一堆锈迹斑斑的石头，时间的原因，石头现在已经不像石头，像一只埋了一千年的巨大无比、形状参差不齐的青铜器。巴戎寺不大，我却在其中迷路，完全找不到来时的路，东南西北每个门都是一样的，都是一样的大佛脑袋，一样的面容，据说那是阇耶跋摩七世生前的样子。后来我打开谷歌地图寻找出路，在阇耶跋摩七世的面前，他此刻睁开眼，笑着看我打开谷歌地图，打开这个高科技的玩意儿。那根本就是一座迷宫，一面面镜子的迷宫，到处是一样的佛脸，众佛一个照着一个，镜子里的一个又照着另一个，形成无限个镜子，无限个佛脸，无限个微笑……

所有的有看着无，无看着更无。虚和实根本分不清楚，一切都是实的，一切又皆为虚妄。唯一真实的，是雕在石头上的那些高棉祖先的古老生活：夫妇离别，妇人手里拿着一只送给丈夫的乌龟，表情惟妙惟肖；一伙人在烤肉串，我闻到了古代烤肉的味道，肉串在石头的冰箱里贮存着还没有过期；另一伙人在杀一头猪，那头猪被杀了几百年，一直在被杀，也一直未被杀死，现在已经杀成了历史；其中一个地方还出现了南宋士兵的雕刻……这些壁画现在成了研究高棉先民生存的珍贵史料，在吴哥所有遗址中，只有巴戎寺刻有普通老百姓的日常生活，其他寺庙全是传说与诸神的雕刻，这和修建时的国王阇耶跋摩七世有关，他让当时的真腊王朝改信大乘佛教，这是一个以普度众生为宗旨的教派，巴戎寺本身就是一间大乘佛教的寺庙。阇耶跋摩七世号称"银发帝王"，他当上国王时已经 56 岁，头发都白了，年轻时他有机会做国王，但他把王位让给了弟弟，弟弟去世，后继无王，他才因种种原因做起了国王。这有点儿像罗摩把王位给了自己弟弟的故事，这位银发国王也确实是那时真腊王朝的罗摩。他一生平内乱，打占婆，娶女人，在他手上，真腊王朝达到巅峰。也许是因为见识了太多战争的残酷，他当了国王后，在全国修建 102 所医院，并让国民改信大乘佛教，这不仅是对柬埔寨，对于整个东南亚来说都是一个重大历史事件。

我如同烂醉般在巴戎寺里晕头转向。才看到的一尊佛明明是闭着眼睛的，转几个圈再回身看，忽然发现他怎么睁开了眼睛，膝盖一软，差点跪倒。一位法国作家称巴戎寺是世界上最邪恶最不吉祥的地方，因为离开那儿后他就生病了。我没觉察到巴戎寺有一丁点邪恶或不吉祥之处，我只是因自己的邪恶、人的邪恶而想跪倒。到处是一样的眼睛对视着一样的眼睛，一样的微笑对视着一样的微笑，我走在无尽的对视之中，灵魂几斤几两早被他们看穿，那些眼睛太厚重了，不是因为他们是石头做的而产生的质量上的重，而是因那是真正看过沧海桑田，看过白云苍狗而产生的重，见多识广的重，时间的重。我想象那些眼睛曾看到的过去，心生恐惧，我早就意识到时间是这世上唯一的真实，却没意识到时间的恐怖。

在这镜子的迷宫中，我无数次感觉到我的本我望着本我，自我望着自我，忘我望着忘我，自私望着自私，卑鄙望着卑鄙，虚无望着虚无，我行走在同样目光的盯视之下，同样微笑的盯视下，我被盯得赤身裸体。我自知自己过去造了很多孽，我小时偷了我妈的缝衣针，做了一支装有缝衣针箭头的箭，射向我讨厌的一户人家正在游荡的母猪屁股上，一击命中，然后母猪嚎叫着跑了，带着猪屁股上一晃一晃的我射出的讨厌之箭、罪恶之箭、偷偷摸摸之箭、迁怒于母猪之箭，我妈的缝衣针自然也丢了。我做的坏事多了去了，很多我不敢说，也不好意思说，起码目前是这样的，既然不好意思，那我就先不说了。但我知道以后我还会继续造孽，因我照旧活着，照旧吃着、睡着、喝着、骂骂咧咧着，我双脚哆嗦。刚才还是艳阳高照，猛地下起了雨，寺庙里霎时雷声大作，我就这样哆嗦着双脚走在众神的目光之下，担心自己被哪一个雷给劈了。佛的脑袋下满满地站着一群一群避雨的游客，外面的倾盆大雨此刻像是一条度化众生的大河，众生那一刻在佛的脑袋里获得片刻普度。

吴哥窟的细节已被游客的潮水打磨光滑，打磨成商业、景点，圣剑寺不是，起码那天我去的时候不是。到达圣剑寺的时候是个下午，游客潮水已经退去，到处是安静的细节。一道门连着一道门，我不知道下一道门会通向哪个古代，哪个国王，哪个僧侣，每道门穿过后皆为光彩熠熠的陌生，石头发出的那种光彩熠熠。雨季让一切都湿漉漉的，空气里是石头与水长久的结合后导致的一种味道，我形容不出它的苦辣酸甜，那味道我第一次经历。只能不停地穿过，再穿过，本能地穿过，漫长的走廊像一条更漫长的时光隧道，隧道里是停滞下来的时间，用手就能抓得住。

圣剑寺围墙长达 800 米，宽 700 米，近一平方公里的寺庙里全是门，一道门套着另一道门，一道门生出另一道门……许多地方放置着林伽和尤尼，林伽是印度教里的男性生殖象征，尤尼是女性生殖象征。圣剑寺与巴戎寺一样建于阇耶跋摩七世时期，按说当时真腊王国已改信大乘佛教，可是寺里依然出现很多印度教题材的东西，林伽在印度教教义里是湿婆的化身，这说明，整个吴哥时期，印度教与佛教一直是并行的一个状态，长久以来，它一直是印度教的，也是佛教的。如今许多林伽已经佚失，个别剩下来的也被游客摸得铮光明亮，只有尤尼的石台在那里空空放置。其中一个尤尼台上，过去放置林伽的地方如今放了一尊没了脑袋的佛像，佛像头上的屋顶已经坍塌，尤尼台上的石头小孔里积满了雨水，其中一个小孔里竟生出十数只小蝌蚪，蝌蚪在尤尼的石头身体里游动着，在石头里的水中游动，像是林伽留下的生命之源，某个古老的生命真谛。那座佛像旁边还生了一株小小的绿色植物，这是从一粒风带来的种子开始发生的。蝌蚪、种子、植物，即便林伽走了，我依然能感受到那尤尼所具有的、林迦遗留下来的古老的生殖能力；佛像的脑袋虽不见了，神依然时时刻刻存在，佛的思考还在不舍昼夜地进行着，对人世进行着伟大的生生不息的昭示。

许多石壁上都有大量细微的小孔，那里过去是镶金嵌银、装饰珍珠宝石的地方，宝石早不知在什么时候丢失，石头现在回归到石头，回归到时间的颜色。褪下了珠光宝气、金碧辉煌的俗气，神的力量现在仿佛隐到了石头的内部，却更加震撼人心。那些石头上的小孔更像每一块石头张开的嘴、睁开的眼、倾听的耳朵以及每一尊佛身上细微的毛孔，佛本就是人，他用修行达到大彻大悟、超人的状态，"佛"这个字的写法是"人"字旁加一个"弗"（不、非）字。感谢象形文字的伟大，感谢我的母语，每一个文字的存在都已经成为了一首又一首在生活里行走的诗歌。一束斜射过来的光线照亮一朵石壁上雕刻的莲花，莲花影子里，一尊佛出现了，他坐着，我能看见他的侧脸，他的下巴、鼻子、额头，我甚至看见他微微闭着的眼睛，他领悟后仰起的嘴角，他的呼吸和他的心一起起伏着。在那束光的旁边，我坐下来开始打坐，万籁俱寂的外在混杂着石头和石头之间产生的喧嚣吵闹。这些事物与存在那个片刻在我心中获得矛盾，也获得矛盾后的和解。片刻之后，我回归尘世，继续活着。

圣剑寺的尽头是一棵生在屋顶的大树，房屋已完全被树根缠绕、包围、抱紧，只留下几个过去的窗户，给那石头透着气。没有一个游客站在那棵树前，没有一个游客和那棵树合影。我想起了塔布笼寺里那株因是《古墓丽影》取景处而闻名遐迩的巨树，游客们揣着佳能相机、揣着苹果手机、揣着现代化、揣着各自的鬼胎在那里排着队等待轮到自己合影的片刻，古老的废墟面前，一列游客像是在超级市场里买东西一般痴呆地排着队，极为魔幻。我觉得他们要合影的对象不是那棵树，而是臆想的安吉丽娜·朱莉。心想，幸好今天圣剑寺里的游客不多，幸好安吉没让这棵树出名。记得那日在塔布笼寺庙门口吃了一种本地的鱼，饭馆里全是当地人，给我卖的价格两美金一份，公道的价格。鱼是烤的，有点生，内脏未掏，鳞没刮干净。最后，我忍着把它吃完了。我想获得一些同吃同住的勇气，我想拥有一些同吃同住的虚伪，但第二天早晨我只收获了惊天地泣鬼神的腹泻，而且我使用的是一个从中国来的胃。透过卫生间门缝我看见外面站着一位正在洗脸的旅馆住客，我在厕所里被身体发出的声音搞得面红耳赤。

巴肯山是游客们在吴哥观看日落的必去之地，对我不是，我反着来的，我厌恶那种永无止境的排队，如果让我通过排队来进行之后的事情，那这件事情的意义在它的开端已经消解、融释了。去超市排队购物是没有意义的，去机场排队登机是没有意义的，去大学食堂排队买饭是没有意义的，去医院排队挂专家号是没有意义的，如果一定要给这些事找出一个不算意义的意义，那就是毫无意义的生存。人本来就是生存的，简单愚蠢的现代城市生存不具备任何意义，意义产生于思考，思考是意义的一层深沉的釉。反倒是古老缓慢的生活如同质朴的陶，这种生活和原始的求生欲无关，而应该是精耕细作、小心经营的职业。面对吴哥窟时，我不愿排队的感觉体现尤为强烈，去吴哥窟里的须弥山顶要排漫长的队列，我未曾上去，我怕吴哥窟对我的意义在开端走掉。但是我排队买过吴哥窟的门票，这证明我刚才的讨论已经体现了我的虚伪，买票时我的前面一共有三个人，大部分人在一日票的售票窗口前，一天根本看不完吴哥，连感受都来不及。我不得不承认，我不爱排队的情绪是毫无意义的主观情绪，毕竟宏观来看，人类的生老病死也是排着队来的。

我在某个清晨来到巴肯山，雾在空中飘着，雾的下面是丛林，丛林里藏着洞里萨湖，藏着吴哥窟。巴肯山位于丛林的顶端，万物在巴肯山的脚下伸展开来。

古人攀爬巴肯山的过程本来是通过一些石头阶梯完成，如今台阶已被封闭，杂草和树如同一道绿色的瀑布从上倾泻而下，在法国人发现它的时候，这瀑布已经完成，那时他们想要向上到山顶，必是要拨开这绿色瀑布的面纱，他们手里想必是拿着镰刀、斧子以及征服者的火药。上山的台阶两侧放着一对石头狮子，我走近看，石头里钉着钢钉，很明显，它曾经被战争大卸八块，岁月是弄不出那种样子的。台阶两侧如今修了专给游人走的上山道路，左侧是象道，游客骑着大象可以从这里上山；右侧是人道，在这里得用自己的腿。今天，如果你上山不想用自己的腿，只需多花几十美金，美金可以买来另外一双腿。整个吴哥遗址不光有光辉灿烂的古代文化，植物与时间的力量更是在这里显露无遗。季风和雨季在这里将一切都进行了放大，二者是这里最大的神，战争的厉害和这最大的神比起来，连个屁都不算。美国人在越南败给了丛林，败给了隐匿在丛林中的胡志明小道。一场暴雨袭来，短短几十分钟内，天空在这里能降下一场洪水。崩密列是个例子。崩密列已经被植物吞没，门票和吴哥窟分开出售，五美金一张。距离暹粒市 70 公里，我喊了之前载我第一次去吴哥窟时的那位摩托车司机，这次他没带我去吃饭，而且给我的价格特别实惠，隔了几天再见到他，他似乎对我满是感激。爬山虎在崩密列的石头上爬，树在石头上长，巨石散落一地，上面青苔密布，寺庙本身已经不存在，过去的寺庙现在成为森林的一部分。石头垒着石头，植物叠着植物，散落下如此之多的巨石，很容易让人想象它当初的宏伟，据说在当时这是和小吴哥同样宏伟的建筑。石头上长满丛林留下的锈迹，雕刻已经模糊，但我仔细观察那些锈迹组成的各种抽象图案，发现了坐着的佛，站着的佛，睡着的佛，舞蹈的佛，斑驳的锈迹在石头上再次完成了对佛的雕刻。这也是整体的吴哥遗迹群最突出的伟大，诸神现在在这里由自然完成，又由自然保护，吴哥是存在着的一个平衡之所。

离开暹粒的前一天，我花了大半天只是待在吴哥窟。和石头对视，和壁画对视，和草木对视，和水塘对视，和猴子对视，和我对视的一切都令我卑微到无地自容。黄昏的光线照亮吴哥窟西侧回廊，我走入其中，如同走入一场来自古代的盛大日落，我的马从古代的壁画里出来了，我的战车从壁画里出来了，我的大象，我的女人从壁画里出来了……不远处的照相机闪光灯在水面上一下一下闪出惨白的光线，像是黄昏发出的痛苦呻吟。穿过相机、人群、闪光灯，余晖将我的影子投在古老的壁画之上，那些壁画现在也进行着一场黄昏。所有人都去巴肯山看日落了，所有人都在水塘边拍黄昏下的吴哥窟以及它的倒影，现在这条走廊只属于我一个人，现在这些石头只属于我一个人，这场黄昏只属于我一个人，独自占有的满足令我兴奋不已。我看着自己行在壁画上的影子，看着光让一切显现颜色的同时亦在影子里让一切失去颜色，我穿了多年打了补丁的一条吊裆裤此刻失去颜色，我背了七年前面有三个小人的褪色红挎包失去颜色，我大了一码的牌子是一座山的名字的速干户外衬衣失去颜色，我手里提着的一大罐喝的只剩小半瓶的矿泉水失去颜色，我的脸、头发、辫子现在都失去了颜色，或者说这一切都回归了本来的颜色，石头的颜色，黄昏的颜色，信仰的颜色，崇拜的颜色，质地的颜色，本质回归本质，精神归于精神。我的影子仿佛走入了石头，又仿佛光线让石头上的那些形象瞬间活了起来，他们本来就活过，现在用另一种方式依然活着，继续生龙活虎地活着，他们是伟大的一员，早已走入历史，走入永恒。光线的眩晕令我感觉自己也成了那古老壁画里的一员，我投入了那些石头，或者说石头投入了我，我们合二为一。但我在里面的形象极为卑微，我不是壁画里的士兵，更不是壁画里的国王，也不是大象，不是马，不是鱼，不是船，不是战车……我是一个像人一样的动物，我只是这个时代的产物，在古老的雕刻之中，此刻我是异类、异物、异教徒，像一个可怜的小丑；在现代，我手里握着智能手机，胯下骑着山地自行车，我的思考与行走借于外力。时间漫长，我知道，过去我回不去，未来我更是走不了多久。我回忆起了某日在西哈努克街道看到的场景：本地一家比萨店开业迎宾，为表庆贺，同时也是宣传，比萨店老板请来数辆突突车，突突车上挂满彩气球，以及比萨店招牌沿街游走，队伍最前面是一辆红色皮卡，用柬埔寨语广播着我听不懂的宣传口号，我去观望那突突车，除了外面挂着的彩气球，里面空无一物，自然也没有坐着一尊佛。

如果你此刻不知道突突车，那你应该去百度一下、谷歌一下、知乎一下、维基百科一下……如果你想体验，那你应该来趟柬埔寨，在这里，总有那么一次，无论你愿不愿意，你不得不用到它。

从友谊关到胡志明

　　驶过友谊关，就到了越南境内，需要转乘越南某个巴士公司的汽车。文字换做我不认识的拉丁字母组合体，一下子变成一个彻头彻尾的文盲。银行不再是工商银行、农业银行……加油站不再是中国石油、中国石化……国旗的颜色没有变，红的主色与黄色星的旗，社会主义的颜色，革命的颜色，但这颜色所生成的整体形状却发生了改变，如此庄严的事物不一样了。这一切都在告诉我，这是一个陌生的国家，我所做的一切必须从陌生开始。巴士乘务员工作牌上的名字用中文和越南语两种文字印刷——黎白秋香，我迅速记下，这种类型的名字让我想起中国古代称呼某位妇女的那种名字，让我回到了中国的古代。恍然间，自己仿佛骑上了一匹白马，策马扬鞭，行于古代的长安集市，似乎还要"春风得意马蹄疾，一日看尽长安花"。如果不是车里的冷气将我瞬间从潮热的古代拉回凉爽的现代，拉回旁边车窗上的透明玻璃，这辆中国生产的某牌子的巴士。空调带来的凉爽未必意味着舒适，更多意味的是一种特殊的享受，一种与外在气候的隔绝，一种区别，舒适不舒适自己的身体最清楚。我在空调房里就睡不好觉，第二天醒来绝对头昏脑涨流鼻涕。音响里，越南某位歌手的歌声大作，我和一整个车厢的陌生人就这样驰入了热带，去往南方之南，那个比南方更南的地方。

进入河内前，经过红河大桥，太阳刚落下不久，黄昏的尾巴尚在。河水在黄昏下一闪而过，像是一条巨大无比的鱼在海面突然露出的鳞，然后大鱼下沉，潜入海底，大海重归平静。世界继续，时间继续，平原与河水继续，黑夜降临，丰收的村庄此刻开始沉睡，并在醒来的早晨继续五谷丰登。对越南的最初印象是觉得越南人对于饥饿应该没有特别深刻的记忆，这里土地肥沃，各条大河从上游带来大量沉积土，堆成三角洲，堆成平原，堆成各自金山银山的故乡，水稻一年起码能成熟三次，遍地的鸡鸭鱼虾……三年前我在云南的河口，红河也经过那个地方。河口对面是越南的老街，到了晚上，赌场的霓虹灯在老街的路上闪烁；白天，来自河对面越南的浓妆艳抹的女人和瘦骨嶙峋的农民在河口与老街的桥上往返。一位当地的出租车司机向我感慨：越南的大米太多了，用轮船日夜不停地载，用火车一列一列的一年四季地拉，还是怎么拉也拉不完。这和我的家乡完全不同，我的家乡是中国北方山区，那里埋葬我的祖辈，也生产了我自己，可惜粮食的生产一直是不多的，我的祖辈是在饥饿中老去的，我的父辈是在饥饿中长大的。父亲给我讲他儿时的记忆，没有好吃的，每天挨饿，饥饿导致的营养不良使头发大把大把地掉，他几乎在年少时完成谢顶的壮举。现在人到中年，头发反而浓密茂盛。

住在河内老城区，还剑湖附近，之后的几天我一直庆幸自己做出的住宿选择。在中国，大多数城市的老城区已是荡然无存，哪怕是苟延残喘的，也已经活不了几天，老态龙钟、步履蹒跚、颤颤巍巍……身体上被标注出一个大红色的"拆"字，仿佛不标出这个字这所房子就不会被拆，有时候已经标注了好几年，大概因为缺少资金或是某项协议未能达成所以迟迟未能动工。我2006年第一次去重庆，那时好多老城已开始拆除，但依然是生活的天堂，小面馆在巷子里比比皆是，火锅味道从另外一条巷子的台阶上飘出，后面跟着一股山城的风，猫在古老黄桷树上静悄悄望着一只麻雀，麻雀也不担心猫，斜睨一眼，继续自己的生活，像树上的一片叶子，接着麻雀飞走了，那是风把树叶吹落了。美女从某个台阶上缓缓走来，心头一颤，顺着台阶赶紧返身往上爬，累得汗流浃背，为的是来个擦肩而过，年轻人都这样，荷尔蒙分泌过旺。那时候我毕竟只是个十多岁的小伙子，美女从身边走过时，我呼吸急促、面红耳赤。隔了十年时间，2016年我最后一次离开重庆时，从南山俯瞰这座城市，发现山城已经不该称为"山城"，叫"山都市"才合适。

汉字是象形文字，城是"土"字旁加一个"成功"的"成"，这意味着传统意义的城应该是由土或者土的代替品完成，用石头、木头、竹子来完成，但我放眼望去、目穷千里、极目楚（渝）天，所能看到的全是混凝土，全是完成与未完成的高大水泥钢筋建筑。"高"在此刻意味着现代、先进、向前看、时髦这些词汇，高在这里不是山的高，是相对于过去吊脚楼的矮而决定的。有好事者评出重庆最美高楼什么的，更多的人在为有人把重庆的繁华街景拿来和香港比较而自豪。几乎所有的老房子都被拆除，只留下一些所谓的保护建筑，历史遗迹，名人故居。我曾在湖广会馆附近住过一段时间，现在那里几乎所有的古建筑已被拆空，新修的长江大桥横跨而过，故地重游，我认不出我曾住在哪个地方。大地在废墟下裸露，衣衫褴褛，又被废墟压得奄奄一息。人们在拆除的地方重新修起一些仿照古代的建筑，既然要仿古，为什么要拆除古的？他们不知生活已被腰斩，历史已被腰斩，呜呼哀哉已经发生，古代是时间，时间是仿不来的。也许他们知道，可他们还是要这样来。他们为了什么？我记得我曾在中国看到过几行白纸黑字写下的字，白纸黑字——这在中国过去意味着契约、慎重，写下了就不能反悔，现在是怀旧、书法。那几个字先用英文写下 china（中国），接着是拼音 chāinà，然后是汉字"拆那"，当时心想，要是在这作品前再放一堆破碎的中国古代瓷片，破碎的 china（瓷器）就好了。写这几行字的想来该是位先知先觉者。

当然，在中国，国家希望人民生活过好一些，人民也希望国家更好一些。不过好是什么？拆除旧的再建造一个像旧的东西一定不是好，那是没文化，是融化、消化、丑化、恶化，只和"化"有关系，跟"文"扯不上边。新的当然应该建，要发展，要解决问题，不过要建新的也不应该成为必须拆除老建筑的理由，这个逻辑不通顺，新的是新的，旧的是旧的，旧的要继续使用，这也是物尽其用的道理。我不得不承认，如果谈到国家，我的任何妄谈都是不妥的，我极度感谢我的故乡、我的国家、认识我以及我认识的乡亲。我的性格，我的矛盾，我的词汇，我的敏感是由它的复杂构成的，它的复杂构成了我回忆过去时清澈的记忆。我更像一个无政府主义者，准确地说是无国界主义。我只是不希望把那些旧屋子拆了之后又重新弄出个新屋子，用野蛮的方式将生活与历史强行中断，这个国家的确是一直在发展向前的。卢梭在《论人类不平等的起源与基础》开篇的致辞里写过："在那里，每个人各司其职，没有任何一个人需要将自己所负担的职责委托给他人；在这样一个国家中，人民彼此间相互认识，所有邪恶的阴谋或者谦逊的道德都逃不过大众的眼睛和判断。在那里，这种互相往来和互相认识的美妙习惯，又会使人们将对国家的热爱转变成对公民的热爱，而不是对土地的热爱。"我不是说了我的父亲现在头发浓密吗，他是这个国家的人民之一，公民之一，他现在头发浓密，那是因为他不光吃饱了肚子，而且吃得有滋有味。这个国家正携带着自己基数极为庞大的人口，走向这样一条有滋有味的路，我们叫它奔向小康。但我总觉得，向前奔的时候，更应回头看看自己来时的路，老的建筑留着，回头看时才有了留恋，有了故乡。如果记忆都被拆除了，被解构了，回头望向来路，只怕全是辛苦，全是不知所措，接着更是不知该往哪个方向行走。人走得太快了都要喘口气，总要中途歇息的，何况我们还是奔着来的，国家也一样，要休息，要养精蓄锐。我记得在越南美奈时遇到一位欧洲游客，和我聊天时各种说中国不好，有实际的，更多是道听途说，我只能对她说：你根本不懂中国……

河内的老城区与新城区被很有见地地分开建筑，新城负责发展、向前看，老城负责生活、吃喝玩乐、回归。许多人在新城区的公司上班，下班后骑着摩托车回到老城，继续生活，继续吃喝玩乐……第二天早晨又骑着摩托车出发，而出发是为了晚上回归继续吃喝玩乐。新城区是钢筋水泥，老城区是泥巴木床。河内老城是生活的天堂，不像世上许多大城市已沦为人间炼狱，高房价、拥堵的交通，压力大到让人如坐针毡、时刻难安。重压之下，产生堕落、崩溃、疯狂、一蹶不振、狭窄的灵魂，因为给活着的路就是一条狭窄的缝隙而已，那简直不是路，你侧着身子有时也难以通过，挤得胸闷气短。尼采说：我憎恨狭窄的灵魂，那些灵魂既不生善，也不生恶。

老城区在还剑湖附近，据说 1418 年，黎朝太祖——黎利，在蓝山起义前得到一个剑身，上刻"顺天"二字。后来又捡到一把剑柄，二者拼成的宝剑所向披靡。黎利后来成为皇帝，建立黎朝。十年后一天，黎太祖泛舟绿水湖，突见一金龟浮出水面，游向船边，向太祖说："敌军已败，请圣上还我宝剑。"话才讲完，他腰部的宝剑忽然摇动，掉到金龟嘴里，金龟于是含着宝剑潜入湖底。黎太祖与群臣非常惊讶，以为是神仙现身，便把金龟称为神金龟，为了表达对金龟的尊敬，遂将绿水湖改名为还剑湖。这个故事让我瞬间想起率领圆桌骑士团统一不列颠群岛的亚瑟王传说，想起亚瑟王取石中剑，后又湖中得剑的故事。越南与英国地域上隔了十万八千里，整体文化又极为不同，古老的传说竟如此相似，这不得不说是一件令人惊奇的事，我想人类定是有一位共同的祖先的，祖先们过去也远足、徒步、旅行，这些行为初始时本就是为了生存而发生的。据我观察，任何动物每天若只是吃饱喝足的话，那他（它）只想睡觉，只想懒惰。

最初的祖先发生后的多年，祖先的后代们各自出走，离开故土，因为当时还没有文字，口头传说在另一块遥远的土地逐渐为一代一代人的口述所改变。这种改变的大部分情况是过去故事的框架还是那个框架，只是把里面人物、时间、地点什么的进行改变，故事中的道理、哲思依然保留了下来。比如可能是公元418年"张三"的"种粮湖"变成了1418年黎利的"还剑湖"，但事件的某个核心还在，这就造成世上许多古老传说都具有相似点。古老本就是相对于现代来说的，时间无限，古老之前是无限更古老、无法计量的金色的时间。还剑湖那取剑的金龟又让我瞬间联想到《罗摩衍那》史诗中叙述的毗湿奴大神在搅拌乳海时化身为龟的传说，为什么都是化身为龟？甚至日本漫画里都有一个龟仙人，我小时看过那漫画。在越南旅行时，我在岘港附近看到过一个美山遗址，那明显是印度文化的产物。我们人类不光有一位共同的祖先，祖先的后代千百年来也一直是互通有无、互相交融的，地域的不同改变了人类的容貌，出现各种肤色的人，这种不同其实和时间令一个年轻人老去是同一种不同。

街道都很狭窄，几乎只能称为一条稍宽的巷子，这为摩托车的行驶提供了方便，也有汽车在街道上行驰。越南经济最近几年发展迅速，路上不时有宝马、奔驰、路虎之类的豪车，但绝对没有摩托车来得方便，来得迅速。出租车费也极为昂贵，每公里要价超过人民币5块钱，在这个国家，汽车还是个奢侈物。越南的汽车关税费极高，2015 年，汽车汽缸容量超过 2500 毫升的汽车关税 64%，四轮汽车 55%。奢侈并不意味着享受，阿玛尼西装是奢侈的，穿着一点儿也不舒服，穿那东西是受罪，是找面子。面子这东西，一般是已经丢了或者丢不起的人才去找的。在过去，奢侈所代表的便是更舒适，用我爷爷年轻时的眼睛看来，一件羊皮大袄就是奢侈，那衣服冬天穿了真是暖和，我试过。现在不同了，奢侈更多的是面子问题，一个 LV 的皮包和一只帆布口袋哪个装的东西多一些，又方便使用，容易放入取出？若论好看，我觉得很多设计好看的布口袋更是有趣。我多年来一直使用我母亲用自己剪纸设计的一只布口袋，那是我在这世上最喜欢的"LV"。路上开始堵车，之前坐在车里，高高在上，神情高傲，衣装光鲜，俯视芸芸众生的豪车乘客此刻被困在无数的摩托车潮水里，他们在摩托车的潮水里龇着牙咧着嘴。他们被困在了自己花重金买入的坐骑腹里，就好像他们买了一头老虎，现在他们被老虎吃了，他们在老虎的舌头上翻滚，在老虎的牙齿上破碎，在老虎的胃里变成老虎的营养，老虎成功完成了自己的阴谋，它一直在等着这样的人出现。

河内的街道是摩托车的世界，摩托车的牧场，摩托车的车水马龙，摩托车的川流不息、滔滔不绝，摩托车的河流，摩托车的汪洋大海，摩托车的迷茫一片，摩托车的银河，摩托车的宇宙……慢慢我发现，不光河内老城区，而是从北部的河内到南方的胡志明，再折回中部的芽庄、岘港，海滨的美奈渔村，山区的大叻，所有的地方都是用摩托车串联起来的。在越南，摩托车就是人在地上的腿，经常看到摩托车轰鸣着马达开进狭窄的房屋，几乎让我以为司机把摩托车直接开到了自家的床边，开到了睡觉的妻子身旁。在越南只有两种真正意义上的交通工具：海上的船，地上的摩托。相比较船，越南更像一个行在摩托车轮子上的国家，摩托车是货车，摩托车是睡床，摩托车是男男女女们谈恋爱的跷跷板。男人轰鸣马达，飞驰向前，季风从女人身体上吹过，女人的手跟着风就抱紧了男人，因为有风，这事情发生的时候水到渠成，自然而然。我和一位越南人聊起我不会骑摩托车的事情，他一脸不可思议，又满是对我的怜悯之情，像看见一位刚刚断腿、鲜血淋漓的伤员似的，以越南的角度来衡量，我的腿确实是断了，怕还得打一辈子光棍。

老城区里所有街道都允许行人自由行走，基本上每条街道只做一种生意，卖鞋子的街道就卖鞋子，式样不同的鞋子；卖布匹的就卖布匹，颜色不同的布匹；缝隙里偶尔夹杂一家其他种类的店铺，间或出现一间寺庙，几棵树，那绝对不是为了出来喧宾夺主，而是为了方便生活。在老城区做生意的店主大多用的都是自家屋子，生意在一楼的铺面，生活在二楼或三楼，很多店铺已经成了几十年上百年的老字号，讲究信誉质量。家就在这儿，你不能打一枪换一个地儿，信誉质量跟不上，都不好意思在这儿生活。毕竟是自己家，生意谈成了，前一分钟还是讨价还价的买家卖家，现在已经成了一起喝茶的朋友，生意在这儿就是这样子做的，生活在这儿也是这样子过的。有人在街旁下象棋，我瞅了一会儿，棋路走得不好，他们用的是中国的象棋，楚河汉界、车马炮的象棋。

沿着一条卖五金的街道行走，忽然看见十字街头站着一位推着自行车卖花的妇女，车上到处插着红的黄的紫的绿的鲜花，像一座行走的花园，更像一道彩虹长出了腿。卖花儿的妇女呆呆看着街上的车来车往，人来人去，外界的时间似乎和她毫无关系，她只在自己的鲜花里、在花儿带来的生活里静立。有人来买花儿，她马上醒了，变魔术般把一束鲜花精致地卷入一张报纸。拐过五金街十字路口，忽然出来几家连在一起的卖法棍店铺。店铺外墙涂成了黄色，建筑造型是骑楼的样式，窗户是法国南部那种百叶窗，我在梵高画里见过这样子的窗户。法棍、黄色外墙、骑楼、各式各样的百叶窗，大概能说明这个热带国家曾遭遇的历史。1859 年，法国以保护传教士和天主教徒的名义，逐步占领湄公河三角洲地区，于 1862 年控制越南南部。1881 年 8 月 25 日，迫使越南签订《顺化条约》，法国取得对越南的"保护权"，1884 年，控制整个越南，越南沦为殖民地，归入法国在中南半岛的殖民地之内。因对越南的殖民，为此法国与越南宗主国——当时的清朝爆发战争，其中一场战斗在镇南关开打，那时的镇南关现在叫做友谊关。我经过时，里面有汉民族风格的城楼，也有法国式的黄墙建筑，但是从那里一路往南 1500 里，是南方以南的越南。

摩托车实在太多了，以往的经验告诉我，在其中行走必须时刻警惕、灵活躲闪，后来发现是我多虑了。一次我慢腾腾走在路上，路太窄，后面有辆摩托车一时过不去，竟也缓缓跟在我身后，不鸣一声喇叭。待我发现，他还对我歉意地笑笑，然后疾驰而过，赶回刚刚浪费的时间。越南也在改革开放，在发展经济，在和时间比赛，许多人追时间是用摩托车追的，他们想追回过去落下的那些年，但他们追的时候没我们那么急。我们有点儿太赶了，反而容易暴躁。

去韩松洞，要在同海火车站中转。我从河内乘火车抵达同海，车厢很干净，上车后，乘务员立马给我拿来一套折叠整齐的寝具，让我不敢相信自己正在乘坐一辆国营列车。中国的火车卫生我见识过，乘务人员我也见识过，并且都是多次地、反复地见识，那简直就是停不下来的淘宝差评。闻了一下被子，有股淡淡清洗剂的清香。下铺的一位中年男子能用英语进行交流，问他去哪里，他说顺化，问火车票多少钱，答道 25 美金。我去的地方比他更近，却要 40 美金，只怪自己当初要在旅馆前台预定火车票。买的时候便发现价格怕是不对的，可是那个前台一脸认真地打着电话，忙前忙后给我介绍越南各地景点的不同，介绍怎样安排旅行的路线，也就没好意思说一声：sorry！但是怎么也没想到价格竟差了这么多。也只怪那天他家旅馆提供免费啤酒，自己贪心多喝了几杯，喝得醉醺醺的去订票，人家不骗白不骗，也算是一个越打，一个越挨。心里默默想，权当那些钱当时买了啤酒，中国人普遍都有阿Q心理，我也是。接着又对自己安慰道，再或者就当是在国内买了一张软卧的铺位，大概也要这么个价格，何况车厢还要比国内干净许多。

车厢很窄，我一米八十多的身高不能在铺位上伸直双腿，上了铺位，转身都很困难。空间实在是太有限了，卧铺车厢过道也没有像国内那样放置坐椅。如果放个椅子，人再坐那儿，过道肯定没法儿走人了。想坐一会儿？去车厢连接处，那儿有许多塑料椅子，随便拿一把，在连接处宽阔地带尽管坐着，自己挑个喜欢的方向尽管向外张望，没人管你。我看到轨道旁边的森林里飞过一些蓝色的鸟，那是鹦鹉，被火车的声音惊飞的。一句和鹦鹉无关的唐诗忽然浮现——"两岸猿声啼不住，轻舟已过万重山"，在中国现在早就没有两岸猿声了，连三峡也被一句"高山出平湖"弄成了"高湖"。杜甫"白帝高为三峡镇，瞿塘险过百牢关"的绝句，白居易"上有万仞山，下有千丈水"的"口水绝句"，见了这"高湖"怕都要没了灵感。贾樟柯拍过一部和三峡有关的电影，里面主人公拿着一张10元人民币端详背面风景图，和眼前的三峡进行对比，我看着那镜头，怎么看都觉得两个地方不像，贾导和主人公自然看着也不会像，他用镜头想说的是其他的话，电影主人公手里拿着的可是人民币。

米轨火车道在越南依然被普遍使用，这种米轨让我想起有次去云南蒙自时到过的碧色寨车站。碧色寨车站本就是过去滇越铁路的一个大站，盛极一时。现在米轨停用，为快所取代，碧色寨成为旅游景点。

我去的时候，米轨两旁晒满了金黄色的玉米。火车站本就是黄色、法国式房子，外面还挂着当时巴黎生产的挂钟。太阳从车站旁落下的时候，像是20世纪早期的一场日落正在继续，像是祖辈们的皮肤沿着火车站的墙壁再次长出。我看见了他们黄色皮肤包裹着的身体，那些身体正修筑铁路，正爬上窄窄的火车，正背起行李，他们要去远方贸易，去远方打仗。他们回来的路还是这条铁路，还在这个车站下车，他们回来的那个黄昏仍是夕阳西沉，只是他们的行李在黄昏里不见了。越南现在有三千多公里的火车轨道，其中两千多公里都是米轨。越南的经济是在快速发展，马克思主义也有自己的越南化，但这个国家还没有像中国一样真正快到高铁的速度，快到把数千公里米轨改建为高速铁轨的能力。越南始终想变快，想跟紧西方的步伐或邻近的中国的步伐，摩托车飞驰，高楼拔地而起，但它的快目前仍旧属于慢里，越南的主体依然是土地，是水，是稻田与飞鸟，是慢条斯理的生活。

晚上睡在老牛慢车的火车上，猛然间回到过去，回到我十岁时的样子。那是我第一次坐火车，从延安去西安，我和我父亲两人挤一个中铺铺位。窗户上的窗帘拉着，但不是很严密，我从窗帘留出的火车窗口缝隙一整夜向外张望，毫无困意。那是平生第一次坐火车，激动得根本睡不着觉，也不想睡觉，眼睛都不想眨，我甚至觉得害怕，因为我没坐过火车，我因新鲜而害怕。如果我是一个人之外的动物能体会动物感受的话，我接下来的描述可能会准确一些，可我是个作为人的动物，所以现在我描述当时的心情只能使用拟动物的修辞手法：那像是一只鸟第一次展翅翱翔，它起飞地方的下面是万丈深渊；像一只小鸭子第一次下水，它下水的池塘里有鳄鱼潜伏；像一只小猫吃到的第一口鱼，一条恶狗正凶狠地盯视它……

时值冬日，我不断望向窗外，隐隐约约我看到了轨道边的雪，我看到了山的影子，这山和家乡的山不一样了；过一会儿火车似乎在穿过隧道，漆黑一片，驰过时"哐当哐当"的声音比平时更为巨大，带着回音，这声音让我耳鸣，除了过年的鞭炮，除了夏天的炸雷，过往的十年我没听过比这声音更巨大的声音。不，过年的鞭炮声也没这巨大，"哐当哐当"这么久的时间，谁家能有钱放这么长的一串鞭炮，雷声有时似乎比这声音更大，那声音有时就在耳边响起，但只响一下下就没有了，奶奶总说，那是龙抓人哩！再过一会似乎是要过桥了，火车的声音变得空旷，声音好像是被风吹散了，吹走了，吹软到没骨头了。桥下的河流已经结冰，上面堆积着雪，山坡黑黢黢的，向阳面的雪已经化开。

哦，我记起来了，那晚天空上有一颗巨大的月亮，像一篮子明晃晃的鸡蛋。一整晚，我以为我们的火车会追上月亮，开到月亮上去，追上那篮子鸡蛋，月亮却渐渐消失，鸡蛋却渐渐消失。河面结着冰，冰面上的雪在月光下、在鸡蛋的光芒下泛着淡淡的蓝光。天蒙蒙亮时我们抵达西安，父亲指着前面的一堵墙，说：城墙，唐朝的！我看了一眼，那是一堵灰色、高大而漫长的建筑，是我活着十年的记忆里见过的最高最大的墙。心里想，唐朝的墙，李白的、杜甫的、白居易的墙，秦叔宝、李世民、尉迟恭的墙，那时我已经背了很多唐诗，甚至包括《长恨歌》这样子的长度，我在学校里还朗诵过李白的《蜀道难》，可惜普通话不好，还有一些大舌头，未能获奖。我那时又刚刚看了《隋唐演义》，真是喜欢秦叔宝，觉得他像电视剧《三国演义》里的赵子龙，那都是模糊的欠缺历史感的少年记忆，是停留在电视剧里的人物外貌模样的直观印象的记忆，总认为骑白马的那位一定是个大英雄。对善恶人物性格根本没什么概念，看电视时，问大人们的第一句一定是里面哪个好人，哪个坏人，接着，好人便去爱，希望他在电视里一直活着；

坏人便去恨，但愿他在下一集就死掉。

后来回头看当时那个年纪的事情，才发现秦叔宝骑的是匹青白毛相间的马，不知我怎么那时就把它当成了白马，也许我把罗成（他骑的是白马）当成了秦叔宝。去背那些唐诗更是我不情愿的事情，完全不理解其中意味，照着顺口溜来的，有时溜错了，李白跑进了杜甫，"明月出天山"跑进了"大漠孤烟直"，那是童年的噩梦。那些唐诗我在金鸡沙村开始背诵，父亲逼着背，记得一句算一句，他把里面意思讲给我听，讲完了我又忘，没忘的也照旧不明白，父亲急性子，耐心有限，一巴掌过来，吼道：给老子再背去。哈哈，我童年时的父亲，我真得感谢他揍过我，不停地揍过我。我写作时总会不停重复这么一句，"我的故乡是由一粒一粒沙子组成的"，后来我明白，如果我那时不背唐诗，那我就不会从我的故乡走出，不会从沙子里走出。我如果不从我的故乡出来，接着又多走那么几步，现在想起越南一定也觉得遥不可及，哪怕来了，也只是像更多人一样，来了、走掉，中间是几顿酒饭，中间是几个夜晚，以及一个肉身。这和文学不文学的没有关系，只是灵魂的问题。高僧不去写作，高人不屑写作，这样的牛人我见过，但少到几乎没有，少到根本没朋友。

我还记得那晚去西安的火车票是父亲从火车站黄牛手里买过来的，现场的感觉有如今在电影里见到的那种交易毒品或是军火的紧张与神秘，背光处、动作迅速、一手交钱一手交货、眼神警惕地瞟向四面八方。在我的记忆里，那时的父亲总是不断地从黄牛手里接过一张一张的火车票，那个年代根本没有实名验证什么的，人口众多，供少于求，买火车票对当时全国所有的普通百姓都是一件困难的事情。许多人买不到火车票，又住不起旅馆，在火车站一住就是数十天，经常听大人们聊天，谁谁谁在火车站被偷了，在火车站的小旅馆被扣押了，在火站失踪了。隔了多年，我见过那一个传说失踪的人回到县城，一脸落寞，方知他是被拉去做传销了。这便是那个时代！

韩松洞号称世界第一大洞穴，长度达到8800米，我在《国家地理》之类的杂志常看到这一巨型洞穴的照片，总觉那不是地球上的景色，要不是通往天堂的阶梯，要不是去往地狱的大门。在同海问当地向导，才知去韩松洞的费用高达几千美金，而且每年游客限量。我这个从来不做旅行攻略的人终于吃了一次亏，总用以前经验认为，凡是一个景点，那买一张门票就可以进去，景点就是卖门票的地方，门票是另一种纸币。珠穆朗玛现在都那么多人花钱就可以去爬了，一个洞穴算得了什么。中国那么多溶洞洞穴，凡是已经开发的，凡是已经出名的，不都是买个门票便进去的了吗？但在越南不行，韩松洞只有一个，就要往死里贵，就要限制游客数量。我去网上搜更多和韩松洞有关的资料，试试看有没有其他便宜的办法可以去，找到这么一段："越南政府为保护韩松洞的自然生态平衡，确保韩松洞未来的可持续性，每年仅限450名游客参观。而要去往韩松洞，需要先穿过到处飞着蝴蝶的原始森林。"限量450名，几千美金费用，而且几乎预约到了下个世纪，我放弃了。和这个洞穴的形状几乎一样，越南亦是一个极度狭长的国家，南北距离达到1650公里，东西跨度最窄却只有50公里，这么窄的距离，用脚也能一天走得完，用脚也能完成一天横跨一个国家的壮举。我小时和父亲一起完成过横跨黄河的"壮举"，是走着过去的，从陕西走到山西，"黄河之水天上来"的黄河那时的水只有齐腰深。

到达岘港已是天黑时分，我想要直接去邻近的会安古镇，可是去会安的巴士晚上已经停运。向一辆出租车打听去会安多少车费，司机伸出五个手指头，那不是五十，不是五万，是五十万越南盾的意思，二十多公里路，折合人民币一百五十多块钱。我囊中羞涩，只能悄悄退下。

正好两个华人面孔从我眼前经过，也要去会安，用英语和出租车司机讨价还价，赶忙上前问他们是哪国人？"中国人！""太好了，我也去会安，我们三人一起拼车吧！"出租车的价格最终谈成三十五万盾，三人平均下来只有十万多些。公元五世纪时，会安曾是占婆国的重要码头，当时名为"大海口"，这很直观地说明了会安所处的地理位置，它就位于秋盆河的入海口附近。翻阅人类历史，无疑就是一部逐水而居的历史，恒河、印度河、尼罗河、黄河、长江、两河流域、莱茵河、多瑙河、伏尔加河……会安的历史也不例外。河流冲积形成了肥沃土地，种植稻米、蔬菜，又提供优良的港湾，向宽阔的大海进行索取，进行贸易，在其中生活与思考。发展到 16 世纪，会安成为东南亚最重要的贸易交流中心，之后因为内战、港口淤塞、贸易路线的转移，会安逐渐衰落。19 世纪 80 年代，联合国教科文组织对会安进行大规模整修，会安再次绽放光彩。会安教给世界一个道理：把历史留着，它有一天必然会用另外一种形式给你回报。

行于会安街头，会有一种走在江南某个古镇的错觉，但不一样，不是白墙黛瓦换成了法国式黄墙的表面不一样。它和中国的一些古镇极为相似，而且满大街都是汉字，许多当地人都可以讲简单汉语，这是因为来会安旅行的游客主要由中国人组成，大多数中国人讲不了英语，店主只好为适应顾客而学习汉语。赚钱在世界各地现在都是第一位的，赚钱几乎等同于生活，会安在一定程度也被这潮流所侵蚀。古镇大多数店铺都对国人态度冷漠，毫无热情可言，我不知这里平时还发生了什么，但可以想见。那些旅行团举着的小旗子我见过，他们咋咋呼呼的样子我也见过，从他们口里经常听到描述越南的话，大概说这里是二十年前的中国。请求一家店铺老板娘帮我们拍张照片，同昨天一起坐车来会安的两个中国人合影，店主一脸不情愿，匆匆按了下快门，径直折身回店了，相片都是歪的，后来还是另外一位路过的游人帮我们合的影。在会安的时间，我心中常常感伤。许许多多属于古老中国式样的东西，在国内已难寻踪迹，我在会安却再次寻到，寻到失落已久的故乡，寻到祖辈们的臂弯。

会安的菜市场给我留下深刻印象，那是一只装满生活的巨大篮子。现在的世界到处都在修建超级市场、大型商场，在越南这样的市场仍属于常态化，我在同海的河边见过，在会安的街头再次遇见，而且比同海那个装满生活的菜篮子大出许多。在同海的那个菜市场，我写了一首让我觉得羞愧的烂诗，但我还得写，还得羞愧，以后依然继续写，继续羞愧：

走了很远的路

路过很多棵树

我来到这儿

不只是想在电话上

给你问一声好

我有一些难过

有一点想你

就那么一点

和今天下过的那场小雨差不多

我看见一种奇怪的船

如同巨大的圆形篮子

也许它本来就是篮子

起码以前是

并没有人划这艘船或者篮子

它拴在岸边电线杆上

你便是这样一直拴着我

又不来划我的

山竹三万越南钱一公斤

面条两万钱一碗

啤酒一瓶也是三万钱

万宝路比啤酒贵了五千

烟盒上印着吸烟后发黄的牙齿

印着吸烟后生病的肺

可我想起你时我还是得吸

从我住的地方向右拐

沿河行走七百米

能遇到一个菜市场

虽说是菜市场

卖鱼的却居多

青蛙、螃蟹也有

螃蟹被绳子绑了动弹不得

青蛙的神经系统过于发达

剥了皮还在篮子里血淋淋地爬

我望望眼前那条河

心是不远处的入海口

——《DongHoi 日记》

鸡鸭与衣服混合在一起，戴斗笠的妇女和新鲜的蔬菜混合在一起，白花花的大米如同破碎一地的月亮，鱼在水池里一条压着一条，在水池里堆成鱼的山坡、腥味儿的山坡。螃蟹二十万越南盾一公斤，讲讲价格的话肯定可以更低，还没说要买，卖螃蟹的妇女就抓着螃蟹要给你过秤，一种终于可以狠宰一把的感觉，那种欺骗的表情浮夸到让你觉得真实，善良的邪恶。我不需要螃蟹，赶紧撤身走开，又到了一家卖香料的店铺，一个喷嚏蓬勃而出，心里回想着："也许是自己想多了，在生活里把信任感丢了，螃蟹本来就是那个价，还把人家的极度热情当成浮夸的骗术。"买一颗柚子，皮都已经剥好，要价三万，我转身离开，说贵了，的确贵了，同海时我两万买过一颗。店主又把我喊回，好嘛，两万五拿走，不能再少了，这里可是会安，是旅游区。

我想起了我在北方农村的童年，和爷爷奶奶一起去镇子上赶集，那时的市场便是这般模样，只是卖的东西不一样，我们那儿的集市卖猪羊，卖奶酪酥油，集市的生活却是一样的。奶奶在集市上给我买的那碗饺子，爷爷赶的那辆驴拉车，集市上的人群卷起的尘土，越南总让我时不时回到过去的记忆。母亲一直告诫我别总是出去旅行了，太危险，我说在家乡已寻不到自己的根了，我的根在远方，过段时间就得出去寻根，补充营养，她也是无可奈何。中国人常常说叶落归根，死了要葬回故乡，可现在这个年代，等到想回归故土时，又哪里有故乡可回，有土地可葬？有人常问我国内喜欢的城市是哪里，我说拉萨和喀什，之所以这么说，是因为拉萨和喀什对故乡这一概念保持的完整性，即便这一故乡对我是陌生的，但也代表着一种人类文明的故乡，过去的延续，根系的所在……我这么回答完，问我问题的人常是一脸不解，拉萨的海拔问题，喀什的治安问题，这反倒成为他们最关心的所在。

从太空看，地球是一颗蓝色的美丽星球。我没去过太空，但来到越南，我开始对这句话有了深刻的体验。我以前无数次去过中国各地的海边，甚至沿着海南岛的公路骑自行车旅行，却从来没有经过如此漫长而美丽的海岸线。从河内到西贡，我所使用的交通工具，无论火车、汽车、摩托车，还是我自己的双腿，我一直能看见大海在我的左侧一路向南延伸。路边有时是悬崖峭壁，天空下着大雨，刮着狂风，海是铅灰色的，土地一片苍茫，世界像回到古老的过去；海水有时则蔚蓝无比，天空也跟着一起蓝，能看得出来，海水与天空一起把那种蓝蓝得很使劲儿，蓝色里，沙滩沿着海岸线慢慢生长，牛群又在沙滩上缓缓散步；有时我路过一座城市，在那里歇息，我的一段旅程到达某个中转，大海却毫不疲倦，依然一路走向远方，依然不舍昼夜、咆哮不止，它太多力气了，日夜不停地咆哮也解决不了这种旺盛精力，那是生命之外的生命；还有一些时候我是看不见海的，可是能嗅得见海的味道，海就在路旁山后面的不远处，就在树林后的不远处，就在房子后的不远处，就在水稻田的不远处，就在鸟翅膀后的不远处，就在土地的不远处，总之，过了不远处的大地、空气、天空，又全都是海……其实哪里有什么土地，到处都是海，没有海的地方也全都是水，水稻、河流、湖泊、水牛、挽着裤管弯着腰站在水里的农民、农民身体里流淌着的水、皮肤上流淌着的汗液的河流……

明白蒙古当年一直不进攻真腊的原因了。整个中南半岛，只有北部的一小部分成为当时蒙古的领土，而那时整个亚欧大陆，几乎都成为了蒙古人的牧场。1295年，周达观奉元成宗之命，出使真腊，说是出使，其实也算是打探军情。他们2月从温州港出发，大约一个月后才到达湄公河口，之后又因正值湄公河水道浅水期，所以一直到7月才抵达吴哥。去吴哥时，他们先要逆着湄公河水道航行，然后穿过浩渺的洞里萨湖。接着他们在吴哥待了一年，因为他们要等来年西南季风让洞里萨湖湖水上涨后才能回国，这条出使之旅、间谍之旅最终历时一年半。我估计在周达观印象里，整个中南半岛肯定全都是水，蒙古人是马背上的民族，他们在亚欧大陆无人匹敌，水上却不是他们的天下，他们很清楚这一点。在那之前，他们已经从日本那儿讨到了海战的苦头。过了好几百年，第二次世界大战时日军偷袭珍珠港的"神风特攻队"中的"神风"二字便和元朝与日本间的那场海战有关，足见战胜强大的蒙古军队对于日本整个民族历史上的意义之重要。中南半岛到处是水，这不是周达观的错觉，是事实。在那儿旅行期间，我发现，整个半岛根本就是水做的，那是河做的半岛，湖做的半岛，海做的半岛，再准确一点儿说，是江湖。"江湖"是这个半岛的状态。

水和越南这个国家简直就是一个词，真的是一个词。在芽庄，我指着一瓶矿泉水上的单词问旅馆老板娘上面越南文是什么意思，她指着其中一个"nuoc"的单词说是水的意思，也是国家的意思，只是发音不同。老板娘人长得美丽，生有一个混血的儿子，那小子和我睡一间屋子，每天睡前敲门问我可不可以进来一起（他睡的是另一张床，完全没必要询问我，问我能不能一起睡，反倒是怪怪的）。有一天我休息早，他敲门我没听见（他敲门声音真的太小了，从来没听到他大声敲门），第二天醒来竟发现他睡在门外沙发上，我一脸抱歉，那小子竟还在给我问早上好。我住的房间总共有六张床，另外包含一个旅馆老板一家吃饭的厨房，准确说我住的就是他们的家，给客人住，用来赚钱，也给自己用，用来生火做饭，用来儿孙满堂（不知那几天为什么那小子会住在我屋，而且我的一个朋友走后，六张床上一直就我一个客人，现在想起挺奇怪的，芽庄可是旅游旺地）。

与越南文字不同，在中文里，国家是由国和家两个字组成的。天人合一，天圆地方，"国"里有"王"有"玉"，有关于玉石一样的王的渴求，这是古代社会对贤明君主的向往，君子佩玉。家则是故乡，是那个出发的地方，是回来的地方，是埋葬祖先的地方，"少小离家老大归"……万物在越南几乎都和水产生着联系，这在如今人类使用最广泛的一类东西——纸币，有了明显体现。我认为应该不能把越南的纸币称之为纸币，叫塑料币差不多，一万盾面额以上的货币全用塑料制作。水太多了，水上还进行着大量的贸易，纸做的货币根本活不下去，依然健在的那些小面额货币是纸做的，皱皱巴巴，老态龙钟，像是埋了多年又从土里挖出来重新炖骨头汤的一根牛骨头。塑料做的则不是，永远年轻就是说这种钱的，有时货币掉进了水里，没关系，捞上来用手一把抹干，继续使用。根本不用晾晒，根本不会褪色，那就是无厘头电影里说的"居家旅行必备良品"。越南的人民顺应着水，跟随着水，进行着水上的生活，对水充满敬畏与热爱。塑料做的货币则违抗着水，拒绝着水，和水绝缘着，这似乎也暗示了货币是生活之后的，它和生活不同，货币负责购买物资，但不负责购买之后如何使用的生活，更负责不了人间的灵魂。

西贡现在叫做胡志明市，现在的叫法让我觉得很奇怪，我更愿意叫他西贡。以前看过的和越南有关的电影中它叫做西贡，看过的书里它叫做西贡。叫做西贡时，它就包含了许多故事以及叫做越南的记忆，是杜拉斯的西贡，中国情人的西贡，美国大兵的西贡，罗伯特·德尼罗的西贡，陈英雄的西贡。而在越南本来的生活里，胡志明市似乎也只是一个区域，一个城市，一个名字，要到达要生活的地方一直都是西贡。我买来喝的啤酒叫做西贡啤酒，我坐巴士买票，告诉售票员我需要买去西贡的票，即使车票目的地打印出的名字是"胡志明"，似乎"胡志明"这个地方的读音是"西贡"才对。和本地人聊天，当他说起胡志明市的故事，那一定使用的是西贡这个名称。胡志明市是一座存在于地图上的城市，西贡才是真实的生活。一直很主观地觉得西贡是一个很美的名字，可是据周达观《真腊风土记》记载，吴哥时代真腊有一属地名为"牸棍"，有学者认为这可能是后来的西贡，原因是"牸棍"与越南人说的"柴棍"、华侨说的"宅棍"读音极为相近。牸棍、柴棍、法棍、恶棍……这些名字可不怎么美，是无穷无尽的生活让西贡美起来的！

抵达西贡已是天黑时分，下着暴雨，不是街道排水不好，是雨太大了，城区里的下水系统最早是法国人规划修建的。到处积满雨水，自行车、摩托车、汽车一律泡在水里，堵在路上，没有高低贵贱之分。来西贡之前查过地图，知道今天住宿的旅馆离车站不远，为了省钱便想走路过去，却不想迷失在了西贡窄小的巷道之中。到处都是水，鞋子湿了，衣服湿了，背包湿了，依然大雨磅礴，巷道里的积水变得更深，有的巷口放了方便涉水而过的砖头，现在一点用也没有，砖头已经被淹没，此刻反而成了绊脚石，不光砖头，天地都被淹没了。巷道两侧逼仄的居民屋里常常看到一家几口呆坐在、躺在、卧在客厅中的地板上，门槛垒得很高，防止雨水进入。电视画面闪动，声音响着，但没有人看，没有人听，画面和声音全部淹没在无穷无尽的雨里，人们只是一动不动保持着此刻的姿势，只为了等着雨停。只有几个没来得及躲进屋里避雨的人现在还在巷子中游走，对，就是"游"走，人在这个地方真像是变成水里的鱼了，是游着来的，游着去的。屋内门口燃着贡神或是祖先的香火，也有贡奉胡志明的，胡志明像前点着三炷香，摆着水果、鲜花。天色此刻完全黑了，我越走越紧张，这些巷子里的人根本就不懂英语，我来越南时又没办理手机网络，怎么办？一只手在黑暗里拍拍我的背，我心中一紧，难不成遇到抢劫了？在西贡被抢过的人不在少数，我早有耳闻，一路有人劝我只身在外，小心为上。那人冲我笑笑，雨落在他的嘴上，从牙齿上流下，他做了一个挥手让我跟他走的手势，那情景很像《哈利波特》电影或是《魔戒》电影里我见过的某个镜头。

这是做什么，要把我带到哪里去？万一出来几个人，一拥而上把我绑到屋子里怎么办？被绑了谁能找得到我？被煮了都没人知道。可我没办法，只能硬着头皮跟上去，不跟上去说不准会有更大的麻烦，反正在这巷子里我根本找不到东西南北了，豁出去了。十分钟后，一条闪现着霓虹灯的街道在巷子口开始闪现……

西贡有"东方巴黎"的称号，和巴黎一样，也被分为十六个区，走在西贡街头，一些高楼总让我把这里和上海的某些地方联想起来。上海被称为"东方的纽约"，这些名字无非都是后殖民思维的产物，不然为什么不叫巴黎为"法国的西贡"，不说纽约是"西方的上海"？世界各地各种高楼总是极度相似，尤其自下仰望，它就是高，而且仿佛会随时倾倒。走进里面则是混杂着各种香水的味道，电梯，衣装光鲜的人们，洋溢着成功人士惯有的自信表情，不管那表情与各人的面部结构怎样违和，表情却都是极度类似的，走到世界哪里都是这样。黄皮肤、黑皮肤、白皮肤、棕皮肤、长了斑的皮肤、哪一年不小心留下疤痕的皮肤，有了钱他们看起来就自信，如同极度类似的高楼。不知不觉中走到西贡河边，才认识不久的一位中国姑娘说她上次来西贡时去过河的对岸，那里如同一个贫民窟。我望向河的对岸，低矮矗立着几幢造型呆板的楼房，外墙布置的灯光勾勒出这些楼房的形状，而这些楼房之外，则是更低矮，以至于无法看见的屋宇，灯光寥寥无几，像是荒野上的鬼火，我幼时在农村见过这东西，后来怕了多年。

她说这些时，我听到身后一家名为 Fox（狐狸）的酒吧正播放着震耳欲聋的摇滚乐，人们在里面喝下酒精，摇摆身体，妖艳的女人走入豪车，车辆消失在西贡街头的夜色中……与我同行的姑娘左臂纹有漂亮文身，手腕处是一条鱼，荷花旁边的鱼，枝蔓与花朵顺着手臂向上，胳膊肘处是一头鹿的脸，鹿的角模仿树木枝干的形状往上，鹿角上落着一只鸟，才见她第一面时我夸她文身漂亮。问她这文身表达的是什么意思，她说"水生鱼，鹿生木，木生鸟……"她要表达的是生生不息，那文身是她自己画的，后来再聊，才知她的父亲已经去世，她经历过汶川地震。在热带，文身是再正常不过的事情，越南许多男子都用文身装饰皮肤，精美的文身几乎可以成为传说。那女孩和我走在一起，背后常传来"so beautiful"的感慨，我知道那是夸她的。听那夸赞，她心里肯定也是开心的。

有一日黄昏，我独自走到西贡河边，在码头遇到许多正要返回对岸的人，许多没有卖掉的水果、米饼、饮料挤在一起，许多扁担、箩筐、大口袋挤在一起，许多落寞、失败、自卑的表情挤在一起，一个妇女提着一袋窝头蛋呆呆站在西贡河边的码头上。那些窝头蛋是没有孵出蛋壳便死在壳中的小鹌鹑、小鸭子，越南本地一种食物，用来卖钱，换得回到对岸后的生活。也许对岸的屋子里有断了腿的丈夫，有等待哺育的小孩，有未洗的盘子和昨天的蔬菜，又也许什么也没有。我无法说窝头蛋更坏一些还是生活更好一些，好坏早已经模糊，善恶也已经失去了界限。伟大的恶甚至意味着极度的善。与整体人类的存亡相比，个人的悲欢离合、生老病死不值一提，而和宇宙相比，整个人类又算什么？那些小鸭子还没见过水是什么样子，那些小鹌鹑还没有来得及喊出一声妈妈。谁说动物不会喊妈妈，它们肯定也有自己的语言，它们的妈妈肯定也会哭，眼泪刚刚流出眼睛，就在河里化开了，一条河里全是生活的悲哀。而我现在又该怎么说起西贡这条河流两岸不同的生活，这条河流在雨季里浑浊的颜色以及那些漂浮而过的植物？我为自己最近几个月仅仅因为爱情的失落而产生的情绪深深羞愧。

在西贡住的地方类似一个法国式的建筑，只能说类似，建筑融入现代的风格，某些窗户是圆形的。旅馆位于一条幽深的巷子，巷子口一棵大树鬼知道它活了几百年，绝对是先有了树，才有了这些建筑的。大树雄赳赳气昂昂地霸占着半条巷子的宽度，霸占着许多扇窗户的光线，摩托车和行人一律绕道经过，没人抱怨，更没人想过砍掉这棵树，好像那是位坐在巷子口的老祖父，没人敢动他一根毫毛。风吹过树叶，热带的风，那树开口说话了。屋子很窄，越南的大多数屋子都很窄，像是越南的大多数人，很瘦，也像是一根法棍面包。法国人走了，他们饮食的喜好、习惯的面包仍留在越南，继续适应着越南的生活，越南的胃。我在越南所旅行过的地方，那种传统的高脚楼建筑已经在大地上绝迹，也许极偏远的地方还留下那么几座，那是法国人曾经也极少涉足的地方，他们殖民越南，是为了越南的平原、稻米、海港，他们关注自己的胃，于是带来了法棍，法式大餐，他们不是为了殖民越南的偏远地区，那不符合西方的"胃口"，那样得不偿失，无所收获。

逼仄的屋子里，旅馆楼梯通往灰暗的顶部，看不出来这是走向某个房间的阶梯，更像是通向某个塔顶。入住第一天，便在攀爬这幽深的楼梯时被一根凸出的房梁磕了脑袋，以后每天行经那里，我加倍小心。狭窄的房间用上下铺的方式总共住了八个人，我旅行时常住这种房间，上下铺，窄小的空间，对应着便宜的住宿费，倒也因为经常所以习惯，又因省下开销而窃喜。可这家旅馆的厕所确实是太少了，真的太少了。每天醒来八个屁股等着一个马桶，这不合理。我去厕所有阅读的习惯，实在不好意思占用房间厕所太久时间，但三下两下又解决不了，只好去外面的公用厕所。如此，我在西贡住着的每天早晨，便总是早晨醒来悄悄洗漱完毕后，跑到位于楼下的公共厕所读上一小会儿书，像是从西贡河的此岸跑向彼岸。

离开西贡的早晨，是个晴天。我回头望去，西贡渐渐消失在了我的视线之外，消失时我想要抓住点什么，再多看几眼什么。却不知该抓住何物，看向哪个角落，一切皆为虚妄。我松开手，转过头去。西贡和我现在隔着一块汽车后窗的车玻璃，也隔着玻璃上的灰尘。城市渐渐消失了，道路两侧出现了大片稻田，耳机里播着一首《Hello Vietnam》英文歌，当中歌词翻译过来是"我对祖国仅有的认识，来自战争的画面，一部科波拉电影，以及狂乱扫射的直升机。总有一天，我会到那儿，向我的灵魂致意。总有一天，我会到那儿，向你说声，你好，越南！寺庙和石雕大佛，是父亲的形象；稻田中弯腰工作的妇女，是母亲的身影。在石块和光影中，我再度看到我的同胞，触碰我的灵魂，我的根，我的家园……"

美国人的飞机早已经飞走了。这些飞机目前在其他国家的上头"嗡嗡"盘旋，从一定的距离观望，这东西像飞在天上的苍蝇、蚊子。现在，越南的田野里经过的是无数只鸟的翅膀。白鹭静静站在水稻田里，像是穿了白色奥黛的中学生。我闭上眼睛，重新看见了一幕我之前见过的场景。那是美奈渔村的某个下午，海滩上飘浮着浓烈鱼腥味，几个黑瘦的越南渔民正在往一艘簸箕船上搬运出海的补给，他们用簸箕船把物资运送到不远处驳在海里的更大些的渔船上。我问他们出海多久，一个男子对我摊开一只手掌，也许他们听不懂我说什么，所以摆摆手，也许听懂了，可是他的意思是五天，五周，还是五十天？他没有告诉我。他们搬运的东西很多，在簸箕船中高高垒起，这么多的食物，够在海上生活好一阵子了。我想起了我的故乡，那船让我想起在奶奶手上摇摆过的丰收的簸箕，我儿时在里面睡过觉，想象着那是一艘大船，做着漂泊的梦，不过那时我想象自己航行的水域仅限于家乡的无定河。九岁之前，我从没去过无定河以外的任何河流。即使是无定河的河边，我也很少有机会去，母亲怕我被淹死了，村子里，经常有人成为那条河里的水鬼。簸箕船迎着波浪往海里慢慢滑动，那些渔民中的一位，坐在船舷上望着远方的地平线，一束鲜花静静捧在胸前。他们此刻所在的海，是南海，是太平洋。

中国爱情

——爱情其本质不过一场季风
　　　　　　——题记

2012.05.04　桂林

看到"三江"两个字，我知道，汽车进入了广西壮族自治区。

你的一张照片开始位于随身携带的中国地图册第 80 页。

沿着中国各地，你的照片在这本册子里不断变化位置。

于是，我所看到的，亦是你能看到的。

我所有拥有的所有晃动、眩晕，皆属于你将要体会。如果我遇见一朵极美的花，那肯定是我遇见了你。

众人皆忙于给道路命名，我更喜欢为其赋予意义。

山路还在继续，卧铺大巴和我十多年前坐过的几乎还一个样，我睡在这辆巴士的最后一排。

汽车颠晃，里面脚味儿大。

道路实在太差了，睡在我左边的一位侗族大妈在此次旅途共完成了五次呕吐。

她手里提着一个黑色塑料袋，用来装吐出的东西。她身上的皮肤因过度风吹日晒而黝黑，面色却又因多次呕吐满脸蜡黄。

她害怕自己的呕吐物溅在我身上，使劲儿把自己的头伸进那只黑色塑料袋里，就像我见过的那些农民把一粒绝望的种子埋入大地。

你我都是知道一个道理的人：大地是一种药，众人终将在其中受尽折磨，尝遍生活的苦，并最终进入其中，然后消失。

我问她打算去哪儿，她说去三水打工。三水是广东的一个地方。

呕吐物现在已经快装满这只塑料袋了，她想要打开巴士窗户把它扔出去，可是她的手够不到窗子。

我推开窗户上的玻璃，帮她扔了出去。

她冲着我笑，说谢谢。看得出来笑得有些不好意思，不是因为乱扔垃圾，不够环保的那种不好意思。

她又说自己一直在农村长大，从小到大坐车次数很少。

说完这句话后，她沉默着，接着又对我笑。

我回味她的这些言语，心想她是真正生长在大地上的人。对这样的人来说，大地是从亲人到亲人之间的距离。她呕吐，是离开大地，大地的母亲、大地的父亲、祖先后导致的不适。

"环保"这个词是给已经远离大地的城里人说的，与她无关。

看着她的肤色黝黑里藏满蜡黄，我忽然不觉得这肤色像我先前看见时那般不好看了，也不觉得我刚刚扔出去的呕吐物有多么污浊。那些只是身体本身不习惯一个工业产品后的自然产物。

这位侗族大妈的肤色，现在反倒让我想起了那些有月光的美丽的夜晚。

躺在我左边第二位的是这位大妈的老公，头发看起来多日未曾清洗，他们俩一起去三水打工。

他问我：朋友，到哪里去？我答道：桂林。

又问我：朋友，从哪里来的？

我回答他：老家是陕西的，从重庆过来，之前在黎平，再之前在雷县、镇远、凯里……

他惊奇我去了贵州这么多地方。我也是惊奇，想着他应是学过最深奥却又明了的哲学。

"我是谁？""我从哪里来？""我到哪里去？"这些问题在一位陌生人口中发出的"朋友"这个直爽的称呼里变得简单，无需多虑。

他称呼我朋友时，我脑中猛烈地浮现出"江湖"两个字。两个人走累了，随便找个地方，盘腿坐下来。江湖是那个"行到水穷处，坐看云起时"的地方。

最左边靠车窗的男子一路上骂了许多遍"操他妈的"，专门骂给司机听的。他去东莞打工。之所以骂人，是因为卧铺车里太臭，后面这一排又是他不想要的铺位，可司机偏让他睡在这个位置。

右上边躺着的男子看起来很老实，与他交谈。

他告诉我去桂林要是有人拉我去吃饭，千万别去，都是一些骗子，他被骗过，一顿饭骗了他几百块钱。

具体是几百块我没问，他也没说，那一定是一笔让他心疼的"巨款"。

我的左上边睡着一个时髦的女人，着装暴露，去东莞，染了黄头发。我忍不住，多看了她几眼。

三块破棉被摞在我的右手边，散发出因潮湿以及不通风导致的霉变味道。

我和外面世界的最近距离计算下来，隔着三块破棉被加上一个汽车玻璃窗。

一路往南，再往前走一里，我的思念会被拉长五百米。

2012.05.12　涠洲岛

坐船从北海"偷渡"涠洲岛，那个在朋友口中长满香蕉树的地方。

夜晚的北部湾一片苍茫，北海最后的灯火停留在船的后方。

水手们在箱子一样的床上睡得正是安稳。或者他们的梦是晃着的，像北部湾永远停不了的波浪。

我躺在这艘船三楼的甲板上，呆看一百楼上面的星空。船是一艘货船，具体名字是"北涠158"。

当地人说，这不是人坐的船。慢，而且摇晃，深夜来临前出发，在凌晨的海面航行，黎明到来前抵达涠洲岛。

客船一个多小时的航行它要走五个多小时。

看着星空现在的样子，银河从中间划过夜空，我觉得银河可能是凤凰，又觉得它像是一条巨龙。

北斗七星早多少年就一次次听人说那是一把勺子，我不想把它想象成勺子，可我不知道除了勺子，它还能像什么。

勺子一样的问号？

每一颗星星都活过了那么多年，每颗几乎都还是原来出生时的模样，它们的老去是用光年来计算的。

不像我，才二十多年就把自己当初的模样给活没了。

北斗七星的左边有一颗流星滑落，快到来不及我去许愿。如果来得及说出什么的话，我会告诉流星你叫什么名字。

流星消逝。我只能一遍遍嘶吼，我刚刚看见了流星，看见了流星……和我一起"偷渡"的还有另外九个人。

当时北部湾的海风正烈，我耳朵里再次听见张国荣的《风继续吹》。

想着假若北斗七星真是一把勺子，这勺子里也一定盛满了叫做眼泪的液体。才滑落的那颗流星是勺子被海浪摇晃后不小心溢出的一滴。

只是不知那该是谁的眼泪，落地后又怎么被人间收藏。

北海的土地过热，我怕它蒸发得太快。

它如果蒸发得太快，那说明我来不及许下的愿望蒸发得足够快。

2012.05.21　重庆

我做了一个梦。

梦里我打开一间屋子黑褐色的门。

屋子在一栋楼的十三层。楼总共有十八层。

我走进十八层高楼中的位于十三层的这间屋子。

数字究竟代表着什么？

这屋子仿佛是我位于天生路 139 号的房间。

进入屋子，先是通过一个漆黑的走廊。

像是谁睁开了的眼睛，又像是封死了的心灵。

不知是因为漆黑还是走廊真的很长。梦中，我在这走廊徘徊很久。

久到我已经习惯走廊里散发出的发霉木头以及劣质油漆混合后产生的味道。

在走廊的尽头，直接是一间卧室，卧室里有一张船一样的床。

床上铺了漂亮的床单。

如果我没记错我的梦，床单的主色应该是天蓝色，上面印满了白色云朵的图案。

我在梦里念了一句自己以前写的诗：天空把自己蓝的寂寞，只好放牧白羊群。

云朵，或者是羊群散发出高级香水的味道，我知道，有人在床单上洒了香水。

我感到情不自禁，我躺在了这张床上。

这时我听到屋子某个角落有一个声音对我说：我在等待我的水手回来。你是一个水手，可惜我不认识你。

我循着声音望去，你站在声音的源头，仿佛你就是声音，而声音本身是假的。

你的后面是一片光。你又说：

光的里面还有一扇门，你看看那扇门里有没有你要找的人。

我又开始向光里走，回头看见你被光照亮的后背。上面似乎是有一颗痣的。

我再次打开一间屋子黑褐色的门。

和刚刚出来的那间屋子一样。

先是通过一个漆黑的、散发着发霉木头和劣质油漆混合后产生的味道的走廊。

走廊的尽头依然是一间卧室，卧室里依然有一张像船一样的床。

床的下面似乎涌动着波浪，也许床上本来就有过波浪的记忆。

在我记得的事情中，当你颤抖之时，你就是波浪。

和那张床一样，铺了漂亮的床单。床单的主色也是天蓝色，上面印满了白色云朵的图案。

我在梦里念了一句以前写的诗：除了你的怀抱，这世上再没有任何温暖值得我崩溃。

我躺在了这张床上。

这时我听到一个声音再次对我说起：我在等待我的水手回来。你是一个水手，可惜我不认识你。

像之前那样，我循着声音望去，你站在声音的源头，仿佛你就是声音，而声音本身是假的。

你的后面是一片光。你又说：

光的里面还有一扇门，你看看那扇门里有没有你找的人。

我又开始向光里走，我看到了你被光照亮的后背。仍是有一颗痣生在那里。

我清晰记得，这个后背我肯定在哪里见过。

我继续打开一间屋子黑褐色的门……

在梦里，我不停地重复着这个场景，而你总在说：可惜我不认识你。

后来我在梦里明白过来，这是一间只有入口，没有出口的房间。

等我醒来的时候，外面下着 5 月 21 号早晨的大雨，我的床上一片潮湿。

我知道，这是因为我在梦中打开太多扇门，穿过太多道走廊，走了太多的路。

太多次经过与等待让我在梦里出了大量的汗。

太多个你，让所有的绝望成为此刻的大雨。

2012.05.30　西南大学

路上遇到一位老爷爷，陕西人，西南大学一位老教授，出生于 1918 年。

遇见他时，下沉的夕阳照亮他的侧脸，显得背光一面的皱纹更加深刻。

他当时在黄昏里和另一个人讲话，用着一口不标准的普通话。

我听出来了，这是我的老乡。

一种莫名的冲动产生，我走了过去。我们就这样认识了。

然后他邀请我到他的家中做客。

或许，这是一位我多年未曾谋面的先人，就来自我的故乡。我是这样想的。

走到西师门口传达室时，他问传达室工作人员自己订的杂志到了没，有人递给他一本五月下半月的《诗刊》。

他说自己喜欢诗，也写一些。

我说我也喜欢诗，偶尔写几句。可惜写得不好。

他背了两首诗，臧克家的《老马》《有的人》。和我一样，他的声音永远带着陕西腔。

以前我常想乡愁如果会发声的话该是哪种声音，现在我突然明白了。对我来说，就是我永远说不标准的普通话。

活在他乡，葬回故乡，乡愁刚好可以拿一辈子来作为终结。

没几分钟，便到了他的住处，开门费了一番力气。重庆的阴雨天让锁口锈迹斑斑。看得出来，锁口是被年月和天长地久的潮湿一口一口咬成这样的。

门口挂着一包牛奶，塑料袋装着的那种生牛奶，送奶工每天下午把它放在这儿。

这种牛奶才从奶牛身上挤下来不久，不高温消毒，也不可能来自有机牧场。它只是牛奶，从草里获得。

不是蒙牛特仑苏，不是伊利金典，不是天友百特，不是奶牛梦工厂，不是光明，不是三元，不是燕塘，不是风行、夏利、完达山，不是三聚氰胺。

它只是牛奶的状态，让我想到一个人如果只是一个人本来的样子，那该是多么好的事情。

最近我看到一句诗："初生是人，异化为狗，落荒成狼。"看罢这句诗，我夜里有几次睡不着觉。

老爷爷的夫人已经去世，何时离去，我没问，他只说自己现在一个人住。

他告诉我自己喜欢吃馒头，方便。在外面买几个馒头，拿回来放冰箱，饿了，几分钟就能热好一个。

配点小菜，解饱，也好吃。我知道，老陕都喜欢面食。

而他知道，祖宗们多少辈子留下来的习惯，谁都改不了。

人老了话就容易多，他的话显然开始多了，可能之前已经多了很多年。

老爷爷说，他当年和吴宓在西师摆过龙门。

老爷爷说，他当年和于右任一起泡过北温泉。

老爷爷说，郭沫若那个时候在上清寺的安监部工作。

老爷爷说，现在他老了，膝盖不好，西师门口那条马路旁的台阶真的太高。他每次上下台阶时都要扶着路旁一棵小树。

……

老爷爷家里的墙上挂了一些旧照，最多的还是他夫人的照片。

他的夫人年轻时非常漂亮，在每张照片里微微笑着。满头白发时的模样依然可以看出年轻时怎么美过。

卧室里最醒目位置挂的是他和夫人很多年前的结婚照。

结婚照旁边有一张他俩金婚纪念日时的合影，他们的金婚也已是多年前的事情。

照片里，老爷爷和老奶奶穿得喜气洋洋，手里拿着大红花，又好像拿的不是大红花，只是红色，那种最纯粹最原始的红色。

这种红是玫瑰达不到的颜色，类似于从心脏日积月累流过的血液。我问老爷爷，拍这张照片时是不是感觉回到了五十年前。

他只说五十年前拍不到彩色照片。

再往旁边，是老爷爷大学毕业时的照片，照片里的男子帅到让我惊讶。

写到这里，我忽然也想有一堵这样的墙，挂满你的照片。

当然，也有我的。

2012.06.26　龙岩

清晨六点过，开往龙岩的班车在南靖的山路上行驶。

清晨的南靖山区，雾气在树梢上迷蒙，像树梢在做一个不容易醒来的梦。

如同我昨晚又梦到了你。我知道，每一片树叶都是一只正要睁开的眼睛。

对于闽南，我记忆最深的是南靖县，南靖县我忘不了田螺坑村。

之前的晚上，我住在这个叫做田螺坑的村子里，住在田螺坑的一栋土楼里。

闽南多土楼，田螺坑一整个村子却只有五栋。四个角是四栋圆形土楼，中间一栋方形土楼，论数量，比永定少多了，比我之前去的长教村也少了许多。

可与闽南其他地方的土楼不同，田螺坑的五栋土楼每一栋几乎都要连在一起，间隔极小。我到达时正值盛夏，从山上的观景台朝下望，宛如碧绿的桌子上盛好了五道清凉可口的菜肴。

刹那间明白了"秀色可餐"所具有的真实含义。若是"秀色可餐"是一个人的名字，这个人跋山涉水来到此地，会在这里找到自己的家。

外地人来田螺坑村旅行，喜欢把这样的景色称为四菜一汤，方形的汤盘在中间，四角是四个菜盘。

当地人则更愿意称这样的景色为五朵金花。

五朵金花分别代表金、木、水、火、土这五行，当地人相信，风水的好坏会决定一座村庄的兴衰。

谁家的孩子考上了清华、北大，谁家有人做了大官、赚了大钱，不光因为他们的努力，还因为祖先的佑护，风水的兴旺。

田螺坑整个村子的人都姓黄，祖祖辈辈全住在土楼里外。过去有年轻人出去打工，后来大多又回来了。

这里有太多的东西让出去的村民割舍不开，现在田螺坑又成了知名的旅游区，在这里赚钱不比在城里赚钱来得少。

黄南励就是其中一位出去后又回来的。

黄南励家里有两个小孩，1991年出生的小枫是个男孩，喜欢计算机，自己现在经营一家招揽外地顾客的旅行网站。小枫还有一个妹妹，已经出嫁了，哪年出生的我没问，我到来时她不在村子里，听小枫说是和妈妈一起去外地了。

外地是哪儿？他没有说。

"我最舍不得老家的空气，我们这儿的空气新鲜，空气里都飘着茶叶香，我在对面山上种了一座山的茶，一年收入十多万。"黄南励告诉我。

遇见黄南励的时候，田螺坑刚下完一个上午的雨，下午的村庄很是凉快，他才从山里出来，满腿泥巴。

我问他做什么去了，他说去山里抓蛇。现在城里吃蛇的人多了，山里的蛇越来越少，不好抓，蛇肉的价格也一路飙升，现在一条蛇能卖到一两千块。

他又自豪地给我说起他小时候生吞过许多蛇胆的故事，说他们这里的人都吃过蛇胆，可他吃的绝对比别人多。因为他父亲以前是专门抓蛇的。

黄南励今年已是快五十岁的人了，看起来却只有三十多岁的样子，不知道是不是吃过太多蛇胆的原因。

以前听欧阳说，蛇胆有清热解毒的功能，又是大补，他小时候也生吞过一些蛇胆。欧阳说起这些时，我看着欧阳的眼睛，觉得他气色真好。

欧阳是我在阳朔县城认识的朋友，广州人，和我一样喜欢打篮球。我想他气色好应该是运动的原因，生吞蛇胆，想起来总觉得残忍。

常想起兴坪的晚上，我们两人一起吼着Beyond的《海阔天空》："原谅我这一生不羁放纵爱自由……"

苍穹往下，夜幕以里，我们饮酒歌唱。

酒精的作用下，满天的星星好像成了屋子的吊顶，而月亮绝对和头顶的卧灯差不多大小。我在床上做着流浪的梦。

车子继续向前，山上的雾渐渐散开，芭蕉树和竹林在公路边间隔着出现、闪过。

我坐的班车一路走走停停。

这是一辆小巴，23人座，却坐了28个人。同时司机想要节省成本，没有打开空调。清晨刚过，车内已开始闷热。

热的空气里，因没有座位而坐在过道里的人有一句没一句地抱怨着。说的是客家话还是闽南语我听不出来，可我听得出有人说话时的语气不好。

风从车窗掠过我的头发，我三个多月没梳过的头发被风吹得更乱。我的心却被风、被那人抱怨的语气、被车里的闷热理顺了。

几天前和父亲在厦门见过一面，半年多未见，他看着我的头发，和我开玩笑说我的头发像是一只卷毛小狗的毛发。我回他，身体发肤，受之父母，岂可弃之。

他笑了，笑得很开心。

记得初中时有一次母亲要我把头发往短了剪，剪完她说刘海还是长，夏天热额头，我听着烦，后来直接剃了大光头。

回到家里，她不说好看，也不说难看，只说要我出去记得戴顶帽子。

不知她是不想让别人看见我的光头，还是怕我的头皮被太阳晒坏。

后来因为剃光头，我被老师臭骂一顿。

那是一位数学老师，他不明白我剃的光头代表一个句号。

2012.08.27　德钦

往雨崩徒步前的两小时，我从梅里雪山下一家旅馆八人间的上铺床位上醒来。一晚上没做什么梦，我有了一个最近这段时间难得的好觉。

旅馆楼下是公共区域以及餐厅。在这里我点了份牦牛肉炒饭，本来十五块钱一份，又让老板给我多加了五块钱的牦牛肉。我知道，今天是耗费体力的一天。徒步雨崩不难，却是耗体力的。

听已经从那里出来的人说，进雨崩的上坡路令人精疲力竭、心生绝望，出雨崩的下坡路则让人膝盖受不了，下山后变成瘸子。

走出旅馆不远，能看见梅里雪山。此刻的梅里十三峰，无一不隐藏在浓重的雾里。卡瓦格博在雾里、缅茨姆峰在雾里、吉娃仁安峰在雾里、布迥松阶吾学峰在雾里……众神皆在雾里。

雾仿佛成了众神的殿堂，紧接天地。在这里，神的居所就在天地之间的任一角落，规模无比庞大。游客只是在神的家里寄居的一群不讨喜的客人，每个人最终都是要离开的，这一点确定无疑。

自从有了现代登山探险以来，过去一百多年，主峰卡瓦格博至今没有哪个人类能够攀上。宋志义、孙维绮、李之云、王建华、林文生、斯那次里、井上治郎、佐佐木哲男、清水永信、近腾裕史、米谷佳晃、宗森行生、船原尚武、广濑、儿玉裕介、笹仓俊一、工藤俊二，这些名字是因为攀登这座大山再也回不了家的男人。

他们很勇敢，他们也很鲁莽。

看电影《转山》，学会了里面的一句台词，"进了德钦第一眼看到梅里十三峰，一整年都会好运"。是不是刚刚说到的这十七个男人到德钦的第一眼没有看到梅里十三峰呢？纪录片上说，他们没有看到。他们等了很多天，等到了一个鲁莽的机会。

不管怎样，他们现在已经从神的家里搬了出去，并且至今未能回到属于自己的那个遥远的故乡。他们的名字在梅里的山风里飘远，伴随游客口中的喧嚣声响动。

现代登山探险只有一百多年历史，这块大地上的藏民已经住了几千年。几千年来，他们从来没爬过这座神山。爬神山是往神的肩膀上站，他们想都不敢想，也不能想。

在藏区，卡瓦格博被认为是众神山之首。这里的人们虔诚地相信，卡瓦格博统治着整个大地。西藏流传着这样的传说：站在布达拉宫之顶可以看见东南方五彩云层中矗立着卡瓦格博。

抵达德钦时，我第一眼是看到了梅里十三峰的。心中窃想着，如果我能一整年好运，那我在这里想起的第一个人、发出的第一条短信的接收人，她必定也是好运的。幸好，我想起的第一个人，能收到我短信的第一个人，都是同一个人，不然我都不知道该如何分配这样的好运。

出发雨崩的时间已经近了，和前往盐井的朋友告别，她是我在丽江认识的一个朋友，姓常，我就称她为"常"。我不知道她的名字，她的名字对我来说不重要。重要的是：我认识她，她是我的朋友。

昨天下午，我赤裸上身，隔着澜沧江大峡谷，面向卡瓦格博，跪在大地上。我不想祈求什么，我不是信徒，没祈求的份儿。我只是想跪在那里。出于本能、对伟大之物的崇拜，我跪在那里！突然有人拍了一下我的后背。她也来德钦了。

清早的阳光洒在一张明信片上，上面的图案是一张盐井盐田的模样，数百年来，它一直没怎么变过。而生活在盐田旁的人换了一茬又一茬。常手里现在拿着这张明信片，给我指着盐井的盐田在青藏高原的太阳照耀下有多么漂亮。盐田的表面被太阳照得五光十色，像是盐田上开满了彩色的花朵，我想起了8月份的香格里拉草原。

我知道，这样的太阳用不了多久将照耀她的头发，让她的头发呈现出另一种光泽，而这样的太阳，终有一天也会照亮我的脸庞。明信片里，蓝天和白云的一部分影子洒在盐田的水面上，我想起一句诗：水是天的镜子，芦荡深深，淹死蓝天。

各自点了一根香烟，云南的玉溪，吸到一半时，我掐灭烟头，想要抵达雨崩后再吸掉剩下的半支。我知道，天黑前，我能到雨崩，所以，天将黑时，我会开始吸这半支烟。

那时，这半支烟将成为我在这个夜晚点燃的另一场日落。

等我吸完它后，雨崩的天就完全地、彻底地黑了。于是，在我的路上，我一条道走到了黑。途中的黑色染了我的眼睛、头发、皮肤……我的双脚则深一脚浅一脚地向前，我经过树木、山川、雨雪、摔疼的星星、小孩的哭泣，我的目光在这路上一直朝着某个光亮的地方。

2012.11.15　三亚

迷途，一家海边的青年旅馆，"迷"是迷路的迷，"途"是路途的途，又回到了这里。

一个人若是在路途上迷路，那他一定是到达了远方。

而一个人若是在远方迷了路，他可被称为远方。这就是我一直以来想做的事情。

常常一路往南，一直往南的话，注定我总会回到这里。这算是中国最南边的旅馆之一了吧？

据我所知，现在，沿着这个国家的海岸线，只有和它平行的旅馆，没有哪一家比它更南。

旅馆是一栋三层白色小楼。楼顶常年插着一面红色小旗。这面旗子是为了掩人耳目，还是表达某种心情，只有来到这里，你才开始知道。

因为已经是第三次到达这里，我知道这红色有时很鲜艳，有时则被季节的雨水淋湿，泛出黯淡的光泽。

迷途后面的那条街道是我喜欢的。两旁长满了热带的植物，有几种我叫得上名字，椰子、芭蕉、莲雾，更多的是我认识但不知道名字的。

热带植物丛中，是本地居民的住所，一种白旧的小屋。有时不小心推开其中一扇门，就看到一位渔民出海后刚刚归来的湿漉漉的身体。

行经一堵墙，听到谁的一声叹息，悄悄望进去，原来是屋檐角落的阴凉处，有一位老人正坐在那里对着自己挂在墙上的渔网痴痴发呆。忽然感到自己刚听到的应是大海的叹息。

常觉得，这条街道从 1990 年就停止了生长。我看过几部那个年代的电影，知道 20 世纪 80 年代末 90 年代初时热带的街景大致就是这般。

露天的卡拉 OK 在街道进去可能 50 米处的右手边，卡拉 OK 多数时候也很应景地唱着八九十年代的歌曲。一首歌一块钱，我来过这儿许多次，在今天的夜色中听到人们发出二十年前的声音。

记忆在黑夜和声音中一下子全回来了。

卡拉 OK 旁边是家小卖部，一台 20 多寸的彩色电视机放在小卖部里面的高处架子上，门口的低处摆了三排座椅。最近几天晚上，本地村民常围着这台电视机观看北京发生的一件大事在中央电视台的新闻联播上播报。

这些村民来自三亚市鹿回头村。他们观看新闻时，迷途在鹿回头村的夜色中，在晚上的星星下面。北京离这儿很远。

从露天卡拉OK出来再往前，是一家消夜店，我经常半夜来到这里点烤螺蛳吃，有时也会吃条秋刀鱼，在上面撒上一颗柠檬的酸。吃秋刀鱼时，会想起小津安二郎的电影，想起《秋刀鱼之味》。

电影叫《秋刀鱼之味》，但里面的人们都不见食用秋刀鱼。常能看见导演将西方某品牌的啤酒和旧时日本的画面一起置入。

秋刀鱼也会让我想起《七里香》的一句歌词，"秋刀鱼的滋味，猫和你都想了解"，周杰伦唱这首歌时，我还在读高一，没去过几个地方。记得那时有个要好的朋友，喜欢周杰伦，我还买过《七里香》专辑来送给她。

这家宵夜店有一点令我感到最是神奇，每个白天时，它会瞬间改头换面，成为一家摩托车修理部。好像只是一个早晨的时间，不光是之前的夜晚没有了、溶解了，之前黑夜里的一切，也全部无影无踪。烤螺蛳、秋刀鱼、啤酒、所有过去，猛然变成一场好似从未真实过的幻觉。

唯一真实的是，这家店里的地面总是黑油黑油的，我也从未分清楚这到底是由于白天修摩托车的缘故，还是晚上烤消夜的原因导致的。有一次，我想鼓足勇气闻闻地面上的味道，想了几分钟，还是作罢。幻觉也好，真实也罢，都留着，因为都是我自己的。

消夜店也可以称之为摩托车修理铺的地方再往前，还有一家足够神奇的店铺，店铺的招牌上写着"修自行车、理发"。我始终不明白，修自行车和理发在这里如何齐头并进。我没在这儿剪过发，听说这位老板只理光头。

有两位朋友到过这里，小西进去了，理了个光头出来；富哥进去了，理了个光头出来。

这条街道的尽头，是一家五星级酒店，酒店把光洁的路面和整齐奢华的店面一点点修到村子的深处来了。

黑暗中，如同一条正在慢慢吞噬一切的毒蛇向村子里蠕动着。

2012.12.05　五指山

我见过广袤的土地上生长着湛蓝色的大海，风吹过绿色的森林，波涛汹涌，漫长的海岸线长出一头乌黑长发。

我见过热带的小溪从山的深处伸出暗绿色的小脚，脚们一厘米一厘米走过热带的丛林，走得小心翼翼，也走得狂放不羁。

沿着热带，我把自己往热里走，越走越热。

我和每棵树打招呼，于是每片森林都认识我。

一棵树有一千片叶子，一片森林有十万棵树，海南岛有一百万片森林。

我沿着每条公路行走，从亚龙湾到琼州海峡，从五指山到鹦哥岭，云朵给道路命名，我给云朵赋予意义。

逐渐，道路被我走得像一个句号，一滴眼泪若是落到这里面，那一切看起来就像盛满海水的盘子。

有那么一次，我在沙滩上睡得太久，醒来后，头顶的云朵竟然变老。

那时，我看到原始的力量在地平线处交合，在天的上方，亦在海的下面。

诸神显现。

从五指山到毛阳镇，沿着224国道，我把一粒石子踢着走了超过一万步。

现在，它已经不像一粒石子了。

因为和我的脚接吻次数太多，它成为我脚的一部分，我的脚舍不得它。

我的脚在盘山公路上转弯，它跟着我的脚转弯。

我的脚甚至不知道它是跟随雨水和泥土从山上掉下来的，还是因为哪一辆卡车的某次颠簸晃到路上的，就已经完全爱上了它。

爱了有十公里，爱得彻彻底底。

它在路上躺得时间太久了，早就没了当初的模样。

我的脚在路上也走得久了，没了当初的模样。

我们两个都没有了当初的模样，所以只用爱现在，不提过去。

我的脚和这块石头遇见的不早也不晚。

刚刚好。

2013.04.13　自贡

我和我的自行车在河边停了下来，河流的名字我不知道，也许从古至今，它就叫"河"。人们看见它流动，它便成了"河流"。河流在不远的地方拐了个弯，它拐弯时产生的弧度，仿佛是河流本身学会了笑。

它冲我笑，我也对着它笑。

两个小孩在河边往水里扔石头，不停地扔，并顺着水流的方向奔跑。水流中间漂浮着一只竹篮子，他们想把石头扔到里面，然后将其击沉。他们是把那竹篮子想象成敌方军舰了吧。敌方是谁，也许是村东王家的小子，或是邻居那位胡子拉碴的老爷爷。我猜想着这些，开始发笑。他们扔石头的时候也在笑，大声欢笑、喊叫……

竹篮子渐渐漂远，他们追不上，现在有些垂头丧气。

他们懊恼时，我看见离他们不远的一堵墙上写着这样的标语：关注留守儿童。标语是用红色的涂料刷上去的，笔法毫无力道可言。墙是泥土墙，表面不够平整，但泥土的质地让这堵墙看起来更自然、和谐。

同周围环境相比，这条标语的出现显得极为突兀。

春天的一场风从低处的地面卷起，在那堵墙的附近抬了一下头。

顺着河流走出去没多远，路边出现一处极美的小院。屋子是多年前修的，已经很旧，可能多年前它就这么旧了。刚刚只是更旧了一秒钟。建造屋子的原料是当地一种红里泛黄的泥土，山上随便哪处便能抓上一把。寻个能工巧匠捏出屋子的模样，这栋老屋就有了生儿育女的功能，多年后获得个儿孙满堂的名声。

从屋门口走出没几步，再下几级石头台阶，是一方池塘，池塘不大，角落游着几只鸭子。空气很安静，鸭子静静浮在水上，偶尔拨动一下水面，水里多出几道涟漪。接着，涟漪在水的边沿不见了，池塘又回归平静，那些鸭子依然静静浮在水上，仿佛之前的涟漪假的似的。

花朵在院子里生长。聚在一起的花儿多了，便有了花丛。花丛把房屋和池塘分割开来，长在石头台阶两边，还有一些在离台阶远一些的地方盛开。所以，从这栋老屋的门口出发，要到达池塘的话，期间必须穿过花丛，穿过花丛的香，香里的蝴蝶。

我想把这院子看得更仔细点，不自觉走入了花丛的更深处。看家的狗发现了我，狗之前在睡觉，现在开始狂吠。主人听到狗叫声，打屋里出来查看情况。走出来的是一位老奶奶，穿一身蓝色土布衣服，一双布鞋，身后跟着一位老爷爷。老人家留着撮山羊胡，身材瘦小。老奶奶在门口好奇地看着我和我的自行车，老爷爷看了我一眼后，转身又进到屋里，搬出来一把矮旧的木头凳子。坐在门口，坐下来和那老奶奶一起看着我。他们似乎是要打算长时间盯着我了。我这个不"速"之客，竟然骑着辆自行车来到他们家的院子。

老奶奶先说话了，她看我骑了辆自行车，就问我从哪里来？来她家做什么？怎么骑了辆自行车……她一口气问了很多，可是她说的四川话太过地道，又带着当地口音，大部分我根本听不明白，便只回答了几句我能听懂的。

在门口站着聊了一会。如同她问我问题我听不懂一样，她和我聊的内容我只听进去一小部分。我说她家的花开的漂亮，能继续去里面看看不？老爷爷没说话，从木头凳子上坐了起来，给我去拦拴在花丛边上的狗，狗开始沉默了，温驯地卧在脚下。老奶奶让我尽管看，说平时家里也不来什么人，难得有个人看这些花。花都是她自己种的，她一一给我介绍起了各种花叫什么名字。

第一次看到这个季节还在盛开的梅花，只可惜她给我说的那种梅花的具体名字我始终听不明白，是当地的土语叫法。也可能那本来就不叫梅花，是我自己以为那是梅花的一种，就觉得是梅花了。老奶奶指着一簇淡粉色的花儿，说这花叫月月红，之所以这么叫，是因为这种花每个月都要开一次。她说起这花时，我想到的是，为什么明明是一种粉色的花儿，却要叫它"月月红"？

想必是最早给这花命名的人家希望每个月每一天都可以过得红红火火，就给它起了这么个名字。花的名字里有他们的期盼，花开了，愿望也就能够实现了。在花丛里走着走着，一只猫突然从花丛里跑了出来，瞟我一眼，又"嗖"地钻进另一丛花里去了。离我远点的一簇花上有蝴蝶在飞，猫去捉那蝴蝶了。

老奶奶说那是她家养的猫，最近发春，成天不知道野到哪里去，半夜不回家，以前的夜里总往他们被窝里钻，现在不了。老奶奶家里没有什么年轻人居住的痕迹，一切看起来都是旧的，连一个碗好像都用了几十年，弄不好已经成了个文物。

我问她家孩子在吗，老奶奶说她家有两个儿子，都在上海打工，帮老板修楼。说上海的××楼她儿子就帮忙修过，那栋楼好高好高，电视里都放出来过。她还去过上海，亲眼看过那栋楼，那栋楼就在一条江边。她问我知不知道这栋楼。

老人家不知道黄浦江，不知道苏州河，她去上海关心的是那栋高楼是她儿子修的。

她家大儿子四十多岁，生有一儿一女，前几年孙子和孙女还都在老家住，现在孙子二十多岁，孙女也快二十了，又都去上海打工。老奶奶说这些的时候，还喊着让老爷爷回屋去拿孙子孙女的照片。老奶奶又给我说她孙子前段时间换到苏州打工去了。苏州她没去过，不知道怎么样。

二儿子三十多岁，几年前打工时认识了一个女的，是从另外一个省来上海打工的。她说她当时就给老二讲，不要和其他省份的女的来往，要找对象，应该像他哥一样回老家结婚娶个媳妇，那样子安稳，女的要跑也跑不了。结果老二不听她的，后来和那女的谈散了，到现在还没找到对象，时间耽搁了，钱还给那女的花了不少，最主要连个小孩都没生下。

她说这些时，老爷爷一直坐在那把木头凳子上，一言不发，他也没有回去拿照片。

我想起了这几天我在四川的路上常能看到的一个场景。沿着各条公路，许多三四十岁的男子骑着摩托车从我身边经过，摩托车上通常都装了音响，播着时下流行的网络歌曲。他们全是要出远门的人，路远了，总得给自己找个可以在路上娱乐的东西。摩托车后座上绑着用编织袋打包好的行李，行李看着很沉，规模巨大，好像带走的是一栋屋子，是屋子里的整个故乡。往后多年，他们就靠着这几个编织袋了。

这些人一般都是三五人组成一支车队，路上，有的人找到合适工作了，就开始在那地方努力生活着，找不到工作的，继续往前边走。

要走到哪里，他们不知道。有的去了上海，有的漂到更远的海上。这些是走出去的一部分四川人。有的人出去后荣归故里，更多的埋骨他乡。

和这些人有着相似命运的，不仅限于四川的乡村，中国还有更大的一部分农村依然是这个样子的。这些年来，我在火车上遇到他们，在汽车上遇到他们，在南方北方的黑夜里遇到过。他们在路上走得太久，眼睛常被从异乡掠过的沙尘打疼。他们打算在陆地上站立，植物般扎根，却宛若置身于大海之中，置身于一场巨大的改革、发展、贫富差距的风暴当中，摇摇晃晃。

稳当的生活不过是祖先做过的那场遥远的梦。

离开老奶奶家时，我从自行车上回头看了一眼她家的院落。泥土造的屋子，池塘边开着的花在黄昏的光线下逐渐变暗。他家屋后稍远的山坡上开着更多的花，太阳的光斜照在山坡上，每一朵花似乎都变成了从山坡上长出来的一双双彩色的、会发光的小眼睛。

或许每双这样的眼睛都藏着一个叫做"月月红"的愿望。

2013.04.20 雅安

天将彻底黑时，我进入了仁加村。这是本次地震的重灾村庄之一，隶属于雅安市芦山县清仁乡。村子里到处是因地震被毁的房屋。其实，这又哪里是坏掉的房屋，全是破损的心和坍塌的梦。看着这些房屋，我能想到这么一个情景。

之前的晚上，人们在屋子里睡得安稳，有极好的梦，梦里全是以后的路和将要到达的未来。春天的夜晚不冷不热，人们睡得正好，打着轻微的鼾，年轻男子在睡梦中说着思念爱人的情话。早晨，他们在晃动中醒来，开始的一刹那，屋子里散乱着灰尘，人们迷迷糊糊，以为是早晨田野里的雾跑到了屋里。突然，灰尘遍布屋内各个角落，泥土大块脱落，墙壁倒塌，房顶砸向地面，却看不见天空。一切皆被灰尘遮挡，眼睛早已无能为力。遮天蔽日之中，大地起伏，死神牵着巨兽猛然闪现。

4月20日早晨8点02分，雅安，有人从这样的早晨里跑出来，带着眼泪、血和从绝望中呼喊出的一位亲人的名字。也有人永远留在了这个早晨，留在了这个早晨还没来得及醒来的梦里。

雅安有个好听的名字——"雨雅安"。这里一年到头经常下着牛毛细雨，人们把这样的雨称为"雅雨"。美丽的姑娘撑着一把花伞走入这雨里，一滴雨在睫毛上化开，衣裙上湿了几滴，这姑娘便和这雨一样有了个好听的名字——"雅女"。

姑娘走过一条街，街上男子的眼睛都得跟着她走。男人们眼睛里发出的光芒铺成另一条大路。"雅女"走在哪里，哪里才算有了风景。一双绣花鞋随着石头台阶上上下下，男子们的心也就有了起伏、摇摆的节奏。街道尽头，女子在拐弯的地方消失在雨里。入夜，这条街的男子集体丢失了睡眠。窗外的雨继续下着。这是我从前想象过的一幅和雅安有关的画面。今夜却怎么也不能把这画面和仁加村联系起来。

沿着村庄的主干道——已经不能称为干道了，现在这里是由废墟垒起的一片高地。我不断跟随着废墟前进，废墟的前面还是废墟。拐进一条巷子，看到一些人正在烧着纸钱。地震让这里的夜晚重新归于原始的黑暗，电力完全中断。所以当烧纸钱的火光照亮一小部分黑夜时，黑夜像是多出了一道火红而灼热的伤口。一位中年男子跪在人群中间，神色黯然，火光映照在他的身上，仿佛一截焦黄的枯木突兀地立在漆黑之中。人群中许多人都在轻声啜泣，他悲伤到默不作声。在男子旁边，摆放着一口大棺材，以及一口小的棺材。一位本地村民告诉我，那位中年男子姓李，他家有两口人在地震中去世。大的棺材里是他老婆，小的里面则是他家九岁的女儿。

中年男子是地震发生后从芦山县城赶回来的。平时坐车不到一小时的回家路，今天却用了大半天的时间，从早晨一直走到下午。我也是从那条路上过来的，那时我和我的自行车正行走在途中。猛然间，大地颤抖，起先我以为是我头晕了，接着石头就从旁边山上滚下，本能让我慌忙逃命，根本来不及思考到底发生了什么。那一刻，我是幸运的一个，我没有任何其他的想法，只顾拼命逃生、活下来。在大地面前，我抱头鼠窜。

我知道他走来的这条路上全是落石、滑坡、余震、阻塞的车辆……我更知道，他其实不是从早晨走到了下午，而是从一个日出走向一场日落。此后多年，日落后的每一次黑夜，他如果想要在睡梦中摸索什么，再也不会找到过去那双熟悉而温暖的手。床永远空着半边，家永远空着半边，那双手和这个早晨一起消失了。

村民给我说起了这位男子家的事情。说小女孩本来在芦山县城读书，父亲在城里做点小生意，母亲在农村种田。春天了，土地里的事情更要忙些，播种、施肥，母亲最近就一直没去城里看女儿。周末，小女孩嚷着要回家看望妈妈，说想妈妈了，男子昨天下午就把女儿送回了老家。送到家之后，他还要忙着回店里打点生意。那是一家小小的便利店，常要经营到凌晨，多赚点钱，生活本来就不容易。多赚些钱还能给女儿买两件好看的衣服。

可谁知道，这一分开，便是永别。只是一夜时间，整个世界就倒了下来。告诉我这些话的村民说他家的屋子也塌了，幸好没死人，都跑出来了。村民们说起去世的小女孩时，语气里满是惋惜。说那小女孩学习特别努力，常常获奖，长得又乖，长大了肯定特别漂亮，一定能考个好大学。

　　说着说着，一个村民的眼泪也流出来了。他说那小女孩可怜，长得那么好看，却还没有长大成人就突然没了。人没了还没有一口像样的棺材，她和她妈妈的棺材都是村民急急忙忙用木板钉起来的。毕竟不能让人躺在野地里，可又没个地方买棺材，毕竟一下子死了这么多人。昨天生龙活虎，见面打着招呼的人，怎么说没就都没了呢？他想不明白。小女孩昨天见他时还给他笑，今天却怎么叫她，她都不答应了。他哭得伤心，我再没多说什么，只在一旁看着。夜色太黑，泪滴从他的脸上滑落时，在火堆旁闪着光亮。

　　村子里还有几个人在地震中去世，当天已经被掩埋掉。大概是要防止疫情发生，总之这是当地政府的要求。

　　不过小女孩和她妈妈还不能下葬，家里还有人没有回来，没见到他们最后一面。她还有一个哥哥正在赶回来的路上，小女孩和她哥哥平时玩儿的好，哥哥在成都工作，估计今天半夜能回得来。可天黑之后，再走那些山路的话会更加危险，山上那么多石头松动了，万一掉下来哪块，黑夜里根本来不及躲开。

　　哥哥肯定还不知道家里发生了什么事，现在灾区没有信号，手机联系不到任何人。此刻，只是希望他今晚一路平安。海子在《村庄》里写过这么一句：我的妹妹叫芦花，我的妹妹很美丽。芦山的"芦"便是芦花的"芦"，肯定是这样的，当小女孩在天堂见到海子时，海子会对着她喊一声：妹妹。在那里，她可以继续长大，变得漂亮，去读书，甚至去旅行，而同时，她也有了另一个已经回家的哥哥。

　　凌晨，当我写下这些时，风吹过我的帐篷。黑夜里发出"轰通"一声巨响，大地又一次开始震动，之前没有完全倒塌的一堵墙现在完全倒了下来。旁边帐篷里的小孩被这响声吓醒，号啕大哭，口齿不清地哭喊着什么。一会儿，这小孩又睡着了，后来黑夜依旧，风带走他的声音。接着，我听见风里又传来其他的什么声音。我努力往清楚听，却越发地听不清。

最后，只剩下了风声呜咽。

2013.04.27　丹巴

一只喜鹊在树桠上鸣叫，林子里还有其他动物发出的声音，可惜我不知道具体是哪种动物。

隔着大概一百米，依然能清晰听到大渡河经过大地的阶梯时被跌疼了、被煮沸了的咆哮。它的身体犹如一头在山间不断穿行、闪转腾挪，也可以说躲避的巨大猛兽。

这是我昨晚住的房屋附近在今早七点钟时的情况。

房屋的主人是更登泽郎，出生于1956年，今年57岁，刚认识他时，我总把他的出生年月记成1957年，今年56岁。记错的原因或许是由于我一直对数字不敏感，以至于别人给我说了什么关于数字的，我总得赶快记到本子上面，以避免忘记。也或许是因为更登泽郎看起来只有四十多岁的模样。我便尽可能把他往年轻了想。

我认为，后者是主要原因。高原上那些豪放粗犷的男人都显年轻，他们有足够的硬气。更登泽郎即是如此。好莱坞导演要是来这儿选角儿，该是能选出一大批适合饰演硬汉形象的男演员。

和更登泽郎认识的过程大概可以描述为这个样子。之前在日隆镇时，我看到了一张照片，是日本一个叫做大川健三的摄影家拍的，照片反映的主要内容是丹巴县巴旺乡的两个藏族古碉楼。在图片的右侧，大渡河被拍的宛若一条蓝色玉带。

可是，在我看来，照片里的大渡河无疑是被大川健三动过手脚的。大渡河本来的样子应该是浑浊、咆哮不止，这样子的大渡河才显得出河流的本性。是那条翻滚时夹杂着一千年前泥沙的大渡河，是当地藏民世代口口相传的那条吃人的大渡河。"浑"是一种厚度，是沉重。从"浑"里取出的水，你要耐心等着厚重的那一部分慢慢下坠。

等待本身在这一过程中就成了仪式的一部分，有了庄严、肃穆的光芒。

我估计这位日本的大川还不算真正懂藏人的文化，他恐怕是把藏人当做了内地的汉族，然后使用着日本人的胃口对照片进行了某些修改。他只是拍下了一张好看的照片，再无其他。

拿着这张照片，爬上一座大山之后，我来到一个叫做齐支村的藏寨。之前在八旺乡政府，我向人打听这张照片是在哪个地方拍的，一位当地人告诉我应该是这个村子。可是我找了很久，走了很多山路，还是没能在村里找到那两座古碉。与其说这里是一个村子，不如说是高处的山坡上住着几户人家。幸好，天黑前，我遇到了更登泽郎。

当时他手里拿着一条那种过滤嘴是蓝色的红梅牌香烟，看他吸烟，我给他递了一支我随身携带的香烟。他点燃烟，看了一眼我的照片，告诉我已经走过了照片里的那个村落。又说天快黑了，来不及下山，今晚就在他家里住。

我没有推辞，回道：好！

更登泽郎家里有三亩九分的土地，种有苹果、小麦、蔬菜，以及一亩二分的葡萄。

聊起他家种的葡萄，他语气里会有些许自豪。谈论葡萄时，他说道他家葡萄的品种是赤霞珠，10月份成熟，县里酿造葡萄酒的工厂每年会定时前来收购，一亩二分的葡萄一年能给他家带来两千多块钱的收入。他们自己家里也会留下一些葡萄，用来酿酒满足自家需求。

我尝了一杯他自酿的葡萄酒，味道极好。不过估计不适合城里人的口味，这酒里夹杂着粗糙的颗粒。城里人喝红酒时讲究口感的醇厚、果香味儿、橡木桶的味儿什么的，更登泽郎家里的葡萄酒则是在口里爆炸开来的，且带着植物本来的土木味道，像他家院子外那块土地的味道，很原始。

聊天时，他家的小儿子回来了。人长得很帅，脸型瘦长，高鼻梁，浓眉，眼睛炯炯有神。我之前已经知道他家有三个儿子。说到自己的三个儿子时，更登泽郎脸上流露出的全是作为父亲的骄傲，大儿子在石渠县城上班，老二在县农牧局工作，老三以前跟着歌舞艺术团到全国各地演出，后来被他喊回来种地。他说哪天自己死掉了，土地还需要年轻人回来继续耕种。

有一点更登泽郎是知道的，即便某天他活到奄奄一息，老得只剩一把骨头，他种植多年的土地依然年轻，并且一如既往地精力旺盛。大地是永恒的！他的眼睛老到无法看清楚东西，但家里的土地来年还是会长出绿色的叶子。秋天，风从山的另一边吹来，果实随风摇晃。最终，他在这些摆动中才得以安然离去。

他家老三让我叫他小丹巴就可以，说家里人都这么叫他，这让我感到荣幸，觉得自己在他家里也能算是那么一回事了。他们的好客是一种发自本能的自然。

和小丹巴聊天，他说起以前在歌舞团时的一件事。那时他在九寨沟演出，认识几个做导游的。导游每次都强制游客们去看演出，若是游客不愿意去，导游便会很生气。那些导游和他喝酒时还常会说起游客的不好，让他们从演出团那里得不到提成。

小丹巴认为，游客如果愿意观看演出，那去看；不愿意，那是游客的自由，和导游无关。游客一年好不容易才有时间出来旅游，应该让他们高高兴兴地玩耍才对。他觉得任何人都不能强求别的人去做什么事。他又说到演出团也有不好的地方，所以他宁愿回家里来，照看父母，帮家人种田。

聊起这些时，他刚从山下一个造砖场回来，在厂子里他负责挥着大锤打砖，一天有一百二十块的收入。这个季节地里没有太多要做的营生，可他也不能让自己闲着。他说："年轻人的力气多的是，不能浪费。力气今天用完了，吃顿饭，睡上一觉，明天还会回来。一直不用力气，反而永远也不会有力气。"

他跟我谈论那几个导游时，没说具体是哪里人，哪个民族，以及他们其他的什么事情。不过我明白，从他口里说出的关于个人自由的看法，是关涉到信仰的一部分，是慈悲的一种。

2013.04.28　雅拉雪山

我和多吉卓玛一起吃着早饭，进行简单的聊天，早饭有馍子、糌粑、酸奶酪、酥油茶、酥油，一顿吃不完，下一顿早饭还是这些，继续吃。高原的天气冷，东西不容易变质。多吉卓玛现在的生活还不需要一台冰箱，按她的说法：冰箱这东西是给城里人用的。

吃这顿早饭时，我所在的地点是雅拉雪山下的塔公镇。

炉火的光让多吉卓玛本来红黑的脸庞呈现出温暖的色调，红色变淡、闪烁，带着火苗的黄色，黑色减少。光和影搭配的极为分明。

谈话时，我们面前的火光摇曳着，多吉卓玛的脸在火炉前忽明忽暗地变幻，我想起了我走过的那些白天和夜晚重叠在一起的路。

无数个白天和夜晚重叠形成的这条漫长之路是我最近两年的生活。我在路上喊叫、哭泣、不明所以……

塔公之前一天下了雪、冰雹以及雨水，天气不停变化，我在路上走得很辛苦。下午时有一小会儿出来了太阳，但只是那么一小会儿，之后雨水再次到来，在我昨晚睡前仍在持续。

不知它是在晚上哪个时间停下来的。不过这不重要，与我相关的是它现在停了，千百年来，自然从来就是这样。雨开始下了，是下雨了，雨接着停了，那便是停了。在这里生活，人们必须学会遵从自然的嘱咐、命令。于生死之间接受大地日复一日的奴役。

早晨的天空阴沉，外面天气寒冷。我坐在火炉边，觉得温暖，烘烤昨天湿了的衣服。衣服上散出潮热的蒸汽，夹杂着我的汗味，以及以前不小心洒到衣服上的酥油茶味道。

我在路上晃荡停不下来，几乎把命数次丢掉，却又不知道是什么把我扔在了路上。总觉得这世上有一只看不见的手将我推了一把，然后我就上路了。在路上时，这只手对我连拉带拽，百般虐待，于是我往前，于是我逃跑……

逃跑途中，衣服跟着我在路上就受苦了。常常担心它哪天坏掉，衣服坏了，我在路上就没钱再买了。谁都知道，现在的户外衣服越卖越贵。衣服价格的节节抬升伴随着生产力的提高而出现，显得极不科学。

多吉卓玛家的收音机播放着活佛念经的声音，她自己每天也要念两个小时左右的经书。因为和她才刚刚认识，我问起她的名字。她说她叫白酪，出生时白白胖胖，家人就给她起了白酪这个名字。

接着她又给我指指自己的脸，意思大概是自己现在很黑，也老了。她汉语不好，我费了很大力气才理解了她说的是什么意思，同时发现她弄错了我的问题。

我想知道的是和她姓氏有关的名字，她回答的则是汉语语境里所说的外号。后来她终于明白我问的是什么了，告诉我她的名字——多吉卓玛。

"多吉"在藏语里意为金刚，寓意永恒。"卓玛"指的是度母，那是一位很美丽的女神。我可以把"多吉卓玛"理解为：永恒的美丽女神。

多吉卓玛接着哈哈大笑，笑得很开心，说已经很久没有人问起她叫什么名字了。现在突然有人问，这问题本身已足够让她开心。

她笑的时候，酥油茶的热气在阴冷的空气里上升着，在暖的火炉附近消失掉。像是一只虚空中摸索着什么的老阿妈的手。

对于我来说，知道"多吉卓玛"这个名字也是让我开心的，我也跟着她笑。于是，在这些文字之前以及之后的部分，我可以称她为多吉卓玛。

和多吉卓玛的谈话中我得知了以下信息：多吉卓玛每天凌晨四点半起床，去邻近的塔公寺转经，早晨七点多回家，然后吃早饭。

她今天就是在转经时遇到我的，当时我在帐篷里被冻得瑟瑟发抖，她看了我一会儿，便让我随她到家里吃早饭。

多吉卓玛今年 63 岁，脸上看起来比 63 岁的人更为苍老，高原气候恶劣，紫外线极强。但她的身体却比 63 岁的人硬朗许多，这得益于她每天转经，常年在高原的季节里爬山上坡。

聊天当中，她递过她的手机，让我帮她查查手机里还有多少话费余额。

她的手机看起来很破旧，屏幕摔出了裂缝，上面有浓重的酥油味儿。多吉卓玛不知道怎么拨通移动客服，可她知道移动公司下个月要扣掉她手机里的钱。四月只剩下最后两天了。

说到四月，我能想起艾略特在《荒原》里写下这么一句："四月是最残忍的季节，荒地上长满丁香。"而说到残忍，我则知道，相比较多吉卓玛在转经时的那种移动来说，移动公司每个月拿走她的那一部分钱则是固定的。

这种固定很残忍。

我每天拼命在大地上移动，也逃不开固定的这一部分。你知道的，我的母亲想知道我待在哪里，我的学校要捉我回去，移动公司就是这么一个圈子，把我如同一只待宰的绵羊一般圈起来了。

他们那些人把羊关在圈里，喂胖之后又把它杀来吃掉，却说自己是"养羊"的人。"养"这个字被他们使用的很荒诞。

拨通10086，查询结果是多吉卓玛这个月使用了二十块二角五分的话费，还有五十块七角六分的话费余额。多吉卓玛告诉我，自己平时主要是给小孙子打电话，小孙子在远处的康定城读书。又说话费是她儿子上次给她缴的，她自己不会缴费。

其实康定离塔公很近，可是在多吉卓玛看来是远的，我没给她说我认为的这件事。距离的远近一直是以使用哪种交通工具来衡量的。

汽车、火车、飞机、自行车、双腿、儿时的毛驴车都是交通工具，移动公司也是交通工具。

整个早晨，我和多吉卓玛这样有一句没一句地聊着，有时无话可说，她就读一会经书。读完经书之后，她内心似乎在挣扎着什么事情。她打开电视机，脸上的表情是不情愿，但又充满期待。她一辈子还没有学会过通过表情掩饰自己的想法，这证明六十三年来她一直活得足够真诚。现在她看的电视节目是四川卫视早间档的某部电视剧，电视剧是假的，这点确凿无疑。

看电视时，她给我讲起了自己对于电视节目的看法。说电视不是好东西，让人总想看节目，不想去转经，不想去念经。年轻人看电视看到半夜，早晨又醒不来。醒不来下一天又不能早早起床去转经。

她说她不想要这台电视机了，因为这东西让她也时常忍不住地想看。讲完这些，多吉卓玛告诉我她要出去再转一会经，让我接着在家里烤火，把衣服烤干了再出来，外面冷。

多吉卓玛出门的时候，没有再瞅那部电视机一眼。

她给我说这些的时候，我想起了《达摩流浪者》里的一段话："想想看，如果整个世界到处都是背着背包的流浪汉，都是为拒绝消费而活的'达摩流浪者'的话，那会是什么样的光景？现代人为了买得起像冰箱、电视、汽车（至少是新款汽车）和其他他们并不是真正需要的垃圾而做牛做马，让自己被监禁在一个工作—生产—消费—工作—生产—消费的系统里，真是可怜又可叹。你们知道吗，我有一个美丽的愿望，我期待着一场伟大的背包革命的诞生。"

想着这话时，我看了一眼窗外，天气稍微放晴了一点儿。等我回头再看多吉卓玛，她已经走出了门，并在出门前给我的碗里新添了一碗酥油茶。

没错，白酪已经是一名达摩流浪者了。

后来我离开多吉卓玛的家，离开多吉卓玛的早饭、多吉卓玛的火炉。推开门，看见雅拉雪山端坐在塔公的草原上，如同一朵正在盛开的白莲花。

2013.05.12　新都桥

我坐在大地上一把破旧的藏式木头椅子上，椅子好像有三百年的历史了，已经成了文物，但还在使用。木头上有太阳留下的温度。阳光很好，这阳光的归属地是新都桥。

远处山顶还有没来得及融化的积雪，牦牛在低处的山坡吃草，草是淡淡的绿色，即便现在都五月了，这里的土地仍是早春的样子。新都桥海拔 3300 米。

牦牛吃草的样子慢条斯理，看起来斯文。也许那些草都是写在山坡上的字，此刻它们正在读书。牦牛是这里最早的居民，数千年来它们一直在这片土地的历史中穿行，在古老的史诗里流动。这是大地上最伟大的原始部落。

它从从未停止地给这片土地上生活的人们提供一切必需品，吃穿住行都离不开牦牛。酥油、牛奶、酸奶、奶酪、衣物、帐篷、肉、骨头、皮……即便死掉，它们也未从人类生活中抽离开来。经常看见藏民将某头牦牛的头骨置于门楣之上，或是刻了箴言，放入玛尼堆中。这些头骨现在是藏民们与神灵沟通的一条中间通道，悠久的传统在生活中显现出的古老符号。

在过去的西藏，许多牧民一生最大的梦想就是拥有一顶黑帐篷，这种帐篷用牦牛绒一针一线缝制而成。一首西藏的歌里这样唱道："风雪夜里有一顶黑帐篷，孤灯闪烁照亮我的生命。"

太阳将光芒洒在更远的雪山之上。那雪是终年不化的，累积起来的时间。时间具体有多久，我不清楚。在本地人眼里，有了西藏的时候，那些雪也便跟着出现了。雪山看起来崇高、圣洁无比，神如果有一种模样，差不多是这个样子的。我打算面朝这雪山跪下，我已经跪下了。每次看到雪山，都想要跪下，内地流行的"男儿膝下有黄金"什么的在雪山面前在神面前不适用，也没用。

跪下后，我进行一些仪式，类似祷告，也像是占卜，但不关乎吉凶、生死。这样的仪式中我并无所求。自然里，下跪几乎是一种看见神后身体产生的本能反应。让我可以跪下的，不光是地心引力的存在，更是雪山那位原始之神的到场。仪式是对神的一种敬畏、恐惧。

云朵从天空飘过的速度很快。大地上，云朵的影子不断变化。附近的白杨树一会被阳光照得通透、晶莹，一会又位于暗的地方，云朵的影子里。

白杨树暗下来时，生长于天空之下，又在云朵产生的影子上方。所以准确来说，那一刻它们是在云朵与云朵之间存在的树。长在云朵上的树，飘着的树，天上的树，行走着的树。

这些白杨树此刻不只是在太阳底下进行着光合作用，还是正在太阳下流浪着的背包客。

背包里装满鸟的翅膀留下的影子，一片叶子离去后的回忆。

万物皆在流浪。

我想起昨天过折多山时的情景。折多山，听名字就知道是怎样一座山了。这山是我骑行以来经过的第一座四千米以上的大山。山坡上常能看到正在挖虫草的本地藏民，虫草价格昂贵，依靠虫草获取的钱财是他们一年到头的一项主要收入。我在坡上缓慢骑行，艰难的上坡路段。忽然从后面冒出来个骑摩托车的藏族小伙，问我要不要虫草，说是刚挖出来的，我告诉他我没钱买，他还是固执地拿出来让我看。

的确是才挖出来的虫草，虫的部分还裹着新鲜的泥土。我把虫草还给他，他随便包在一张塑料纸里，往口袋里一装，也不怕弄折了。让人完全不觉得那是个什么金贵的东西，要谨慎地拿着、捧着。估计他自己也不觉得这有什么贵重，就是一个赚钱的"物"，能赚来钱算好，赚不来，自己吃了，牦牛吃了，也不算浪费。毕竟，所有来自土地的都要回归土地。

内地的许多人如今每天着急于补这里啊壮那里啊之类的事情，照我看，倒不如先把心给补起来才是。

像来时那样，他又骑着摩托车风一般走了。我在后面死命蹬着自行车，口喘粗气，自行车依然在爬坡这个问题上表现得如同一只蜗牛。他对着摩托车后视镜冲我高喊一声"扎西德勒"，然后就走远了。我这才想起应该也给他回一句"扎西德勒"才对。

在青藏高原上行走，你所需要的语言仅是学会哭和笑，再接着学这么一句话就够了。当你把这句话说出口的时候，对方就都明白了。

现在是挖虫草的季节，为了方便挖取虫草，很多藏民直接住进了山里，在路边时常能看到他们搭起的帐篷，帐篷里放了火炉，用于做饭、取暖、点燃供奉诸神的酥油灯……高原的空气极为清澈，炊烟从烟囱里冒出来，仿佛能闻得到哪家正在煮酥油茶的味道。

望着这炊烟，我似乎看到了一幅古老的画面：男人在月光下骑着马从远处的草场归来，他在马的背上时已远远望见了自家的毡房，房子上冒起的炊烟。女人站在门口盯着男人归来的方向。一位小女孩坐在屋里，眼神明亮，像外面的月亮。男人拴好马，走了进来，脸庞如同一片黑夜。小女孩喊了声"阿爸"，手里端着碗热乎乎的酥油茶。火炉上还煮着正在沸腾的水，水蒸气让男人的脸一下潮湿起来，仿佛夜色中下起的雨。女人现在站在男子的身后，默默注视着这一切。她身后是外面风的声音，抖动着的毡房的墙壁，以及男人回来时的牧场，和草尖上一只山羊的嘴巴。这一切都在夜里，在幽暗的酥油灯一般的月光下……我想到海子在《四姐妹》里写下的一句"赶着美丽苍白的奶牛，走向月亮形的山峰"。

接着，我想起了你。

去过高原的人都知道，如今在高原上已经很少有骑马的牧人，大都是骑着摩托赶着羊。据说那曲地区的牧人因虫草价格节节攀升而成功致富。他们都买了越野车，是开着越野车放牧的。但是仍有一些高原上的人家，他们尊崇着高原最早的美感。以前在道孚县一个村落，我见过这么几户人家。他们家里有太阳能热水器，热水器是政府给他们的，政府把给他们太阳能热水器这件事看做是惠民工程的一个重要项目。在高原上，还有一项重要的惠民工程是给游牧的人一座砖头做的屋子。想在草原上搬走这些砖头做成的庞然大物，九头牦牛的力气估计也不够。

这个村子里的人家好像不怎么喜欢太阳能热水器。在他们看来，阳光是用来照亮人的脸庞、马的眼睛、牦牛的屁股，照亮一株真正生长的青稞的芒，怎么可以用来照亮这么一个怪物？他们还认为一个形状怪异的东西放在屋顶会给家庭带来不祥，索性就把太阳能热水器搬进了屋里。于是，这多余的工具现今只能照得到一丁点太阳了，它已经丧失了它在工厂时被赋予的功能，且沦为家里一个无用而累赘的摆设。只是扔了又可惜，毕竟是政府花了几千块的东西。

这些人始终认为，几千年来，屋顶作为建筑的一部分当然是有其本来的作用，不能让这么一个工业时代的产物给祖先留下来的房屋做了主。屋顶作为屋顶，是为了让人站在高处看风景的，是用来悬挂敬奉给神的经幡的，是让风不被阻拦，可以在屋顶自由自在走路的。这样走路的风遇到站在屋顶的那人身躯，忽然拐弯之时，人才算有了"陡峭"的角度。不然，"陡峭"就被一个没用的"物"给占领了。他们更是清楚，"陡峭"这样的词只适合形容高原上雄伟的山，适合拐弯的风，适合在季节里流浪的万物。

无论如何，"陡峭"是说给古老的、亘古的东西听的。况且不管怎么说，用太阳能热水器在高原上频繁洗澡都不是一件聪明人该干的事，因为会感冒。

这样的热水澡更适合从城里旅行到此地的某位洁癖患者。

2013.05.22　芒康

一天翻过两座大山，拉乌山以及觉巴山。芒康县城出发，爬上拉乌山，接着一路下坡是澜沧江大峡谷。大部分时候，澜沧江就在不远处，但看不见它的身体，它隐藏在纵深几千米的山与峡谷之间。翻过觉巴山则是登巴村。中间路过一个叫做如美的村庄，村子的名字像是那地方本身，都是美的。

这名字让我忍不住想起了你。

自行车下坡下得慢，我则把路两边的景色和人都看得仔细。一个小孩给我招手，我停下自行车，他跑过来和我要糖果吃，当然他不说他打算和我要吃的。他伸出一只手，展开手心，是空的；接着伸出另一只手，手里握着几朵小野花。现在这个季节，这种花儿在高原上很多地方开得正好，我几天前有见到过，今天早些时候也在路边看见了，可全没这次看到的美。小孩的手是黑的，指甲里有泥土，那花在他手里，像是依然生长在高原的泥土里一般，甚至比在泥土里还鲜艳。

我明白那小孩的意思，他想把花儿送给我，然后让我给他吃的，这是一种交换。也许他知道，伟大的贸易就是从这样细小的物物交换开始的。这位小孩肯定是觉得白白拿走陌生人的东西非常不好，可他又想不出自己向别人要好吃的东西的话，该给别人送什么礼物。他没钱，也无法像大城市的幼儿园小朋友那样可以用自己的糖果作为交换。他看见花儿美丽，便摘下几朵。这样，他把鲜花送给经过的路人，把好看送给每一位路人，再收下他们给自己的食物，就不是白白拿人家的东西了。他一定是这么想的，他是聪明的，也是美的，如同他手里的花。

以前在偏远的藏区旅行时，常能看到一些小孩衣服破烂，平时怕是没有衣服可以换穿的。他们看到外来人时的眼神像是一只受了惊吓的兔子，害怕，带着警戒。他们和我要糖果时的样子更是令我难过，细小的贪婪，楚楚可怜的神情。他们的鼻涕流了下来，高原上的风又把鼻涕吹干，日复一日，鼻子下面的皮肤已经裂出了口子。可我又不知道该不该给他们糖吃，孟子想着"人之初，性本善"，荀子又说着"人之性，恶；其善者，伪也"，都是儒家，说法却还不一样，我不知谁对谁错。

在我看来，任何简单的怜悯，无非都是虚伪的表现。我怕我给某个小孩糖吃了，他便知道了人可以不劳而获，此后终是一无所获。我又怕不给那些小孩糖吃，他们会觉得缺少了什么，觉得难过，更怕他们甚至会不知道这世上还有一个甜的，如此美好的东西存在着，可以让他们通过努力去得到。

现在我知道，该怎么给小孩糖果吃了，每个小孩不同，尤其此刻站在我眼前的这一位。

我收下了他给我的那几朵小花，和他一样，我也觉得白白拿别人的东西是不好的，所以我和他进行了"物物交换"。这些花儿，现在放置在我的自行车车头，我的自行车似乎变成了高原上的一块可以生长鲜花的土地。我知道，那小孩给我这些花朵之时，也给了我一部分他指甲里的泥土和手掌里的黑。通过这些，我的自行车现在成了高原上一块移动的土地。路上我一直在想，等到秋天花不开了，冬天，鲜花的味道更是成为了季节的回忆。小孩若是在这样的季节想吃糖果的话，他该怎么办？他指甲里的泥土，手上的黑又该怎么办？他要是去洗手，冬天的水，在高原上太冷太冷了。

遇见一位在青稞架旁晒着太阳的年轻妇女，带着个七八岁模样的小女孩，妇女三十岁左右。我走过去问她可不可以给她们拍照，小女孩不好意思，躲了开来。她则拿起旁边青稞架上晒着的一件黑色西装，穿在身上，将之前穿着的藏服藏在黑色衣服的里面，才开始让我给她拍照。在她看来，这件西服是更好看的。她之前穿的那件藏袍在阳光下闪闪发光，几乎是太阳本身。我想给她拍照是因为那件藏袍。

没告诉她我的看法，她的身体喜欢哪件衣服，认真地穿着，那就是好看。我的好看在她看来绝对会成为老土。

阳光灿烂，她的右手摆出一个剪刀手的造型，我说可以换个姿势再拍一张，她的左手又摆出一个剪刀手的造型。这下好了，极为对称的"美感"，两只剪刀手。拍照出剪刀手也许是她的时尚，那就让这剪刀手在她那里时尚着。我按下了快门。她笑得很开心，露出健康的牙齿。

自行车继续往前，路边有一株桃树的粉色，它正在开花。树下落有大量花瓣，太阳把树枝和桃花的影子照在地上，花瓣散落在影子的间隙。仿佛这影子成了另一棵在大地上生长的桃树，甚至还正在开着花。

总觉得，这两株桃树一定是互相喜欢着的。白天，他们时时刻刻盯着对方，云朵偶尔遮住太阳，影子不见了，绝对是其中一个被看得不好意思了，望穿秋水、望尽天涯。风吹过，树枝同花朵一起摇摆，那是他们在给对方招手呢。晚上了，他们躲进被窝里，被子是高原的黑夜，只有月亮能看得见他们。月亮不过是卧室里的那盏台灯。

我能想到的一切，都是因为我想到了你。我想起你的嘴唇藏有一朵桃花的颜色和形状。桃花本不存在，是你命名了桃花，它对于我才是存在的。

站在这株桃树的下方，抬头观看树上的桃花，一朵白色的云刚好飘到了桃树的正上方，高原上的云朵很低。哦，这株桃树原来还戴了一顶白色的帽子。桃树戴着帽子时，我想起遇见你的某一天，你戴着帽子从我身旁走过……

几头牦牛在桃树附近吃草。我爬下来学着牦牛的样子走路，四肢着地，我几乎觉得自己快要变成一头牦牛了。现在最可惜的事情是，我不能像牦牛那样子吃草，只好拿出剩下的最后一丁点干粮，一块压缩饼干，和我的牦牛兄弟、牦牛同胞一起吃着。

不知你是否知道，西藏的牦牛也学会了恋爱。

2013.06.01　墨脱

从墨脱醒来的早晨，我把一盆栀子花摆放在房间窗台上，拍下一张照片，并给这张照片起了一个名字，就叫：从墨脱醒来的早晨。

"墨脱"在藏语里是"花"的意思，这"花"可能也是有栀子花的味道吧，起码在这个早晨。

这个早晨，隐秘的莲花圣地于我，藏在忽明忽暗的雾里，藏在雾里的栀子花香里。雾和栀子花让我想起你穿过的一条裙子。

以前，栀子花的味道总让我想起重庆的一座山，会想起有一年的一段时间，栀子花香总在天生路 139 号的一所房间里弥漫，那些都是彻夜难眠的夜晚。

而以后，这味道可以令我和墨脱联系起来，可以让我想起墨脱在这个早晨的样子。让我想起你。

田野绿油油一片，本地人居住的木制小屋在周边矮矮站立，这些木头屋子戴着我说不上什么材料的蓝色或者红色的帽子。

制作那些帽子的材料无疑是工业文明的产物，看起来与周围矛盾，未能产生整体的和谐。

看过一篇文章，说墨脱的地形像女神多吉帕姆仰天平卧的圣体，按照文章所说的地形描述，我现在应该正在女神的腹部如蚂蚁般滚动。

为表示对多吉帕姆女神的敬重，这个早晨我选用黄色以及红色水果作为食材，想象着黄色是寺庙的金顶，红色是喇嘛的僧袍。

接着我打坐，感谢大地赐予我食物，反思自己的胃口。很多天了，我一直禁语、修行，期望通过这种方式达到最终的克制。

若是把这模样的水果置于我所能看见的绿色田野里，这水果会让我想到以下这些话：绿色的田野里开着红色与黄色的花。如果再起风，我会想到红色与黄色的经幡在风里给神跳舞。

那红色与黄色缀于地上，也如同大地的眼睛。大地种植一切，收获一切，并且看见。墨脱的土地皆属神灵。"佛之净土白玛岗，圣地之中最殊胜"，说的就是这里。

天空下着小雨，把手伸出窗外，并不觉得有多少雨滴，然而，看着雨滴把田野里的水稻田击打得泛起一圈又一圈的涟漪，我竟担心雨滴会打疼这宁静。打疼宁静，如同放弃神灵。

有农人在田野里走动，我分不清楚他们是出来劳作，或者只是走走。他们走得不紧不慢，一切都刚刚好。

在小小的雨里也不打伞，农人没有带什么劳作的工具，可是走路时又一直盯着田野里的植物，我真的区分不出来。

也许，连他们自己也不知道此时为何出来走动，"走"只是"走"罢了，没那么多为什么。这就好像我一直不清楚是哪种力量把我扔在了路上。

又也许，现在空气湿润，雨下得正好，神灵必然行进在外。农人行走的本身已经成了追寻神的过程。

毕竟，人是要跟着神的脚印来行走的。神往前边行走，人在后面跟着，只不过有的人跟上脚步了，有的则掉队。

而农人之所以盯着田野里的植物走路，是因为他们爱惜这土地，怕自己的脚不小心破坏到一株禾苗的形状，我宁愿相信，墨脱的小草也都学会了倔强。

田野往后，遮蔽我视眼所及之处的，全是墨脱的山。山上草木繁茂，密林中藏有万物。

一只鸟在鸣叫，一万只鸟在鸣叫。每一朵云雾都环绕着一座山，山峦仿佛成了香火缭绕的众神殿堂，又像是云雾把山给拦腰抱住，云雾和山相爱着。

一定如此，墨脱的神灵也会相爱。云雾和山的相爱也必定是深切的，不然为什么他们抱了那么久的时间还不放开。

突然明白了墨脱温暖的原因，明白了为什么走着走着西藏的这片土地上就长满了芭蕉树。

并不是书上说的雅鲁藏布江开山劈石的功力，不是印度洋的暖湿气流，而是墨脱的山和云雾互相爱着，神互相爱着，人也互相爱着。他们总抱在一起。

毕竟，抱着，或者被抱着，总归是一件让人温暖的事情。

2013.07.03 扎达

车上坐着来阿里旅行的男男女女，他们来自全国各地，常年住城里，养尊处优，精力旺盛。在网上约好，或者在拉萨遇见，包一个车，绕着阿里地区走一圈。这样子绕一圈，每人路费多则上万，少也要三四千块，价钱取决于车的好坏，以及是大环线还是小环线。

小环线走阿里北线改则、措勤，再返回219国道，走的路程少，过的无人区相对少。大环线改则过后走尼玛，从安多、那曲回拉萨，路远，路况极差，无人区也多。一圈下来，他们就走过了中国最偏僻人烟最稀少的一片区域。或者说，是车子走过了，而他们看到。

看到什么，那是命，是自然。有人等了一周要看冈仁波齐，山就是不出来。有人在车上坐着，远远便望见了。看见冈仁波齐的，有人跪下默默磕两个头，想点什么。仿佛要给神山拍照，先要等大山开口同意了才行，山不开口，那人不敢轻举妄动。这是一种仪式，一种对于神灵在场的尊重。

有人则急急忙忙跑过去和神山先合个影，发个微博，出剪刀手、喊yeah、抬起一条腿，摄影师数1、2、3，好了。看着拍好的照片，人们有说笑的，有叫骂的，有在神山下撒尿的。

什么样子都无好无坏，命而已，自然而已。

低俗笑话、大牌墨镜、人民币、红景天、红牛、香水、单反相机、黄瓜、学生、大叔、重金属、长途工作电话……此刻全部人为地溶入我所乘坐的这辆车里。

远离城市的家伙们又在拉萨以西一千七百多公里的地方以小规模的形式构筑起一座现代都市。虚伪、真诚、喜欢、讨厌、远方与风在这辆车里达成共存。体现协议的价值，这是人类因自己的渺小而造出的东西。

最前面坐的一个男生说起民谣、李志、摇滚、杰克逊、万晓利、左小诅咒、黑豹……看得出来，他不是真正喜欢音乐的人，他只是喜欢和别人聊音乐。

一行人的领队和我要搭车的钱，两百块钱，我说平时搭车是没有给过钱的。但既然你要了，那给一百行不，我现在总共也只有三百块钱，后面的路还长。

又说我之后会有更多钱的，实在不行，卡里有钱后我再转你一百，可现在真没有多少钱了。我手头有一些明信片，全是自己拍的照片，可以送他们每人一张，甚至更多。如果实在非得两百不可，那我只好下车走路，继续碰运气。

她首先对我说，没看见这车里除了她之外每人手里都拿着一台单反相机吗？谁不能拍个照片？我想要下车了，虽然在这条路上搭车真不是一件容易事。车实在太少了。

接着她又告诉我，给一百块钱也可以，都不差那么一点钱，然后当着她的伙伴们的面说这个钱充公款，用于吃喝。她们是一起从拉萨出来的。看我掏钱掏的为难，她又说只要五十好了。

心中对她这句话抱有感激，可对于已经谈好的事情，对于搭车旅行，我也有我自己的态度。我给她一百块钱，她现在痛快地接过。以前在波密时写过几句，内容是另外几个打算搭车的家伙的聊天内容。搭车这件事情，在他们那儿变成了软绵绵的时尚。

我听着屋外波密下雨的声音
听着那个嗓门洪亮的家伙
说着女生搭车的天然优势
一起搭车的两个女生已经抵达
而车子经过他们时却视而不见
听着他说某某某地的车牌号容易拦下
某某某地的车子想也不用想
听着他夸夸其谈自己旅行的经历
在哪里逃了票
哪里睡了觉
哪里看见某位喇嘛撒了尿
听着他的声音大过外面的雨声
当他的声音停止时，雨声继续
旁边另一个男生插话道
他今天还要回这家旅馆住宿
昨天已经在这里住过一天
今天在路边等了一天也没搭到车
所以继续回来住，明天继续搭
哦，真是执着
既然想离开，为什么不再往前走走

就用你自己的腿

——《搭车的时尚》

100块钱对现在的我来说，确实是一笔巨款。我已经五天没有洗澡，之前很多天，几乎一直睡在帐篷里，每个晚上，高原的天气真他妈冷的要死。只有一晚住在江孜县农民旅馆，住宿费15块钱，农民旅馆的被褥上全是酥油和奶酪的味道。那天白天骑车翻卡若拉垭口，海拔5036米，大逆风，踩不动单车，崩溃，太阳猛烈，如同野兽的牙齿。到江孜后，在一家藏面馆吃了两碗藏面，6块钱一碗。美味无比。那晚我做了一个梦，梦中，将自己白天的经历重复一遍。比白天好一点儿的是，我一边骑自行车一边喝着酥油茶。

然后我从梦中醒来。因为我在梦里喝了太多酥油茶，现在需要撒尿。

前排坐着一个刚刚大学毕业的女生，和男友一起进行毕业旅行。男生说话猖狂，很少摘下戴着的墨镜。也许他觉得自己是一个来过阿里的人，回城市，就了不起了。女生转过头对我说，她觉得他们几个不该收我一百块钱，又说她和她男朋友是坐飞机来西藏的，回去也坐飞机，机票已经买好了。脸上似乎有养尊处优的人固有的优越感。我耳朵没听错的话，她把"飞机"这个词说得格外清晰。

这是我离开札达时乘坐的车上发生的事情。回过头看着渐渐远去的札达土林，我想起才到这儿时第一眼看到它的情景。

我觉得自己好像到达了世界的尽头。土林广阔，这广阔的边沿是绵延几百公里的雪山。即使是在三千米海拔的地方，这些雪山依然高耸，原始的泥土掩埋它的一部分，它又重新长出来一部分更新的峰尖，越长越高。

这些雪山属于喜马拉雅。

时间在札达土地上似乎停滞，不见人烟，我甚至怀疑这世界尽头的土地是由妖魔来把守的，把人类吃了个精光。太阳像是天生的文身大师，把一座座土堆浓重的影子投到另一堆土上，同时让无数个黄色的土疙瘩变成一团团燃烧在世界尽头的烈焰。我开始害怕了。

我以为在札达，自己只能这样一直害怕地、战战兢兢地往前走。

对于世界尽头的想法我只是持续了那么几分钟，一列昂贵的丰田越野车就从我身边疾驰而过。看起来，烧着汽油的越野车比举着火把的妖魔跑得快多了。世界尽头的妖魔早已被现代工业的光辉消灭殆尽，灰飞烟灭。

短短几十年时间，汽车制造商、电视机、无线电话、空中飞行的塑料袋，就让札达的县城里开满了川菜馆。这证明着，川菜对于世界尽头的大多数旅人来说是最为实用的工具，这是供求平衡的体现。

只是，数百万年前，札达不知道人类；数百年前，札达的人类不知道鱼香肉丝和目前炒制它时用到的地沟油。

而说着这些，写下这些的家伙，也无非是一个坐在车里、吃着炒菜的虚伪的家伙。他已经把他的自行车丢在了远方。

2013.10.03　白哈巴

一边阴天，一边星空灿烂，中间银河闪现。这是我在今夜可以观察到的夜空。

早些时下过一场雨，有雨滴从高处白桦树的叶片上落下。黑夜里的土地上有细微的声音响动，那是雨滴落在草尖，以及在叶片上碎裂的声音。

我想，世上的雨滴大概分为两种，走得快的，和走得慢的。走得快的直接落在了大地上，尘归尘，土归土。

走得慢的不一样，在路上恋爱了，做了什么事情，它和树叶恋爱了，和屋檐打了一架，三月遇见了桃花或者叫做桃花的姑娘，都有可能，接着，落在了大地上，尘归尘，土归土。

归于尘土无疑是世间万物最终的真相。

雨后的薄雾从白桦林间升起，不远处的村庄在树林里闪烁着灯光，薄雾让灯光显得微弱、若隐若现，如同树林里藏着星星。

我在大地上仰头静观，满心敬畏。

能清晰地看到银河两侧的牛郎织女星。星星太多了，天空像是课间活动做着游戏的操场。

康德在《实践理性批判》里写过这么一句："两样东西，人们越是经常持久对之凝神思索，它们就越是使内心充满常新而日增的惊奇和敬畏：我头上的星空和我心中的道德律。"

后来这话成了他的墓志铭。康德一生未去远方，不知他对海德堡以外的星空有什么思考。当然，他也说过："真正的崇高只能在判断者的内心中，而不是在自然客体中去寻求。"所以他是不用走出海德堡的。

这样的景色下，对于树林本身，也有另一种生长的可能性，因为林间藏有星星，所以这些树是长在天上的。

我在地上若是看到了树，那看到的绝对是树的影子。这里可是白哈巴村，被称为"神的后花园"。

在白哈巴村，我的头顶，定是有神存在的。这里的树都长到天上去了，所以我在这村庄只能匍匐成土地上最矮的一粒灰尘。矮过牛羊和麦子，矮过灰尘里的灰尘，并且矮得很自然。

身旁的朋友给我讲起了笑话。

之前在布尔津县城认识的一个哥们，单圣然。他给我讲了这么一个笑话，说福尔摩斯和华生去山上搭帐篷露营，睡到半夜，华生美梦正酣，福尔摩斯突然推醒他，指着满天繁星问道："华生，华生，看到这么多星星你想到了什么？"

华生略作思考，说道："每颗星星都可能是一个太阳，我们居住的地球只是太阳系中一颗很小的行星，我们人类是多么的渺小，却还又那么自大，真是悲哀啊！"

福尔摩斯接着怒骂道："你个笨蛋，我们的帐篷被偷了！"

听罢笑话，我和童仙仙都大笑不止。我和他也是在路上认识的。是的，你没有看错，童仙仙，他。

童仙仙姓童，名仙仙，听名字像个女生，还带着仙气，却是个十足的硬汉，我们一起翻雪山、涉冰河，从没听见他说个累字，最多对着旷野大喊一声"操"。

我时常阴阳怪气冲着他说："童仙仙啊，你的名字真是个好名字。"他便报以娇媚的一笑。

写下这些时，我躺在我的黄色与黑色交织在一起的睡袋里，帐篷也是黄色带着黑色的。

这样，我躺在我的帐篷和睡袋里面时，就像睡在了黑夜里泛着淡淡光亮的星星里。

如此，黑夜的外面还有一层黑夜，星星的外面是更多星星。

2013.11.23　拉萨

拉萨的天气忽然冷了很多，尤其晚上。不过依然有很多人在大昭寺广场磕着长头，从白天磕到深夜。

当我住在拉萨，我不喜欢"广场"这个词，布达拉宫广场、大昭寺广场，正打算要建的小昭寺广场。

但我还是得写下"广场"，它只是作为一个名词，指示出拉萨的一个地点，不然你们就不知道我说的是哪儿了，在你们的谷歌地图里搜不到了。

我写下"广场"，这只是作为城市里一个休憩整齐摆放了人工鲜花的平坦位置而存在。

从这个意义上来说，拉萨的确是一座城市了。

我继续说"广场"这个词，如同我们明明知道太阳不会"出"，也不会"落"，可还是要说"日出""日落"一个样。

如同我们明明知道星星不会眨眼，不会一闪一闪，可还是要唱"一闪一闪亮晶晶"一个样。这只是习惯，一个命名的权利。在这权利之下，我不得已而写，写的时候又不得不使用这些词汇。

总之，"广场"这个词其实不适合拉萨，可我依然得说"广场"，不只是因为口头习惯。有人唱过一首歌，唱的是北京的广场，这广场离拉萨远了，是首勇敢的歌。

磕长头不光心要虔诚，还是件体力活。冷的天气里，磕长头的人把自己磕得大汗淋漓，喘着长气。衣服一件件脱下来，渐渐穿的不多了，甚至光了膀子，露出一片如同夜色般的肩膀。

他们身上热，心里更是热的，准确说，是暖和的。佛的一只手把他们的心捂着。

有热的气从一位磕长头的信徒身上蒸腾起来，那热气在空气里翻滚、行走、奔腾，在路灯下比路灯更亮，脚步闪着光。

这些气体让我仿佛觉得那人磕长头时把他本身磕成了一座正在焚香礼佛的寺庙。这是我在这个深夜从小昭寺返回绕赛巷的住所时在大昭寺广场看到的景象。

想着佛堂，我觉得我要写下以下文字，并置于以下。以下，不需要再提广场了。一个字词的存有永远是相对于另一字词而言的。

上下左右，主义信仰，权利义务……

我常沿着大昭寺转经，在寺门前驻足，看磕长头的人们，看游客给磕长头的人们拍照。

人们给人们拍照，一群人给一群人拍照。我也是其中一个。

有时我会想，我拍照时，远处会不会有人看着我，也像我这么想，想着相机成了一个争先恐后的东西，成为旅行、生日、结婚、显摆、夸耀、小资情调、现场取证……各种场合下的政治正确。

这不是相机的错。相机只是物，如果不去使用，它就是一块工业化生产的石头疙瘩。你的相机，我的相机，他的相机，相机之于你的、我的、他的，才是"实"，才有了好坏。

我总是想着这样子想着我的看着我的那个人，而且他的拍照水平比我好了太多。对于他来说，我所获得的照片不堪入目。这样子想时，我拍照拍得战战兢兢、猥琐不堪。

幸好，在大昭寺，我也拍到过自己喜欢的照片。可惜，只是自己喜欢。

一次，几位喇嘛和觉姆在大昭寺门前合影，用一个手机，我指指自己的相机，他们冲我笑，表示同意。我给他们拍了张合影。

他们从拉萨之外遥远的寺庙过来，来拉萨朝圣，来拉萨欢笑、思考。我想拍他们，也想给自己留个念想，就给他们拍了照片。

大昭寺门前的石板在太阳下呈现玉石的质地，带有玉石的色泽，人过上面，出现模糊的轮廓，那是影子的影子，比影子离本身更近一些。

每一块石板几乎都可以当成一面镜子，这上面有太多的人磕过长头，石头是被那些人的长头磕成镜子的。

石头上有那些人的汗水。有的人磕长头磕累了，坐在石头上喝一碗酥油茶，小心或不小心把酥油茶洒了出去，这石头里也就有了一碗酥油茶，这碗茶是给佛的。

长久以来，那些石头上面，一直沾着虔诚之人额头上的一块皮，这皮清澈净亮。所以，活着的人走在这石板上面，可以看见自己的灵魂在脚下晃动，这便是影子的影子，比影子离本身更近之物。

什么是"信仰"？字面意思来看，是只能相信着、仰望着，却不可以去怀疑、多余地思考，更多的藏族人做到了。

有一夜，在老光明茶馆对面的青稞酒馆，我和一位喝到半醉的藏族大叔聊过一次天，聊到饮食，他说藏族人能磕长头磕到拉萨，因为只需要酥油茶和青稞粉就能做一顿饭——糌粑，吃了又是一身的力气，第二天继续上路。

汉族人不行，做个饭炒来炒去、蒸来蒸去，路上没有厨房，也没那么多的调料，所以哪怕到了拉萨，也就来的快了。快了，路上什么都来不及做。

临别之时，我给他买了两瓶拉萨啤酒，祝福他能继续喝个好。那一夜，我过得也挺好，想着自己该在路上做点儿什么。

有人给我说起他们对于传统藏民的几点认识，迷信、虔诚、愚昧，让人流泪……都有。

我的想法大概是：不应说他们是迷信或愚昧的，因为神在他们附近住着，他们站在旁边，或者立于神的脚下，这都是让他们觉得是幸福的。

对于礼佛，在他们的语言里是没有迷信、愚昧这些词语的，想都没想过。他们兢兢业业地礼着，谨慎而谨慎地拜着，求免脱轮回，求来生幸福，这样信仰着，生活着。对他们来说，已经是极好。

2014.07.01　喀什

第三次来到喀什，第三次站在喀什的太阳之下。现在，到了穆斯林的斋戒月。

虔诚的教民只在天黑之后和太阳出来之前吃少量的食物，整个白天不吃任何东西，持续一个月。

这不仅和虔诚有关，也是一种传统。

中午见到的饭馆老板是虔诚的一位。

去那儿吃饭，我坐在一张维吾尔风格的榻上，树的荫凉下，他坐在我对面，闭目沉思，不关心食物。

时不时睁开眼瞟我一下，看得出来他不喜欢我在他面前吃饭。闭目时，他像位高人。

饭馆老板戴了手表，金色，绝对没有价值不菲，被当做炫耀的工具，存在只是为了判断时间。先知对他们该佩戴什么有过规定。

黄金不被允许。

在他闭眼时，我偷看了一眼他手表上的时间，十二点半。

我的苹果手机显示的时间是两点半，这手机的时间从不会错。但饭馆老板的时间也是对的。

两点半的时间属于内地，十二点半的属于新疆的生活，不矛盾，也与哪一个对哪一个错无关，时间皆为真实。

路过一家手工制作铁皮盒子的店铺。

制铁皮盒子的是一位年轻人，像某部电影里的明星，他的师傅在旁边注视着，时不时告诉他哪里出了问题。

师傅留着一大把白胡子，看起来快有一百岁了。那胡子似乎是六十年前就已经生出。

制出的盒子模样都差不多，上面盖着一个盖子，一颗扣子把盒盖与盒身连在一起。

每颗扣子的颜色都不一样，红色、绿色、蓝色、黄色、紫色……一道落在地上的彩虹。

这些盒子与扣子让我想到人与人的区别与类似。

每一个人同每一个不一样，但这些其实只是如同那扣子般的不同。

所有人都像一个个类似的铁皮盒子，所有的生活都期待着被填满。被爱情填满、被幸福填满，最后被失望填满……

制铁皮盒子的工具是一把木头锤子，看得出来这把木头锤子比老师傅年纪更大，估计来自师傅的师父。

晚上出去沿着古城散步，几位老者围坐在一张桌子旁，把馕掰碎，置于桌上。

我朝着他们看，他们也好奇地望向我。接着我用维吾尔语给他们问好，其中一位老者便站起来握住了我的手。

我的手瞬间像是被古老的树藤紧紧握住，树藤中透出长久的年月积累后才有的那种温暖。

握住我手的老者身后另一位老人家此刻正张开双手，仰望苍天，似乎神灵正在天上行走。

喀什的十一点，天还没有黑透，天是阴的，云朵像鱼鳞的形状。

风吹起，风里夹带着西域的沙子，云朵随风变化，其中一朵忽然变得像少女随风飘扬的面纱。

阿訇十点多诵过一遍《古兰经》。

阿訇唱《古兰经》时，教民在艾提尕尔亮起的灯下做完忏悔。有人眼中含泪，灯下，眼睛剔透晶莹。

做了一个梦，我坐在喀什火车站等你。

时区的关系，你在黑夜里努力走得比另外一部分黑夜光亮，我则把喀什的黑夜等到更黑。

你地理也许不好，不知你明白不明白我这么说的意思？

然后你来了，我们抱着在清真寺旁的旅馆睡了一觉。这一个梦实在是太久了，你甚至在期间为我生出一个儿子。

接着我在梦里做了一个关于我们一起醒来的梦，你笑话我旅行太久，身上有一只羊的味道。

我也笑着，挠你脚趾头的痒，告诉你戈壁滩上的石头也没我爱你多。

后来我们望向窗外，喀什的太阳很热，牛羊乱跑。

献给——

风，与风的父母

道路，与道路的远方